btb

Anonyme E-Mails bringen Falt Groschen, 45, Kommissar im Morddezernat der Wiener Polizei, üblicherweise nicht mehr aus der Ruhe. Erst als er erfährt, dass der Sportler und 400-Meter-Rekordhalter Edgar Wenninger wirklich in den Tod gestürzt ist, beginnt er zu ermitteln. Noch am Tatort erscheint der zwielichtige Doping-Fahnder Hanns Hallux. Groschen scheucht korrupte Sportartikelvertreter auf und den windigen Journalisten Walter Maria Schmierer; Wenningers Frau Marion übt mit dessen ehemaligem Trainer nicht nur für den Triathlon, und Wenningers Manager taucht unter. Als auch er tot aufgefunden wird, nimmt der Fall eine verblüffende Wendung.

FRANZOBEL, geboren 1967 in Vöcklabruck, ist einer der populärsten österreichischen Schriftsteller. Sein Werk wurde vielfach ausgezeichnet. Mit seinem Roman »Das Floß der Medusa« stand er auf der Shortlist für den Deutschen Buchpreis, und er erhielt den Bayerischen Buchpreis. Zuletzt erschien der Roman »Die Eroberung Amerikas«.

Franzobel

Wiener Wunder

Kriminalroman

btb

Sollte diese Publikation Links auf Webseiten Dritter enthalten, so übernehmen wir für deren Inhalte keine Haftung, da wir uns diese nicht zu eigen machen, sondern lediglich auf deren Stand zum Zeitpunkt der Erstveröffentlichung verweisen.

Penguin Random House Verlagsgruppe FSC® N001967

1. Auflage
Genehmigte Taschenbuchausgabe Juni 2023,
btb Verlag in der Penguin Random House Verlagsgruppe GmbH,
Neumarkter Straße 28, 81673 München

Umschlaggestaltung: semper smile, München
Umschlagmotiv: © plainpicture / Florian Thoss
Druck und Einband: GGP Media GmbH, Pößneck
SL · Herstellung: sc
Printed in Germany
ISBN 978-3-442-77016-8

www.btb-verlag.de
www.facebook.com/penguinbuecher

Für Maxi und Mucki

WETTER RIECHEN

Es war ein regnerischer Oktobertag. Auf den Straßen Wiens standen Wasserlachen, und wenn man nicht nahe an der Hauswand ging, wurde man von rücksichtslosen Autofahrern nassgespritzt. Ein kalter Wind pfiff durch die Gassen, so stark und böig, dass es Hüte und kleine Hunde davonwehte, Schirme umbog und fahrende Motorräder um einen halben Meter versetzte. In einem Außenbezirk war ein Baugerüst umgestürzt und hatte drei Arbeiter in den Tod gerissen. Die letzten Gastgärten waren seit Tagen geschlossen.

Trotz dieses miesen Wetters hatte sich Kriminalkommissar Groschen nicht wie seine Inspektoren vom Turko-Italiener etwas bringen lassen, sondern war zum Chinesen gegangen, um sein Lieblingsmenü, Nummer zehn, zu speisen. In dem Lokal hingen jede Menge feuchter Mäntel und Hüte, die Fenster waren beschlagen, und es roch schon winterlich. Heute waren es besonders wenig Meeresfrüchte und besonders viele Chilischoten, dafür wurde die Frühlingsrolle aus Unachtsamkeit erst nach der Hauptspeise gebracht. Auf dem Bier fehlte der Schaum, und beim Zahlen hatte ihm die kleine, immer lächelnde Chinesin glatt um dreißig Euro zu wenig rausgegeben. Wenn er sie nicht seit Jahren gekannt hätte, wäre ihm dieses zerstreute Verhalten verdächtig vorgekommen. So aber trank er den lauwarmen Pflaumenwein, der hier als Digestif gereicht wurde, und begab sich zurück in die Vorlaufstraße, in das Hauptquartier der Wiener Kriminalpolizei.

Auf seinem Schreibtisch warteten Berge von Akten. Schreiben von Gerichten, Anfragen, Bewilligungen, Beschwerden, Interviewgesuche von angehenden Soziologen – lauter Dinge, die Kommissar Groschen nicht interessierten. Die unteren Enden seiner Hosenbeine waren nass, und er spürte ein paar Lauchreste zwischen den Zähnen, als ihm Inspektor Gordon Zwilling wortlos einen Zettel überreichte. Eine ausgedruckte E-Mail. Absender: Ein Fan. Betreff: Mord.

Groschen, der in letzter Zeit immer wieder das Gefühl hatte, beobachtet zu werden, lief ein Frösteln über den Rücken, als er die folgenden Zeilen las. Es war, als ob ihm eine Hand durch die Gedärme fuhr, sein Herz packte und zudrückte. Er hätte nicht zu sagen vermocht, wieso, stand da doch nur:

»Sehr geehrte Kriminalpolizei, in den nächsten Tagen wird ein hierzulande bekannter Sportler einen vermeintlichen Selbstmord begehen. Dabei wird es sich um eine geschickte Inszenierung handeln, die ein Verbrechen verschleiern soll. Mord! Lassen Sie sich bloß nicht täuschen und den Täter ungestraft davonkommen. Seien Sie wachsam! Hochachtungsvoll, ein Fan.«

Groschen sah Zwilling an, der mit den Achseln zuckte.

– Bis jetzt hat sich kein Sportler umgebracht. Ich denke, wir müssen das nicht ernst nehmen. Bestimmt irgendein Spinner, der sich wichtigmacht.

– Bevor du zu viel denkst, überprüfe lieber die Herkunft, brummte Groschen.

– Haben wir bereits gemacht, sagte Zwilling nicht ohne Stolz. Die Mailadresse war extra für diese Mail errichtet und weder davor noch danach verwendet worden.

– Und wer hat geschrieben?

– Daran arbeiten wir, sagte der Inspektor und verließ das Zimmer. Er war ein bisschen missmutig, weil der Kommissar gar nicht gefragt hatte, wieso das mit der Mailadresse bereits bekannt war. Normalerweise musste man eine Eingabe machen, einen langwierigen Behördenweg beschreiten, um einen meist in Übersee sitzenden E-Mail-Dienst dazu zu bringen, sensible Kundendaten freizugeben. Das konnte Monate, wenn nicht Jahre dauern und eine Ermittlung völlig zum Erliegen bringen. Gordon Zwilling, ein cholerisch aufbrausender Typ, hatte es diesmal mit Charme und Beziehungen innerhalb eines Vormittags geschafft. Aber wurde er dafür gelobt?

Wie sein Inspektor dachte auch ein Großteil in Kriminalkommissar Groschen, dass es sich bei dieser Mail entweder um einen schlechten Scherz oder um das Produkt eines Spinners handelte. Die Kriminalpolizei wurde oft mit derartigem Zeug belästigt. Briefe, E-Mails und Anrufe, bei denen man von vornherein ahnte, sie enthielten nur Unsinn. Manche kündigten den Weltuntergang oder eine Verschwörung an, andere fühlten sich verfolgt, und wieder andere wollten einen Mord beobachtet haben. Siebzig Prozent Spinner und fünfundzwanzig Prozent Verwechslungen und Phantasie. Aber ganz abtun konnte man das trotzdem nicht, weil schließlich gab es auch noch jene fünf Prozent, die zur Aufklärung eines Verbrechens beitrugen. Und genau zu diesen fünf Prozent, das spürte der andere, kleinere Teil in Groschen, gehörte diese Mail. Das Gefühl des Beobachtetwerdens und das Frösteln, das ihm beim Lesen über den Rücken gelaufen war, gehörten ebenfalls dazu. Es war nicht mehr als eine dunkle Ahnung, die ihm das verriet, ein diffuses Bauchgefühl. Trotzdem befahl der Kommissar, sonst ein kühler Denker, dass man ihm in nächster Zeit die Akten aller Selbstmorde übermitteln müsse.

Anders als vor nunmehr beinahe dreißig Jahren, als Groschen hierhergezogen war, war das einst graue und missmutige Wien mittlerweile eine fröhliche, bunte Stadt. Überall moderne Restaurants, in denen internationale Küche serviert wurde (Experimental-Sushi oder Walfischburger), Szenelokale, Ausstellungsräume, offene Bücherschränke, Radwege, Montessori-Kindergärten und vieles andere zeigte, die Stadt war im Aufbruch. Und dennoch, oder vielleicht gerade deshalb?, brachten sich um nichts weniger Menschen um als vor zwanzig, dreißig Jahren, als Wien noch mit der verdrucksten Lebens- und Lustfeindlichkeit der Nachkriegszeit getränkt gewesen war. Die einen jagten sich eine Kugel in den Kopf, die anderen sprangen wo runter oder hängten sich am Türstock auf. Manche vergifteten sich mit Medikamenten, andere öffneten sich in der Badewanne eines Hotelzimmers die Hauptschlagader, warfen sich vor die U-Bahn, in die niemals blaue Donau oder rammten sich ein Küchenmesser in den Bauch. Um niemanden zur Nachahmung zu animieren, durften die Zeitungen darüber nur dann berichten, wenn es sich um Prominente handelte, also selten, dennoch geschahen diese Suizide beinahe täglich. Mehr als zweihundert Menschen brachten sich in Wien jährlich um. Mehr Selbstmörder als Verkehrstote. Österreich kam in der Suizid-Statistik gleich hinter Litauen, Ungarn und Slowenien. Und wenn Groschen beim Fenster rausblickte, konnte er auch verstehen, warum. Der Herbst war wie ein Winken mit dem Partezettel, der den eigenen Tod verkündete. Die Tage wurden kürzer, und die braunen Blätter am Boden zeigten an, es gab kein Entrinnen vor der eigenen Vergänglichkeit. Vorbei war die Zeit, in der man barfuß durch Wiesen laufen konnte, vorbei die Zeit, in der man mit nacktem Oberkörper an einem See saß und Eis schleckte. Vorbei die Zeit.

Es waren trostlose Akten von Hoffnungslosen und Gescheiterten, die Groschen in den folgenden Tagen auf den

Tisch bekam. Menschen mit unheilbaren Krankheiten oder unbezahlbaren Schulden. Andere waren gekündigt oder vom Ehepartner verlassen worden, wieder andere waren depressiv, mit der Familie zerstritten oder von Schicksalsschlägen gebeutelt, und bei manchen gab es gar keinen ersichtlichen Grund. Und obwohl sich im Herbst, wie man Groschen versicherte, weniger Menschen umbrachten als im Sommer, der Hochzeit für Selbstmörder, trugen die Bilder, die ihm der Erkennungsdienst jetzt täglich auf den Schreibtisch legte, nicht gerade zur Aufhellung seiner Stimmung bei. Zumal der Himmel immer noch bleiern war und einem der Wind ins Gesicht peitschte, sobald man sich auf die Straße wagte. Ein Wetter, bei dem man jede Lebenslust verlor. Ein, wie Groschens kleine Nichte sagte, saures Wetter. Mitverantwortlich dafür, dass in Wien kaum jemand elegante Schuhe trug. Wien speiste sich seit Jahrhunderten von Menschen, die vor ein, zwei Generationen noch auf dem Land gelebt hatten, in unwirtlichen, von Murenabgängen und Überschwemmungen bedrohten Gegenden, in denen man nur Gummistiefel oder feste Schnürschuhe tragen konnte. War das der Grund, weshalb in Wien kaum jemand richtig gehen konnte? Die meisten fühlten sich in leichten Halbschuhen unwohl, und ihr trippelnder, nur die Fußballen belastender Schritt glich dem einer Chinesin, der man jahrelang die Füße abgeschnürt hatte.

Mittlerweile waren zehn Tage seit Erhalt der ominösen Mail vergangen, zehn Tage, in denen er sich mittags ausschließlich vom Menü Nummer zehn ernährt hatte, zehn Tage, in denen er sich immer wieder beobachtet fühlte, und zehn Tage, in denen sich unter den Selbstmördern kein Sportler fand, zumindest kein bekannter. Abgesehen von einem erfolglosen Kabarettisten und einem krebskranken Liedermacher kannte der Kommissar überhaupt niemanden.

Groschen wollte den Fall bereits abhaken, als man ihn zu einem Tatort rief. Ein bekannter Sportler sollte aus einer Wohnung gesprungen sein. Zwilling, der ihn angerufen hatte, war schon dort. Sechster Bezirk, Proschkogasse. Es war Montag, der 22. Oktober, 10 Uhr 45.

Der Kommissar, ein leicht korpulenter Mittvierziger, war von einer seltsamen Unruhe erfasst. Er schlüpfte in seine Jacke, ging von der Vorlaufstraße zum Donaukanal, der wie mattes Silber glänzte. Dort winkte er einem Taxi und ließ sich nach Mariahilf bringen. Aber Beeilung! Für die Prachtbauten an der Ringstraße hatte er ebenso wenig ein Auge wie für die Secession oder den Naschmarkt. Diese Sehenswürdigkeiten waren ihm so selbstverständlich, dass er sie höchstens dann wahrnahm, wenn ihm ein fotografierender Tourist den Weg verstellte. Waren es auf der Ringstraße die Kutschen und Fiaker, die ein zügiges Vorankommen unmöglich machten, so stockte der Verkehr in der Wienzeile neuerdings scheinbar grundlos. Trotz des schlechten Wetters querten Touristengruppen auf dem Weg zum Naschmarkt die Straße. Lieferwagen von Händlern hatten eine ganze Spur verparkt, und der ständig stadtauswärts drängende Verkehr tat ein Übriges.

In der Proschkogasse, einer Gasse, die nur aus fünf Häusern bestand und die Magdalenenstraße mit der Linken Wienzeile verband, war ein kleiner Menschenauflauf. Man hatte ein Absperrungsband gespannt, und Polizisten hielten die Neugierigen fern. Es regnete. Trotzdem standen da einige Pensionisten, Großmütter mit ihren Enkelkindern, Pizzaboten, Briefträger, Hundebesitzer mit angeleinten Kötern in der einen und deren eingetüteten Geschäften in der anderen Hand und gafften. Die meisten regungslos, als würden sie dem Schaufeln eines Baggers auf einer Baustelle zusehen.

Sanitäter klappten ihre Bahre ein. Ein Notarzt verstaute

sein Pulsmessgerät, und Polizisten standen unbewegt herum. Auf dem gemauerten, vor Nässe glänzenden Abhang zwischen Straße und Hauseingang lag der Tote. Braune Wildlederjacke, kariertes Hemd, Jeans. Das Gesicht eines Mannes von dreißig Jahren. Ein wächsernes Antlitz, gelb wie eine Quitte, in dem sich ein großer Schrecken abgebildet hatte, keine Spur von der stolzen Selbstzufriedenheit, dem Glück, das letzte Wort zu haben, so manch anderer Selbstmörder. Groschen sah ihn an und fühlte einen Stich im Magen. Halbverdautes Frühstück stieg ihm hoch bis in die Kehle.

– Der 400-Meter-Läufer Edgar Wenninger, flüsterte Zwilling. Kein schöner Anblick. Aus den Beinen, die diesen Körper vor noch nicht allzu langer Zeit unter fünfzig Sekunden durch die Stadionrunde getragen hatten, standen offene Knochen. Der kahlrasierte Schädel war in Mitleidenschaft gezogen, die Arme, seltsam verbogen, erinnerten an einen absurden Koitus-Versuch. Ein rotes Rinnsal hatte sich gebildet, sammelte sich unten beim Hauseingang zu einer kleinen Lache. Ein Hund schnupperte daran, wurde aber gleich verscheucht. Anscheinend hatte der Tote beim Aufprall einen Schuh verloren, einen blau-gelben Turnschuh, den später jemand neben ihn gelegt hatte – wie eine letzte Ehrbezeugung.

War das der Sportler, von dem die Mail gesprochen hatte? Der inszenierte Selbstmord? Oder nur ein dummer Zufall?

Groschen, die Hände in den Taschen seiner Jacke vergraben, spürte wieder, wie sich fremde Blicke in seinen Rücken bohrten. Jemand beobachtete ihn. Der Kommissar drehte sich um und konnte niemanden sehen. Dann blickte er die graue, schmucklose Fassade hinauf – es war ein altes Haus mit düsteren, schmutzigen Wänden – und sah, im vierten Stock stand ein Fenster offen.

– Da muss er sich runtergestürzt haben, blickte auch Zwilling rauf. Kennen Sie ihn?

Obwohl sich Groschen kaum noch für Sport interessierte, wusste er, Edgar Wenninger war der gegenwärtig erfolgreichste österreichische Leichtathlet. Dritter bei den Olympischen Spielen, Halleneuropameister, Vizeweltmeister, vielfacher Staatsmeister, Testimonial einer großen Bäckereikette, Werbeikone einer Schuhfirma. Wenninger war so etwas wie ein Star. Allerdings ein gewesener. Vor wenigen Wochen hatte man ihn des Dopings überführt und ihm rückwirkend alle großen Erfolge aberkannt. Im bevorstehenden Prozess drohte ihm nicht nur eine Gefängnisstrafe, sondern auch die Rückzahlung von Sponsorengeldern in Millionenhöhe. Mit einem Wort, Wenninger war fertig. In den Medien hatte man ihn als Betrüger und Verräter abgestempelt, als einen, der den sauberen Sport verraten hatte. Zuerst, noch ganz auf seinen Ruhm vertrauend, hatte er alles abgestritten, war er mit den üblichen Ausreden gekommen, verunreinigte Nahrungsergänzungsmittel, Laborfehler, vertauschte Probe, unabsichtlich geschluckte Anti-Baby-Pillen, Verschwörung, dann, als er merkte, man glaubte ihm nicht, hatte er die Strategie geändert, alles zugegeben und sich zur Kooperation bereiterklärt. Doch da war es bereits zu spät.

– Kein Wunder, dass so einer seinem Leben ein Ende setzt, meinte Zwilling.

– Mag sein, brummte Groschen und deutete zum offenen Fenster. Und da oben wohnte er. Lass uns das besichtigen. Der Kommissar war froh, einen Grund zu haben, von hier wegzukommen. Nicht die Anwesenheit des Toten belastete ihn, Leichen hatte er in seinem Berufsleben schon genug gesehen, die gingen ihm, sofern es sich nicht um Kinder handelte, selten besonders nahe. Da entsetzte ihn eine Nachricht wie die von dem Protest-Künstler, der sich an den Hoden am Roten Platz in Moskau festgenagelt hatte, viel mehr. Aber diesmal war es kein Phantomschmerz an den Weichteilen, der Groschen irritierte, sondern ein fremdes Augenpaar, das noch immer auf ihm ruhte und sich in ihn bohrte. Kam es von einem der Nachbarhäuser? Aus einem geparkten Auto? Oder fixierte ihn einer der Passanten? Groschen hätte es nicht sagen können. Im Gegensatz zu seiner Frau, die wetterfühlig war und ständig von seltsamen Erlebnissen mit Geistern von Verstorbenen berichtete, war er kein bisschen esoterisch, und trotzdem fühlte er, ohne zu wissen, warum, diesen schweren fremden Blick. War es der Verfasser der Mail, der ihn beobachtete? Der Mörder? Oder bildete sich der Kommissar alles nur ein? Er war ein großgewachsener, leicht übergewichtiger Mann, stoisch, phlegmatisch, verschlossen, keiner, dem man eine besondere Sensibilität für unmessbare Ereignisse zutraute, und trotzdem spürte er da was. Sein Inspektor hätte ihn ausgelacht, also sagte Groschen besser nichts.

Sie gingen zum massiven Haustor. An der Gegensprechanlage stand nirgendwo Wenninger, was aber nichts bedeuten musste, weil auch sonst kaum Namen darauf zu finden waren. Manche waren verwischt, bei anderen war das Schild heruntergerissen. Lesen konnte man Engel, Holzdeppe, Kocherscheit, Geipel, Seeliger. Hinter Golden hatte ein Spaßvogel mit schwarzem Eddingstift »Shower« geschrieben.

Das Tor war offen, und, wie der Kommissar feststellte, so beschaffen, dass der Einschnappmechanismus nicht mehr funktionierte. Dahinter befanden sich eine grüne Altpapiertonne, der Briefkasten und das schwarze Brett mit der Anschrift einer Gebäudereinigungsfirma. Eine Katze wurde vermisst, und ein Aushang verkündete die Beschlüsse der letzten Mieterversammlung.

– Leider gibt es keine Hausmeister mehr, murrte Groschen. Hausmeister wussten, was vorging, wer Besuch empfing und wer immer erst spätnachts nach Hause kam. Hausmeister waren für die kriminalistische Arbeit unersetzlich, zumindest nicht durch eine Gebäudereinigungsfirma, die einmal in der Woche einen Putztrupp vorbeischickt und im Winter den Gehsteig von Schnee und Eis befreit.

Groschen und Zwilling gingen durch ein dunkles Stiegenhaus bis in den vierten Stock. Je höher sie kamen, desto niedriger wurden die Stockwerke und desto schlichter war auch das schmiedeeiserne Stiegengeländer. War es unten noch mit Fratzen und Girlanden verziert, fehlte ihm oben jede Kunstfertigkeit. Offensichtlich ein Dachbodenausbau, wie man ihn in Großstädten häufig fand. Groschens Frau hatte sich eine Weile für so etwas begeistert und war ihm monatelang mit ihrem Umzugswunsch im Ohr gelegen. Lass uns auch in so eine Mansardenwohnung ziehen, hatte sie gefleht, da hat man eine Aussicht. Aber er war dagegen gewesen. Die dünnen Wände, Räume, die sich im Sommer unerträglich aufheizten, Dachfenster, bei denen es reinregnete, sofern sie im Winter nicht komplett zugeschneit wurden, und die täglichen Liftfahrten waren ihm derart zuwider, dass sie mit keiner noch so erregenden Aussicht aufgewogen werden konnten. Außerdem war Groschen ein Mensch, der gerne am Boden blieb und dicke gediegene Wände liebte – keine Rigipsplatten.

Vierter Stock also. Sie standen vor drei neuen Türen, aber auf keinem der Türschilder stand Wenninger. Stattdessen Engel, Stanek und Kocherscheit. Drei Namen, die dem Kommissar nichts sagten, obwohl er zwei davon schon auf der Gegensprechanlage gelesen hatte.

– Stanek war der Dealer von Wenninger, zumindest hat der Sportler das in Interviews behauptet, sagte Zwilling und klopfte an dessen Tür, die nur angelehnt war. Der Schlüssel steckte.

– Dealer?

– Na, für die Dopingpräparate. Sein Spitzname ist Spritzen-Charly.

Langsam betraten sie die Wohnung, die den Eindruck vermittelte, als würde sie morgen zur Vermietung ausgeschrieben. Groschen hatte schon viele Wohnungen gesehen, die stets etwas von den Dramen erahnen ließen, die sich darin abgespielt hatten. Diese hier glich einem Hotelzimmer. Trotz der Möbel war sie mehr oder weniger leer. Keine Bücher in den Regalen, kein Nippes in den Vitrinen, im Schrank hing nur eine einzige Jacke, der Tisch war abgeräumt, auch im Nebenzimmer fand sich nichts Persönliches, keine Fotos, keine Bilder. Nichts deutete darauf hin, dass hier jemand wohnte. Ein ausziehbares Bett, ein Fernseher, Läufer aus Sisalhanf, Glastisch. Die Küche war geputzt, die abgewaschenen Teller und Töpfe standen ordentlich in einem Hängekasten. Auch der Kühlschrank war leer, nur im Gemüsefach lagen ein paar Medikamente.

– Hier wohnt keiner, drehte Zwilling den Wasserhahn auf und war verblüfft, als sofort ein Strahl klares Wasser herauskam.

– Anscheinend doch! Groschen stand vor einem eingebauten Gefrierschrank, der mit gefrorenen Blutbeuteln angefüllt war. Er nahm einen heraus, wischte die dünne Eisschicht vom Etikett und las eine seltsame Nummernkombination.

– Das wird die Dopingfahnder freuen, schnalzte Zwilling mit der Zunge. Und als ihn Groschen verständnislos ansah, erklärte er in groben Zügen, wie Eigenblutdoping funktionierte. Man ließ sich in der wettkampflosen Zeit Blut abnehmen, das entweder gerade reich an roten Blutkörperchen war oder in speziellen Zentrifugen damit angereichert wurde, um es sich dann vor Bewerben zu injizieren, weil man damit leistungsfähiger war.

– Hmm, murrte Groschen und dachte an seine eigenen

sportlichen Betätigungen. Im Urlaub ging er manchmal joggen, und während des Jahres war er froh, wenn er es einmal die Woche ins Fitnesscenter schaffte. Um sich nicht zu blamieren, mied er das für Polizisten errichtete Studio im Dachgeschoß der Vorlaufstraße und ging stattdessen in einen fast nur von muskulösen Türken frequentierten Keller in der Franz-Hochedlinger-Gasse. »Muckibude« hieß der Club. Ob ihm, dem massiven, fünfundvierzigjährigen Kommissar, dieses Eigenblutdoping auch etwas brächte?

Sie gingen zum offenen Fenster, sahen, wie vier Stockwerke unter ihnen zwei Graubemäntelte, wahrscheinlich Angestellte des Gerichtsmedizinischen Instituts, die Leiche Edgar Wenningers in einen Zinksarg luden, sich über die nasse Schräge mühten und dann den Metallkubus in den schwarzen Kombi hievten. Die beiden scherzten, stiegen in ihr Fahrzeug und fuhren langsam weg. Kaum war der Leichenwagen außer Sichtweite, entfernten Polizisten die Absperrung und den provisorischen Sichtschutz, der den Neugierigen genug Einblick gewährt hatte, um stehen zu bleiben. Nun zerstreuten sie sich wieder. Ein Gemeindebediensteter kehrte die Sägespäne zusammen, die er auf die Blutlachen gestreut hatte, und aus den angrenzenden Fenstern verschwanden nach und nach die Köpfe der Kiebitze. Als etwas später ein Radfahrer ankam und sein Gefährt an das Eisenrohr ankettete, das die Straße von der Schräge zum tiefer gelegenen Hauseingang trennte, war es so, als wäre nichts geschehen.

Aber warum bringt sich jemand in einer fremden, fast leeren Wohnung um, sinnierte Groschen. Warum springt der ausgerechnet hier aus dem Fenster? Gab es einen Abschiedsbrief? Nein? Hatte er sonst etwas in der Wohnung zurückgelassen? Nein? War es vielleicht doch, so wie in der E-Mail angekündigt, Mord? Ein Großteil in ihm schüttelte den

Kopf, der andere, kleinere Teil schrie begeistert: Ja! Jawohl! So oder so würde man den Erkennungsdienst bitten müssen, hier alles auf Fingerabdrücke und DNA-Spuren zu überprüfen. Da hörten sie ein Geräusch an der Tür, zuckten kurz zusammen und sahen dann einen älteren, schon etwas verknitterten Herrn vorsichtig eintreten. Für einen Augenblick erstarrten alle.

– Sie sind also der Stanek, hörte man nach einer kurzen Pause, in der sich alle wieder fingen, sowohl den Eintretenden als auch Kommissar Groschen sagen.

Einzig Inspektor Zwilling lächelte. Er hätte nicht gedacht, dass man ihn oder den Kommissar mit dem Drogendealer Karl Stanek verwechseln konnte. Stanek alias Spritzen-Charly war groß, schlank und trug zumindest auf Fotos immer einen Dreitagebart, während er selbst, Zwilling, nicht besonders groß und Kommissar Groschen alles andere denn schlank war.

– Ich bin Hanns Hallux, sagte der Eintretende. Und Sie? Er machte den Eindruck eines Menschen, der gerade registrierte, dass man ihm eine Falle gestellt hatte.

– Kriminalpolizei.

– Kriminalpolizei? Dann haben Sie Stanek verhaftet? Eine große Enttäuschung machte sich in Halluxens Gesicht breit. Der Mann hatte einen kleinen Kopf auf einem langen Hals, in dem ein vorspringender Adamsapfel wie ein Tischtennisball herumhüpfte. Groschen hatte auf der Polizeischule einen Lehrer gehabt, der ähnlich ausgesehen hatte. Seine Mitschüler wie auch alle Lehrer hatten den armen Teufel nur Hühnerschädel genannt, weil er sie irgendwie an ein gerupftes Huhn erinnert hatte.

– In welcher Beziehung stehen Sie zu Stanek?, fragte Groschen.

– In überhaupt keiner, sagte der alte Mann, der nun allmählich seine Sicherheit wiederfand. Er trug einen englischen Tweedanzug und hatte einen cremefarbenen Trenchcoat über den Unterarm geworfen. Auf seinem haarlosen Kopf waren einige Altersflecken zu sehen. Groschen fielen die teuren Schuhe auf, Budapester, in einem auffälligen Gelbbraun, wozu man früher Gänsekacke gesagt hätte. Dazu eine schwere sportliche Uhr.

– Wie schon gesagt, ich bin Hanns Hallux. Hanns mit zwei N.

Groschen blickte ihn so verständnislos an wie ein mathematisch unbegabter Volksschüler eine quadratische Gleichung.

– Der Dopingfahnder! Karl Stanek hat mich angerufen, weil er mir ein Geschäft vorschlagen wollte. Ehrlich gestanden habe ich damit gerechnet, ein paar Namen zu bekommen, aber Sie sind mir mit seiner Verhaftung wohl zuvorgekommen.

– Namen?

– Darf ich mich setzen? Hanns Hallux nahm ohne eine Antwort abzuwarten am Esstisch Platz, holte Luft und sprach mit tonloser, stumpfer Stimme: Wissen Sie, die afrikanischen Sklaven für die Baumwollfarmen in den Südstaaten sind von ihren eigenen Häuptlingen verkauft worden. So ist es immer, die einen kommen ganz gut durch, die anderen werden verkauft. Heute läuft das Spiel genauso. Wir Dopingfahnder brauchen Erfolge, um das Geld zu rechtfertigen, das der Staat bezahlt, damit die Sportler sauber sind, wenn sich Politiker mit ihnen fotografieren lassen. Der Dopingfahnder lächelte wie ein Heiratsschwindler, der erzählt, wie er einsame Köchinnen oder alte Witwen reinlegt.

– Nun können wir natürlich nicht das ganze System auffliegen lassen, selbst wenn wir könnten, das bedeutete einen Kahlschlag, von dem sich der Sport hierzulande zwanzig

Jahre lang nicht erholen würde. Wir selber wären arbeitslos. Unsere Institute müssten schließen. Sie können davon ausgehen, so ziemlich jeder Sportler, der irgendwelche Erfolge hat, ist gedopt. Skifahrer, Fußballer, Leichtathleten, Kraftsportler, Ausdauersportler. Nur bei Schachspielern bin ich mir nicht sicher. Hallux rollte mit den Augen. Drogen sorgen dafür, dass man die katabolischen Phasen vermeiden kann, Drogen schützen vor Verletzungen, Drogen verkürzen die Regeneration, Drogen ermöglichen es, eine Spitzenleistung wieder und wieder und wieder zu erbringen. Jetzt stellen Sie sich vor, was das heißt, wenn plötzlich alle Sportler gesperrt werden. Keine Werbung, kein Fernsehen, keine Sportindustrie mehr, nichts. Das ist weder im Interesse der Schuhfirmen noch im Interesse der Bekleidungsindustrie, noch im Interesse der Medien. Die Tourismusverbände würden rebellieren. Und auch das Publikum hätte nichts davon. Also gibt es kleine Deals. Das sind meist Sportler, deren aktive Laufbahn schon beendet ist, oder welche, die es nie bis ganz nach oben schaffen. Immer aber solche, die sich das ganz teure Doping nicht leisten können.

Groschen hörte ihm aufmerksam zu, bevor er langsam zum Tisch ging, sich ihm gegenübersetzte und fragte:

– Und was ist mit Edgar Wenninger? War das auch einer von den Namen? War das auch ein Deal?

– Mit dem Wenninger? Aber nein, senkte Hallux seinen Blick. Wenn es heller gewesen wäre, hätte man den dünnen Schweißfilm auf seiner Stirn sehen können. Mit dem Wenninger ist etwas schiefgelaufen. Den hat jemand verpfiffen.

– Verpfiffen? Wie kommen Sie darauf?

– Nun, der ist ja nicht von uns, der nationalen Anti-Doping-Agentur, erwischt worden, sondern von der Welt-Anti-Doping-Agentur. Wenn wir ihn kontrolliert haben, war er immer sauber. Die meisten, die wir kontrollieren, sind sauber. Hallux grinste, und Groschen roch eine herbe Magensäure, wie sie von manchen älteren Männern ausging.

– Der Wenninger war gewissen Herren zu erfolgreich. Bei dem standen die internationalen Dopingfahnder genau am richtigen Tag vor der Tür. Die kannten seine Trainingspläne. Wenn jemand einigermaßen professionell dopt, gibt es nur noch ganz schmale Zeitfenster, in denen das feststellbar ist.

Warum hatte Groschen den Eindruck, dass der Dopingfahnder nicht ganz aufrichtig war? Lag es an seinem roten Hühnerkopf? Oder an der teuren Kleidung, die an einen aristokratischen Entenjäger erinnerte?

– Aber fertiggemacht habt Ihr ihn dann, sagte Zwilling.

– Das war ein trauriger Tag für alle, die den Sport und seine Helden lieben, seufzte Hallux. Jeder hat halt seine Rolle, die er spielen muss. Natürlich müssen wir nach außen hin die Dopingsünder wie Verbrecher hinstellen, obwohl wir ganz genau wissen, nach diesem Maßstab gibt es nur Gauner. Aber er soll einmal drei, vier Jahre warten, bis Gras über die Sache gewachsen ist, dann kommt er schon wo unter. Vielleicht wird er Co-Kommentator beim Fernsehen oder Veranstalter? Oder in einer halblustigen TV-Show? Die Öffentlichkeit verzeiht einem erfolgreichen Sportler immer irgendwann.

– Der Wenninger braucht nicht mehr zu warten. Der kann nirgends mehr unterkommen, erhob sich Groschen und sagte mit grabestiefer Stimme: Der ist umgekommen.

– Tot? Ein Unfall? In Halluxens Gesicht zeigte sich ehrliche Verwunderung. Mit dem Auto? Diese Sportler haben alle einen Hang zu schnellen Autos, und weil die meisten nicht viel in der Birne haben, rasen sie wie die Verrückten …

– Hier aus dem vierten Stock ist er gesprungen.

– Hier? Wann?

– Oder gestoßen worden, ergänzte Zwilling. Eben jetzt.

– So ein Idiot, war der Dopingfahnder plötzlich ganz aus dem Häuschen. Idiot! Er hätte warten sollen. Warum konnte er nicht warten? In zwei, drei Jahren weiß doch kaum noch jemand, dass etwas gewesen ist.

Ohne darauf einzugehen, wandte sich Groschen Richtung Tür. Er hatte genug gehört, machte eine Handbewegung zu Zwilling, die bedeutete, er solle die Daten von Hallux aufnehmen und nicht vergessen, die Hausbewohner zu befragen. Nachdem er sich kurz von dem Dopingfahnder verabschiedet hatte, trippelte er seltsam leichtfüßig das Stiegenhaus hinab. War er glücklich, endlich wieder einen interessanten Fall zu haben? Weil ihn sein Gefühl beim Erhalt der E-Mail nicht getäuscht hatte? Jedenfalls lief er so beschwingt wie lange nicht.

Beim verzierten Stiegengeländer kam ihm ein leicht hinkender Rotschopf mit Dreitagebart entgegen. Es war, als ob er einen Fuß leicht nachzöge. Ein grobes, gerötetes Gesicht, das gut zu einem Hafenarbeiter gepasst hätte. Schwarze Lederjacke, große hervorquellende Augen wie bei einem Basedow im Anfangsstadium.

– Sind Sie von der Hausverwaltung?, schnauzte er ihn an. Mit Spott um die Mundwinkel keifte er, vor dem Haus befände sich eine unappetitliche Blutlache, und so etwas gehöre sich nicht. Außerdem wäre es höchste Zeit, die ausgebrannte Glühbirne im Flur zu wechseln. Nicht zu reden von den ständig überquellenden Mülltonnen. Vor der Haustür läge ein einzelner blau-gelber Turnschuh. Zustände seien das. Unzumutbar!

– Kriminalpolizei, ließ Groschen seine Marke aufblitzen. Aus dem vierten Stock hat sich ein Mensch geschmissen, der hier nicht wohnt.

– Geht mich das etwas an?, humpelte der Mieter ungerührt an ihm vorbei. Nichts geht mich das an.

– Bleiben Sie stehen, war Groschen von diesem unfreundlichen Verhalten gar nicht angetan. Seine gute Laune war wie weggeblasen. Wie ist Ihr Name? Wo wohnen Sie?

– Engel. Darius Engel. Vierter Stock.

– Ist Ihnen in letzter Zeit etwas aufgefallen?

– Ja, der Hund im zweiten Stock ist inkontinent, jetzt gibt es immer Tröpfchen im Stiegenhaus. Im ersten Stock raucht jemand auf dem Gang, und irgendwer wirft leere Dosen ins Altpapier. Außerdem stiehlt man meine Zeitung aus dem Briefkasten. Aber die Hausverwaltung kümmert sich um nichts. Seit es keinen Hausmeister mehr gibt, verlottert alles.

– Danke, damit helfen Sie mir außerordentlich. Ein zynisches Lächeln legte sich auf Groschens Lippen.

DIE GESPRITZTEN

Draußen regnete es wieder stärker, der graue Himmel klebte an den Dächern, und Groschen hatte keine Lust, in die Vorlaufstraße zu fahren. Er ging in die nächste Eckkneipe, trank dort ein Bier. Es war ein typisches Studentenlokal. Junge Menschen mit Taschen aus Lastwagenplanen und Laptops hingen hier herum. Die meisten hatten große Wollhauben auf, und nicht wenige steckten in Anoraks, wie sie vor vierzig Jahren modern gewesen waren. Aus den Lautsprechern kam leise Ska-Musik.

Groschen fragte den Kellner, als er ihm einen Teller mit Oliven hinschob, ob er einen Karl Stanek kenne, aber der zuckte nur mit den Schultern und wackelte verneinend mit dem Kopf. Nachdem ihn der Kommissar am Ärmel gepackt, ihm die Polizeimarke gezeigt und etwas von Lebensmittelpolizei und Arbeitsrecht gemurmelt hatte, gab er zu, den Spritzen-Charly schon ein paar Mal gesehen zu haben, immer allein, nachmittags. Meist habe er Kaffee getrunken und in seinen Laptop gestarrt. Auf die Frage, wie er ihn einschätze, strich sich der Kellner über seine Glatze und meinte, richtig unheimlich, dem traue er fast alles zu.

– Wissen Sie, der hat so zitternde Augen, die flirren richtig.

– Nystagmus.

– So heißt das jetzt? Ich dachte mehr an Koks.

Zufrieden mit dieser Auskunft, ließ sich der Kommissar noch ein kleines Bier bringen, das er in einem Zug leerte. Dann verließ er das Lokal, ging abermals durch die Proschkogasse und sah zum Fenster hinauf, aus dem sich vor nicht einmal zwei Stunden Edgar Wenninger gestürzt hatte – sofern nicht jemand nachgeholfen hatte. Es war geschlossen. Der Kommissar spürte wieder, wie sich Blicke in ihn bohrten, konnte aber hinter den Fenstern niemanden erkennen.

Da wurde das Haustor geöffnet, und Groschen erinnerte sich, dass er einen Bewohner fragen wollte, was es mit der Schnappvorrichtung auf sich hatte. Die Hand des Kommissars war bereits erhoben, der Mund bereits geöffnet, als er den Dopingfahnder erkannte.

– Sie können ruhig freundlicher zu mir sein, kam dieser Hanns Hallux auf ihn zu. Wir stehen doch auf derselben Seite. Oder glauben Sie, mir macht das immer Spaß? Wir arbeiten für Ehrlichkeit im Sport, für sichere Wettkämpfe und gegen diese Kultur des Siegens, diese Unkultur, der alles untergeordnet wird. Wir arbeiten für den olympischen Gedanken, bei dem Körper und Seele in Einklang stehen. Dafür, dass der Glaube an den Sport nicht zu Aberglauben wird.

– Hmm, brummte der Kommissar und ließ den Dopingfahnder, der ihn an ein wild gackerndes Huhn erinnerte, einfach stehen. Er ging zur Tür und stellte fest, der Einschnappmechanismus funktionierte wieder.

– Kann ich Sie wo absetzen? Mein Wagen steht da vorne, bemühte sich der Dopingfahnder um Vertraulichkeit.

– Nein, danke, winkte Groschen ab und nahm dafür nasse Hosenbeine in Kauf – allemal besser, als mit diesem nach Magensäure riechenden Entenjäger in einem Auto zu sitzen. Er mochte diesen Dopingfahnder nicht. Was heißt, sie standen auf derselben Seite? Während ein Polizeibeamter mehr oder weniger täglich sein Leben riskierte, starb ein Dopingfahnder in Ausübung seines Berufes höchstens dann, wenn er unglücklich stolperte oder sich an seinem Jausenbrot verschluckte. Aber hatte dieser Hallux deshalb gleich etwas mit dem Mord zu tun, sofern es einer war? Verdächtig war jetzt erst einmal der Dealer Karl Stanek. Der war flüchtig, dem gehörte die Wohnung, und der hatte ein Motiv, nämlich Angst vor weiteren Enthüllungen. War er es auch, der den Kommissar beobachtete? Schließlich waren da noch immer diese Blicke, die sich wie Giftpfeile in Groschens Rücken bohrten. Also sah er zu, hier schnellstens zu verschwinden.

Wie befürchtet, fuhren stadtauswärts kaum Taxis, und wenn, dann waren sie bereits besetzt. Erst als der Kommissar das Schwulen- und Lesbenhaus, die sogenannte Rosa Lila Villa, erreicht hatte, blieb eines stehen. Er nannte die Adresse, die am Display seines Handys stand. Groß-Enzersdorf, Donau-Oder-Kanal. Da wohnte Wenninger. Da hatte er gewohnt.

Weil er sich auf eine einstündige Fahrt einrichten musste, lehnte sich Groschen entspannt zurück und genoss es, von einem sicheren Platz aus die Menschen im Regen zu beobachten. Da gab es Kinderwägen unter Regenpelerinen, kleine Hunde mit Regenmänteln und Menschen in Gummistiefeln. Radfahrer mit grauen Umhängen und Geschäftsleute, die sich mit ihren Aktenkoffern vor dem Regen schützten. Das Leben ging also weiter. Nur Edgar Wenninger war nicht mehr da, der hatte abgeschmiert, ins Gras gebissen, war ausgeschaltet. Edgar Wenninger lag auf einer Bahre im Gerichtsmedizinischen Institut, und bald würde er für immer in einem Sarg oder einer Urne eingeschlossen sein.

Die Fensterscheibe des Taxis beschlug, und der Kommissar musste sie immer wieder abwischen, um mehr zu sehen als die graue Fläche. Draußen wurden die protzigen Gründerzeithäuser mit den üppig geschmückten Fassaden einfacher. Bald fuhren sie über die Reichsbrücke und vorbei an steril antiseptischen Architektenträumen, die als moderne Bürotürme mit gewölbten Glasfassaden Wirklichkeit geworden waren. Sie erreichten eine Art Niemandsland, ehemaliges Überschwemmungsgebiet, bebaut mit kleinen gelben, blauen oder rosaroten Fertigteilhäusern. Es gab aber auch Döner- und Sushi-Lokale, Autohäuser, Videotheken, Wettcafés, Zinskasernen. Die Scheibenwischer gingen wie wild hin und her und man erreichte Essling, Wagram, Aspern. Hier fanden vor zweihundert Jahren die Schlachten gegen Napoleon statt. Nun waren das eingegliederte Gemeinden, in denen Wildwuchs herrschte. Unbestellte Felder, Schilder: Blumen zum Selberpflücken. Ein Stand mit Kürbissen, ein Einkaufszentrum, davor ein Transparent: Oktoberfest. Das war bereits vorbei. Groschen kannte diese Gegend. Es war der Ostrand Wiens.

– Wohnen Sie da, Chef?, fragte der Taxifahrer, ein mit schweren Goldketten behängter Mann und einer Minipli-Frisur, der die ganze Zeit geschwiegen hatte. Wahrscheinlich wurde ihm nun bewusst, diese Fahrt führte ins Niemandsland. In eine Gegend, in der Überfälle auf Taxis geschahen und auch sonst allerlei Ungutes passierte – schließlich waren

Taxifahrer und Juwelier die gefährlichsten Berufe in Wien. Als er erfuhr, für wen sein Fahrgast arbeitete, war er so erleichtert, dass er dem Kommissar gleich Löcher in den Bauch fragte.

– Jetzt erzählen Sie einmal, Chef, wie das so ist. Man kennt das ja nur aus dem Fernsehen. Wo ist Ihr Trenchcoat? Ihre Pfeife? Und woran arbeiten Sie gerade? Serienmörder? Lustmörder? Giftmischerin?

Der Kommissar, belustigt über die völlig falsche Vorstellung, die man in der Bevölkerung von seinem Beruf hatte, verriet nur den Namen Edgar Wenninger, mehr durfte er der laufenden Ermittlung wegen nicht sagen – und sogar das war bereits zu viel.

Als sie Groß-Enzersdorf erreicht hatten, rief Groschen in der Vorlaufstraße an und befahl Inspektor Zakravsky zu verhindern, dass die Presse Wind vom Tode Wenningers bekam.

– Zu spät, sagte der, steht schon im Internet.

– Verdammt, schlug der Kommissar gegen die Wagentür – fest, sogar die Scheibenwischer stockten, und die grauen Minipli des Fahrers zitterten. Dann könnt ihr die Observierung der Stanek-Wohnung einstellen. Der kommt nicht mehr. Wenn er sich bis morgen nicht meldet, schreiben wir eine Fahndung aus.

– Glauben Sie, der Stanek hat etwas damit zu tun?, fragte Martin Zakravsky.

– Vielleicht soll es nur so aussehen wie Selbstmord. Vielleicht hatte der Dealer Angst, Wenninger könnte plaudern, flüsterte der Kommissar. Wollte der Sportler ihn erpressen? War Stanek in Panik geraten? Aber wie ging das mit der Mail zusammen? Egal, wie man es auch drehte und wendete, Stanek war der erste Verdächtige.

Der Taxifahrer hatte alles mitbekommen und begann sofort nach Beendigung des Gesprächs wie verrückt über die Dopingjäger herzuziehen. Das seien die größten A-Löcher, die »unseren Burschen« die Leistungen abspenstig machten, ließ er demonstrativ die Seitenscheibe runter und spuckte in den Regen. Er war so aufgebracht, dass er sich verfuhr, in eine Einbahnstraße geriet, bis zu einer großen Hotelanlage, dem Sachsengang, fahren musste, dessen Dach die norddeutschen Reetdächer nachahmte – nach Meinung des Fahrers eine überteuerte und unfreundliche Abzockerhütte. Weiter ging es durch einen Kanonierweg und einen Kürassierweg. Namen, die verrieten, hier war einmal ein Schlachtfeld. Nun ging es durch nudeldünne Straßen voller Fertighäuser. Häuser, die kleinen Umspannwerken glichen. Endlich erreichten sie den Kanal.

– Haben die Nazis begonnen, Chef, sagte der Fahrer. Wollten damit Donau und Oder verbinden. Na ja, weit sind sie nicht gekommen, hatten Besseres zu tun ... Es sah aus wie eine Schrebergartensiedlung am Wasser. Vor dem Gartentor mit der Aufschrift »Edgar und Marion Wenninger« stand ein altes Wohnmobil mit einer ganz außerordentlich gewölbten Windschutzscheibe. Der Kommissar betrachtete es fasziniert und wandte sich dann dem grün gestrichenen Türchen zu.

Bevor Groschen die Klingel drückte, befahl er dem Taxilenker zu warten. Sonst würde er von hier nie mehr in die Stadt zurückkommen.

– Schon recht, Chef. Der Fahrer bestand allerdings auf Bezahlung des bisher fälligen Betrags, weil er nicht durch die Finger schauen wollte, wenn der Kommissar da drinnen eine Leiche fand oder selber eine wurde. Ja, er wisse schon, auch dann könne er die Rechnung bei der Kripo einfordern, nur würde das Jahre dauern, Formulare, Eingaben, Bestätigungen, und so weiter, nein, nein, Chef, das ...

Groschen ließ sich auf keine Diskussion ein, überreichte ihm vier rote Scheine und ging zur Klingel, die einen schrillen Ton auslöste.

– Augenblick, rief eine Frauenstimme. Dann dauerte es eine Ewigkeit, bis jemand kam. Eine schlanke Frau mit hübschem Gesicht. Sie trug ein Retro-Kostüm und sah überhaupt aus, als sei sie einem Peter-Alexander-Film entstiegen. Der Lippenstift war frisch aufgetragen, und die offensichtlich feuchten Haare versteckten sich unter einem zusammengebundenen Handtuch. Sie erschrak, als sie den Kommissar am Gartentor erblickte. Offensichtlich hatte sie jemand anderen erwartet.

– Ja, bitte? Was wünschen Sie? Ihre Stimme war rauh und abweisend wie die einer trockenen Alkoholikerin.

– Sind Sie Frau Wenninger?

– Und wer sind Sie? Ach egal, winkte sie ab. Hören Sie, ich habe jetzt keine Zeit, kommen Sie ein andermal.

– Groschen. Kriminalpolizei. Er zeigte seine Marke.

– Ach, daher weht also der Wind, schob sie ihre Brust raus. Der Edgar ist nach allen Regeln der Kunst abgeurteilt worden. Lebenslange Sperre. Was wollen Sie denn noch? Reicht es nicht, dass alle Sponsoren mit Rückzahlungsforderungen kommen? Muss er auch noch ins Gefängnis?

– Wollen Sie mich kurz reinlassen?

– Haben Sie einen Hausdurchsuchungsbefehl?, antwortete sie barsch. Der Edgar ist gar nicht da.

– Das weiß ich. Edgar Wenninger ist … Der Kommissar stockte. Diese unwiderruflichste aller Wahrheiten war ihm noch nie leicht über die Lippen gekommen.

– Was ist mit ihm?

Groschen schlug die Augen nieder.

– Ein Unfall? Ist er verletzt? Schlimm?

Groschen sah zu Boden.

– Tot? Ihr Mund öffnete sich, und sie erstarrte.

Gegen seinen Willen lächelte Groschen kurz. Seit er zu rauchen aufgehört hatte, waren seine Gesichtsmuskeln nicht mehr ganz unter Kontrolle. Besonders in völlig unpassenden Momenten entfuhr ihm manchmal ein Grinsen. Er biss sich auf die Zunge und hoffte, dieser unbeherrschte Moment war nicht registriert worden.

– Tot, wiederholte sie dieses endgültigste aller Worte und öffnete das Gartentor. Tot? Obwohl sie sich bemühte, in ihren Gesichtsausdruck so etwas wie Bestürzung zu legen, war sie, das spürte Groschen deutlich, gar nicht wirklich traurig. Es war nur eine gespielte Traurigkeit.

Da sich der Hauseingang auf der dem Wasser zugewandten Kanalseite befand, mussten sie eine vertäfelte Wand entlanggehen, bevor sie auf einer überdachten Holzterrasse standen, von wo aus es in die Wohnküche ging. Das Haus durfte wegen der Bauordnung, die die Gebäude als Badehütten definierte, eine gewisse Größe nicht überschreiten, sah aber recht gemütlich aus. Rote Klinker, moderner Ofen und in der Kochnische viele große Dosen, auf denen muskulöse Männer abgebildet waren. Nahrungsergänzungsmittel. Proteindrinks. Eine große, fette, weiße Katze, die aussah, als ob sie auch etwas von dem Kraftfutter abbekommen hätte, schlüpfte aus einer Katzenklappe.

Groschen sah ein paar Pokale und Fotos von Siegerehrungen an den Wänden. Er überlegte, ob ihm hier etwas zu trinken angeboten werden würde. Wohl kaum. Ein riesengroßer Fernseher im Wohnzimmer, daneben ein paar DVD-Hüllen, Horror- und Actionfilme. Mehrere Ölbilder mit fliegenden Wildgänsen, pingelig gemalt. Im Bücherschrank nur Krimis. Ganz offensichtlich liebte man hier Nippes, überall bunte Teelichter, bemalte Porzellaneier, ein buntes Schuhkästchen, große Tonköpfe wie von nepalesischen Tempeln, eine Lampe mit lauter kleinen Kristallen. Das alles erinnerte an die Geschenkabteilung in einem Haushaltswarengeschäft. Ein gerahmtes Foto zeigte Wenninger und seine Frau, beide in Radfahrkleidung mit hochgesteckten Sportbrillen. Wahrscheinlich nach einem Hobbytriathlon. Edgar Wenninger mit kurzgeschorenen Haaren, ein durchtrainierter Riese neben seiner kleinen Frau. Er hatte tiefliegende grüne Augen, schwache Augenbrauen, eine Nase mit leichtem Überhang und einen Mund, der ihn wie einen kleinen frechen Buben aussehen ließ. Auf seinem linken Arm war eine Tätowierung, drei Streifen, zwei dünne und ein breiterer. Kräftige Hände, teure Markenuhr. Seltsam, dachte der Kommissar, diese Uhr hatte er bei der Leiche nicht gesehen.

– Woran ist er gestorben?, wischte sich Marion Wenninger ein paar Tränen aus den Augen. Wo hatte sie die hervorgeholt?

– Er ist gesprungen.

– Selbstmord? Dieser Trottel. Und warum? Aus Liebe? Nicht einmal das.

Und bevor der Kommissar etwas darauf sagen konnte, kam ein nur mit einem Badetuch bekleideter Mann aus dem Badezimmer. Der Kerl, er mochte um die sechzig sein, benahm sich wie zu Hause. Er war braungebrannt, hatte eine Knubbelnase samt Schnauzbart unter der hohen Stirn, eine fast unanständige Körperbehaarung, so als ob er seinen Körper mit Honig bestrichen hätte und dann durch einen Friseurladen gelaufen wäre. Seine Hände waren knochig und von hervorgewölbten, dunkelblauen Adern durchzogen.

– Schatz, hast du meine Brille gesehen?, schrie der Mensch aus voller Brust. Ich kann sie nirgends finden.

Groschen hatte mit vielem gerechnet, aber wohl kaum damit, hier die Witwe mit ihrem Geliebten anzutreffen. Oder war es ihr Vater?

Marion Wenninger, die aus Scham am liebsten im Erdboden versunken wäre, der hier übrigens gleich ins Grundwasser überging, lief rot an. Sie überreichte dem Frischgeduschten seine randlose Brille und beeilte sich, auf die Anwesenheit Groschens hinzuweisen.

– Edgar ist tot. Zumindest behauptet das der Kriminalinspektor hier.

– Nein. Tot? Edgar? Der Alte ließ vor Schreck, weil er sich mit beiden Händen an den Mund fasste, sein Badetuch fallen und stand nun in seiner ganzen Männlichkeit vor ihnen. Groschen ekelten vor allem die Haare, die ihn an die Staubmäuse unter so manchen Betten erinnerten. Instinktiv blickte er auch zum Schritt und sah eine dicke Knackwurst mit riesigen Hoden wie von einem Zuchtstier.

– Das ist Oktavian Tulipan, rang Marion um eine Erklärung. Edgars Trainer, der hier immer schwimmen geht. Bei jedem Wetter, gell, Oktavian. Und da Groschen nicht darauf reagierte, fügte sie hinzu: Mich trainiert er auch. Triathlon, aber nicht professionell. Sie zeigte auf das gerahmte Bild. Groschen sah, sie trug darauf dieselben Radfahrschuhe, wie er sie neben der Katzenschüssel auf der Terrasse gesehen hatte.

An der Art, wie die beiden Frischgeduschten Blicke austauschten, merkte Groschen, hier ging es um mehr als um Sport und Training. Die beiden hatten dem Triathlon noch eine vierte Disziplin hinzugefügt, den sogenannten Matratzensport. Das Wort »Geliebter« ging ihm durch den Kopf, und Groschen begann für den toten Edgar Wenninger so etwas wie Sympathie zu empfinden, obwohl er ihn nicht gekannt und nur sein quittengelbes Gesicht mit den blutunterlaufenen Augen gesehen hatte.

– Der Donau-Oder-Kanal hat genau die richtige Länge fürs Schwimmtraining, zündete sich Marion eine Zigarette an, nahm einen Zug und begann dann, mit dem Arm vor ihrem Gesicht zu schwenken, so als ob ihr der Rauch unangenehm wäre.

– Sie auch?, hielt sie die Schachtel Groschen vor die Nase. Einen Moment lag war der Kommissar unschlüssig, dann hob er abwehrend die Hände.

– Danke. Aufgehört. Ich dachte, Sportler rauchen nicht.

– Ach so, lächelte sie gezwungen.

– Sprinter brauchen einen hohen Puls am Start. Da kann Nikotin hilfreich sein. Nun zündete sich auch der Trainer eine an, nahm einen tiefen Zug und stieß blauen Rauch aus. Groschen beneidete ihn dafür. Aber gut, er hatte sich vor sechs Wochen entschieden, dem blauen Dunst zu entsagen. Ein hartnäckiger Raucherhusten hatte ihn dazu gezwungen. Jetzt gönnte er sich manchmal ein Zigarillo, aber das war etwas anderes.

– Gesprungen, sagte die frischgebackene Witwe. Der Trottel. Aus Liebe? Nicht einmal das! Und wie um dem Kommissar zu zeigen, dass er hier nichts mehr zu suchen hatte, sinnierte sie laut, was jetzt alles zu tun war. Bestattungsinstitut anrufen. Partezettel in Auftrag geben. Leichenschmaus organisieren. Verwandte benachrichtigen. Edgars Eltern sind tot, Geschwister hat er keine …

– Ich fürchte, erst müssen Sie mich begleiten, brummte Groschen.

– Aufs Kommissariat? Heißt das? Ich? Ihre Augen waren erschrocken.

– Nein, ins Gerichtsmedizinische Institut. Sie müssen die Leiche identifizieren.

– Jetzt gleich? Man merkte an ihrer Stimme, sie hatte darauf keine Lust.

Groschen, der jede Hoffnung aufgegeben hatte, hier noch etwas zu trinken zu bekommen, nickte.

– Dann muss ich mir die Haare föhnen, dämpfte Frau Wenninger ihre Zigarette aus und ging ins Badezimmer.

– Wollen Sie ein Glas Bier?, benahm sich der Trainer wie der Hausherr. Groschen wollte nicht zugeben, wie sehr ihn diese Aussicht erfreute, bejahte. Zu seiner Überraschung ging Oktavian Tulipan aber nicht zur Kochnische, sondern auf die Terrasse, wo auf einer Anrichte nicht nur Gläser standen, sondern auch ein Kasten Bier.

War das nur ein Manöver, um den Kommissar von der Küche wegzulotsen? Groschen konnte sich vage erinnern, es hatte einmal einen Dopingfall mit einem Kühlschrank voller Drogen gegeben. Damals wurde der Mann einer Hammerwerferin verurteilt. Vielleicht waren auch Marion Wenninger und Oktavian Tulipan solche Dopinggroßhändler? Dem Kommissar war das egal, es fiel nicht in sein Ressort.

Der Trainer schenkte Bier ein, und Groschen sah auf den Kanal. Kleine Regentropfen zerschossen die dunkelgrüne Wasseroberfläche. Im Sommer war es hier sicher sehr idyllisch. Jede bebaute Parzelle hatte einen Steg, an dem fast überall ein Boot oder Kanu angeleint war. Daneben beflaggte Fahnenstangen in den Farben von Rapid Wien, Österreich oder Spanien. Gemauerte Feuerstellen. Die meisten Bebauungen waren kleine Holzhütten, die im Sommer als Wochenendunterkünfte dienten. Jemand, der ein Steinhaus hatte und hier ständig lebte wie die Wenningers, war die Ausnahme. Im kleinen Garten stand eine riesige Trauerweide. Die Katze von vorhin strich um einen riesigen Grill, der an einer großen Gaskartusche hing. Wahrscheinlich erinnerte sie sich zurück an die Köstlichkeiten, die im Sommer davon abgefallen waren.

Tulipan reichte dem Kommissar das gefüllte Glas. Sie stießen an und tranken.

– Mir ist es egal, was Sie von uns denken, machte der Trainer keine Anstalten, den Kommissar wieder ins Haus zu führen. Also blieben sie auf der Terrasse stehen und sahen dem Regen zu. Der Wind fuhr in die Trauerweide, und ein tief fliegendes Flugzeug, dessen Fahrwerk schon ausgefahren war, senkte sich über ihre Köpfe Richtung Wien-Schwechat.

– Ein schöner Flecken, nicht? Besonders abends, wenn der Wind mit der Trauerweide spielt, deutete der Trainer versonnen Richtung Garten und Kanal. Armer Edgar, der das nicht mehr sehen kann.

Der Kommissar brummte und genoss das Bier.

– Marion hatte es nicht immer leicht, sah Tulipan zu den Enten, die gerade durch den Kanal schwammen. Seit man Edgar erwischt hat, war er nicht mehr der Alte. Er sprach fast nichts, wollte sich mit niemandem unterhalten, hat sich eingekapselt. Es war, als hätte man ihm die Existenz unter den Füßen weggezogen. Psychologische Hilfe? Wollte er nicht. Da war kein Lebensantrieb mehr. Wir haben versucht, ihn aufzumuntern, sind mit ihm zum Heurigen, ins Kino, ins Theater. Aber es kam nichts zurück, immer nur Schweigen und ein vorwurfsvoller Blick. Sie müssen wissen, er hat nichts anderes gehabt. Nur den Sport. Der Vater hat sich kurz nach seiner Geburt aus dem Staub gemacht, und der zurückgelassenen Mutter blieb nichts übrig als der Überlebenskampf. Wissen Sie, was es heißt, arm zu sein? Kein Geld fürs Essen zu haben, nur geschenkte Kleidung? Wer so aufwächst, will nur eines, sich raufarbeiten. Den muss man nicht besonders motivieren. Der macht alles für den Erfolg. Wissen Sie, wie man ihn genannt hat? Oberschenkel, weil er solche Pakete hatte. Der Trainer machte eine Kunstpause, sein Blick war leicht verschleiert.

– Edgar hat mit einer Kochlehre begonnen, die Behandlung im Gastgewerbe aber nicht ertragen. Für ihn war der Vierhundert-Meter-Lauf das Einzige. Aber nach der Dopinggeschichte … Gut, offiziell war er noch beim Bundesheer. Können Sie sich vorstellen, was sein Vorgesetzter gesagt hat, nachdem die Sache herausgekommen ist? Gefreiter Wenninger, hat er gemeint, jetzt ist es vorbei mit Ihren Extrawürsten. Jetzt lernen Sie das Leben kennen, jetzt können Sie sich freuen. Latrinen putzen, Küchendienst … Da hat der Edgar gleich gekündigt. Alle Schulterklopfer, alle, die kurz zuvor noch etwas von ihm wollten, kannten ihn mit einem Mal nicht mehr. Sogar beim großen Leichtathletikmeeting in Linz, bei dem er jahrelang die Zuschauer angelockt hatte, bekam er Stadionverbot. Stadionverbot! Stellen Sie sich vor.

– So, fertig. Gehen wir. Marion erschien auf der Terrasse. Sie trug ein schwarzes Kleid und hatte ein dunkles Lodencape übergeworfen, wodurch ihre hellblonde Pagenkopffrisur noch stärker auffiel. Ihr Typ changierte zwischen Klopapierreklame und Erzengel. Sie umarmte den Trainer, der noch immer mit nichts außer seinem Badetuch bekleidet war, und sagte zu ihm:

– Du weißt ja, wo der Schlüssel ist.

Der Trainer sah den Kommissar an und sagte:

– Also dann. Ich wünsche Ihnen was. Das war jetzt eine gebräuchliche Redewendung. Man wünschte sich was, sagte aber nicht, was. Wahrscheinlich eine Gemeinheit.

Die weiße Katze saß jetzt auf dem Steg und sah den Enten zu, die mittlerweile in die andere Richtung schwammen. Wäre sie ein Hund, könnte man denken, sie warte auf ihr Herrchen. Aber so? Groschen stellte sein Bierglas ab und folgte der Schwarzgekleideten. Als sie von der Terrasse auf den Weg zum Gartentor traten, erklang die Türklingel. Ein kleiner Mann mit verspiegelter Sonnenbrille im zurückgegelten schwarzen Haar stand am Gartentor. Als er den Kommissar erblickte, fielen ihm vor Schreck fast der Schlüssel für seinen Motorroller und das Handy aus der Hand.

– Walter Maria, klatschte Marion in die Hände. Ich muss ins Leichenschauhaus. Edgar hat sich umgebracht. Das ist Kriminalinspektor …

– Groschen, Kriminalkommissar, brummte dieser.

Walter Maria hatte umgestülpte Jeans, eine gesteppte Daunenjacke, spitze hochhackige Schuhe, ein eigentümlich breites Gesicht mit Pockennarben und die arrogante Ausstrahlung eines ganzen Adelsgeschlechtes. Er brachte immer noch kein Wort heraus, blickte den Kommissar aber beinahe bösartig an.

– Komm nur herein, Oktavian ist da, hielt Marion das Gartentor auf und sah zu, wie sich der Kommissar am wie festgenagelt wirkenden Walter Maria vorbeizwängte. An der Art, wie sie dann den Ankömmling küsste, erkannte Groschen, dass auch dieser Walter Maria schon einmal mit ihr intim gewesen war.

– Sie saßen bereits im Taxi, als er sie fragte, wer das war.

– Was? Sie kennen Walter Maria nicht?, war Marion erstaunt. Eigentlich heißt er Walter Maria Schmierer, aber alle Welt kennt ihn nur als Walter Maria. Society- und Sportreporter beim Tagesspiegel.

– Sein Kürzel ist wama, Chef, ergänzte der Taxifahrer, hat die meisten Dopingfälle aufgedeckt. Ich habe ihn ein paar Mal gefahren. Der wohnt in Grinzing draußen bei den Gespritzten.

– Hat er auch den Dopingfall Edgar Wenninger aufgedeckt?

– Das weiß ich nicht, Chef, aber er hat auf jeden Fall darüber geschrieben.

– Wie erklären Sie mir, dass ein Dopingjournalist bei Ihnen ein und aus geht?, wandte sich Groschen nun an die neben ihm sitzende Blondine.

– Ich bin Ihnen keine Rechenschaft schuldig.

– Also heraus damit. Wie erklären Sie mir den Besuch eines Journalisten, der die Karriere ihres Mannes vernichtet hat, der mitverantwortlich dafür ist, dass er sich nicht mehr auf die Straße traute?

– Wer bei mir ein und aus geht, ist meine Sache.

– Nicht, wenn es um Mord geht.

– Mord? Marion hielt sich eine Hand vor den Mund. Wer soll denn Edgar ermordet haben? Ist er nicht aus dem vierten Stock von einem Haus in der Innenstadt gesprungen, der Trottel? Nicht einmal aus Liebe …

– Woher wissen Sie das? Groschen hob die Augenbrauen. Ich habe Ihnen nur gesagt, dass der Trottel, wie Sie ihn nennen, gesprungen ist, aber nichts von einem vierten Stock, nichts von der Innenstadt.

Die Blondine kramte in ihrer Tasche mit nervösen Fingern nach einer Zigarette, steckte sie sich in den Mund. Der Fahrer sah das über den Innenspiegel. Er wollte schon abwinken und auf die zahlreichen Rauchverbotskleber hinweisen, als er es sich anders überlegte und ihr sogar den rotglühenden Zigarettenanzünder reichte.

– Wenn hier schon ein Kreuzverhör stattfindet, kann man auch einmal ein Auge zudrücken. Vorausgesetzt, der Chef hat nichts dagegen.

– Also, insistierte Groschen, wie erklären Sie mir das? Ist es vielleicht so, dass Sie Ihren Mann loswerden wollten? Vielleicht weil er Ihnen im Weg war? Weil Sie frei sein wollten für eine andere Beziehung? Mit Ihrem Trainer, diesem Herrn Tulipan? Haben Sie Ihren Mann erst an die Dopingfahnder verraten und ihn dann auch noch in der Zeitung bloßgestellt? Haben Sie ihn also in den Selbstmord getrieben? Oder vielleicht sogar ein bisschen nachgeholfen? Der Kommissar beobachtete die Blondine und empfand Unbehagen. Ihr Gesicht war schön, aber ihre Züge wirkten hart und verhärmt.

– Nein, schüttelte Marion den Kopf. Nein, sagte sie mit der Stimme eines Mädchens, das gleich in Tränen ausbrechen wird. Ich habe ihn geliebt.

– Aber das ist lange her. Und jetzt gestehen Sie endlich.

Marion stöhnte. Sie drückte auf den Knopf, der die Seitenscheibe runterließ, warf ihre Zigarette aus dem Spalt, um sich nach dem Schließen des Fensters gleich die nächste anzuzünden.

– Walter Maria hat mich angerufen und mir das mit Edgars Selbstmord mitgeteilt. Auch das mit dem vierten Stock! Ich wusste es also schon, bevor Sie aufgetaucht sind.

Aufgetaucht? Was heißt aufgetaucht?, dachte Groschen. Ich bin doch kein U-Boot.

– Er hatte Edgar ein Angebot gemacht. Eine Enthüllungsstory. Hintergründe, Fakten. Edgar hätte nur einiges erzählen müssen, aber er wollte nicht. Er wollte überhaupt nichts mehr sagen. Also hat sich Walter Maria an mich herangemacht, weil er dachte, ich könnte ihm helfen. Vor einer Stunde hat er angerufen, mir von Edgars Selbstmord erzählt und gemeint, ich könnte das Geld auch brauchen. Jetzt erst recht.

– War es nicht so, dass euch Edgar im Weg gestanden ist und ihr bei seinem Selbstmord etwas nachgeholfen habt?

– Nein! Wie kommen Sie darauf? Marion warf auch diese Zigarette aus dem Fenster und verschränkte die Arme wie ein schmollendes kleines Mädchen, das kein Eis bekam.

Groschen schwieg eine Weile, bevor er mit sanfter Stimme sagte:

– Edgar hat sie geschlagen?

– Und wenn? Dann doch nur, weil er eine Wut auf sich selbst hatte, weil er unzufrieden mit sich und seinem Leben war. Marion blickte ihn mit unschuldigen Rehaugen an.

– Und was ist mit einer Lebensversicherung?

– Davon weiß ich nichts.

– Ich wette, er hat erst vor kurzem eine besonders hohe zu Ihren Gunsten abgeschlossen.

– Und wenn? Ist das verboten? Außerdem zahlt die Versicherung bei einem Selbstmord sowieso nicht.

– Bei Mord schon. Es sei denn, die Begünstigte … Groschen sprach nicht weiter, und Marion Wenninger schüttelte über diese Unverfrorenheit den Kopf. Man sah ihr an, wie sehr sie diese unausgesprochenen Verdächtigungen empörten. Und wenn sie ihren Mann hundertmal als Trottel bezeichnete, gab das doch niemandem das Recht, sie als Mörderin zu verdächtigen.

Den Rest der Fahrt schwiegen sie, nur der Taxifahrer strich sich manchmal durch seine Minipli-Frisur und sagte:

– So einfach wie im Fernsehen ist das wirklich nicht, wirklich nicht.

ERSCHÜTTERNDES WEISS

In der Lazarettgasse kam ihnen eine Horde weißbekittelter Medizinstudenten entgegen, die sich über Krankheiten unterhielten wie andere Menschen über Fußballergebnisse. Groschen brachte dafür nur Verachtung auf. Als Hypochonder hasste er Krankenhäuser und Ärzte und alles, was damit zusammenhing. Kein Wort war ihm so zuwider wie »Gesundenvorsorgeuntersuchung«, da konnte seine Frau noch so oft sagen, wie vernünftig und notwendig und klug das sei. Schon die Worte »Darmspiegelung«, »Prostata« oder »Lungenröntgen« verursachten bei ihm Schweißausbrüche. »Gesundenvorsorgeuntersuchung« löste eine kleine Panikattacke aus.

Das Gerichtsmedizinische Institut machte ihm weniger Kopfzerbrechen. Die obduzierten Toten in den Blechwannen hatten nichts mehr mit dem Leben zu tun, wie der Kommissar es kannte und liebte. Leichen waren nur noch Objekte, verlassene Hüllen, Körperruinen. Daher konnte man auch das Leben nicht verlieren, weil man nach dem Verlust desselben niemand mehr war, der noch etwas verlieren geschweige denn zurückbekommen konnte.

Trotzdem musste nach Groschens Meinung jeder, der hier in diesen formaldehydgetränkten Räumen arbeitete, unweigerlich zum Hypochonder werden. Umso erstaunter war er jedes Mal, wenn er auf den Pathologen Bangerl traf. Professor Bangerl war ein Freak mit langem, grauem Haar, lustigen Augen, ungeheuer buschigen Brauen und einem schier unerschöpflichen Vorrat an Witz. Alles, was der von sich gab, war schelmisch. Seine Toten nannte er Kunden – und, wie es in Wien üblich war, auch in der Einzahl: die Kunde.

– Die Kunde hat sich da drüben gebettet, führte er sie zum toten Wenninger. Ohne auf die Gefühle der Witwe Rücksicht zu nehmen, schlug er das weiße Tuch zurück und überließ sie dem Anblick ihres toten Ehemannes. Das quittengelbe Gesicht hatte eine leicht bräunliche Färbung angenommen, Nase und Mund waren unversehrt, aber über dem rechten Auge klaffte eine große Wunde. Teile der Kopfhaut waren zurückgezogen, und wenn man genauer hinsah, erkannte man den weißen Schädelknochen und die darunter liegende marmorierte graue Masse namens Gehirn. Frau Wenninger reagierte ziemlich gefasst. Einer anderen wäre bei diesem Anblick wohl das Frühstück hochgekommen, sie aber sagte nur:

– Werden ihm denn nicht die Augen zugedrückt? Ohne eine Antwort abzuwarten, trat sie drei Schritte zurück und wandte sich interessiert einer Schautafel über den Blutkreislauf zu.

Für Groschen hatte Bangerl ein paar medizinische Fachausdrücke parat, welche die Verletzungen mit lateinischen Termini beschrieben.

– Irgendwelche Besonderheiten?

– Die Schuhe und die Taschen.

– Was?

– Nun, wie der Herr Kommissar bestimmt weiß, weil er bei seinen polizeilichen Schulungen immer achtgibt, lächelte Bangerl, haben Turmspringer, so heißen Selbstmörder, die wo runterspringen, die Angewohnheit, ihre Schuhe auszuziehen und ihre Taschen auszuleeren. Woran das liegt, wissen wir noch nicht, obwohl es zahlreiche Dissertationen zum Thema gibt, was wieder einmal zeigt … Egal. Tatsache ist, es gibt kaum einen Fall, bei dem ein Selbstmörder mit Schuhen und dem Handy in der Tasche springt … zumindest nicht auf Asphalt, in einen Fluss ist etwas anderes. Was schließen wir daraus? Der Pathologe machte eine Kunstpause, bevor er flüsternd fortfuhr: Der hier ist vielleicht nicht ganz freiwillig gesprungen. Und noch etwas, Bangerl brachte den Kommissar zu einem Schreibtisch und zeigte ihm eine Folie, die einen kleinen Papierschnipsel enthielt.

– Was ist das?

– Den hatte der Tote zwischen den Fingern.

– Hmm, studierte der Kommissar den keksgroßen Schnipsel, konnte aber nichts darauf erkennen. Der weiße Rand und das Papier ließen an das Bild aus einer Illustrierten denken. Und das da? Schuhe?

– Das kenne ich, sagte Marion. Das ist ein Bild von seinem Zieleinlauf bei Olympia. War damals auf allen Titelblättern.

– Danke. Damit haben Sie mir sehr geholfen, sagte Groschen. Sie müssen noch unterschreiben, dass es sich bei ihm, er deutete auf die Leiche, wollte Trottel sagen, verkniff es sich aber, um Ihren Mann Edgar Wenninger handelt. Professor Bangerl hat das Formular. Ich muss jetzt weiter. Wenn Ihnen etwas einfällt, melden Sie sich bei mir. Vorlaufstraße, Hauptkommissariat. Er überreichte ihr noch ein Kärtchen, nickte dem Professor zu und eilte davon. Für die beiden Zurückgebliebenen sah es aus, als ob er einen dringenden Termin hätte, dabei musste er nur seiner Blase Erleichterung verschaffen, denn die Stärke des Kommissars war sein großes Herz, aber seine Schwäche war die kleine Blase.

Den Weg in die Vorlaufstraße ging er trotz des leichten Nieselregens zu Fuß – eigentlich nur, weil ihn die Aussicht auf eine Käsekrainer und ein kleines Bier am Würstelstand beim Schottentor lockte. Das war einmal etwas anderes als das ewige Menü Nummer zehn beim Chinesen. Vor allem die Wurst, die ihn kurz an das Geschlecht von Oktavian Tulipan denken ließ, schmeckte schwer, fett und ungesund, aber jedes Mal, wenn er mit diesem Bangerl und seinen Leichen zu tun hatte, bekam er eine unerklärliche Lust auf so eine fetttriefende Cholesterinbombe.

Wie er so dastand, sein herbes Bier trank, in die Wurst biss und im Geiste die Verdächtigen durchging, Marion, den Trainer, den Dopingkontrolleur und Stanek, die große Unbekannte, wie er abwog, ob es sich bei diesem vermeintlichen Selbstmord überhaupt um einen Mord handelte, fühlte er, es war wieder da, es hatte ihn wieder im Visier. Das ihn fixierende Augenpaar. Er drehte sich um, aber da waren nur Passanten, Geschäftsleute und Studenten, feine Damen mit gefüllten Einkaufstaschen und Rentner, deren Vierbeiner die Stangen von Verkehrsschildern markierten. Niemand schien ein besonderes Interesse für den Kommissar zu haben. Aber Groschen spürte es deutlich, er wurde beobachtet. Hing es mit seinen gegenwärtigen Ermittlungen zusammen? Mit dem Mailschreiber? Plante ein einstmals von Groschen Festgenommener einen Racheanschlag, oder waren das die ersten Anzeichen eines heraufdräuenden Burnout-Syndroms? Groschen war nicht ängstlich, aber dieses Beobachtetwerden irritierte ihn so sehr, dass er die Wurst nur zur Hälfte aß, das Bier hinunterstürzte und weiterging.

Als er wenig später an der Alten Börse vorbeiging, dämmerte es bereits. Er musste sich beeilen, damit er den Untersuchungsrichter noch erreichte, aber vorher stand ein Gespräch mit seinen Inspektoren an.

Gordon Zwilling und Martin Zakravsky saßen in ihrem Zimmer. Gordon, der Kleinere und Impulsivere, der dazu neigte, Probleme auch mal mit Gewalt zu lösen, und Martin, der lange Dünne mit der schwarzen Hornbrille und dem weichen Händedruck. Beide saßen vor ihren Computern – Gordon spielte Solitaire, und Martin googelte etwas. Als sie den Kommissar sahen, sprangen sie hoch, wobei Gordon noch versuchte, das Solitaire vom Bildschirm verschwinden zu lassen.

– Und, meine Herren, was gibt es Neues? Gordon, was hat die Befragung der Hausbewohner ergeben? Hat jemand gesehen, wie Wenninger gesprungen ist?

– Leider nein.

– Aber die Leute gaffen doch ständig aus dem Fenster. Ist niemandem etwas aufgefallen?

– Keinem, zuckte Gordon mit den Schultern. Von Stanek fehlt jede Spur. Die meisten Hausbewohner haben ihn nicht einmal gekannt. Soweit wir es eruieren konnten, hat er gar nicht in der Proschkogasse gewohnt, sondern dort nur Drogen und Blutbeutel gelagert. Hinter einer Schrankwand war noch jede Menge von dem Zeug. Gemeldet ist er nach wie vor bei seinen Eltern in Hollabrunn, Niederösterreich, aber selbst die haben ihn schon länger nicht gesehen.

– Und bei dir, Martin?

– Wir haben herausgefunden, von wo aus die ominöse E-Mail versandt worden ist.

– Nämlich?

– Von einem Internetcafé in der Esterházygasse, das ganz in der Nähe der Proschkogasse liegt. Und es ist auch erwiesen, dass Stanek dort mehrfach gewesen ist.

– Das wird immer komplizierter, kratzte sich Groschen am Kopf. Angenommen, es war wirklich Mord und Wenninger ist nicht ganz von allein aus dem vierten Stock gefallen ... Dann ist Stanek der Hauptverdächtige. Mögliches Motiv? Angst, ein enttäuschter und des Dopings überführter Wenninger legt sämtliche Machenschaften des Dopingsumpfes offen. Aber warum sollte uns dann ausgerechnet Stanek selber darauf hinweisen, dass es kein Selbstmord war? Da stimmt doch etwas nicht.

– Wenn es die Mail nicht gäbe, sagte Gordon, würde niemand den Selbstmord anzweifeln.

– Außer Professor Bangerl, brummte Groschen. Der hat auf die angezogenen Schuhe und die nicht geleerten Taschen hingewiesen. Aber warum hatte er ein Bild von seinem Olympialauf in der Hand? Wo ist der Rest des Bildes hingekommen? Hat es dem Toten jemand aus der Hand genommen? Oder gab es vorher einen Kampf um dieses Bild? Vielleicht hat auch seine Frau etwas damit zu tun? Irgendwie werde ich das Gefühl nicht los, die steckt nicht nur mit dem Trainer, sondern auch noch mit diesem Walter Maria unter einer Decke. Habt ihr überprüft, ob es eine Lebensversicherung gibt?

– Kürzlich abgeschlossen, eine Mille, blies Gordon seine Brust auf, wie er es immer tat, wenn er sich wichtig machte. Die Begünstigte ist Marion Wenninger.

– Die bei einem Selbstmord aber nichts bekommt, ergänzte Groschen.

– Tja, das geht alles nicht zusammen.
– Und was vermelden wir dem Untersuchungsrichter?
– Anzeige gegen unbekannt. Mordverdacht. Und ihr seht zu, dass ihr mir diesen Stanek auftreibt.

Der Untersuchungsrichter Answer Döblinger war ein Streber, einer, der aufgrund seiner, wie man munkelte, masonischen Beziehungen schon in jungen Jahren auf diese hohe Stufe der Karriereleiter gesetzt worden war. Dass er neben seinen freimaurerischen Tätigkeiten, seiner gutbürgerlichen Herkunft und der Ausstrahlung eines aus der Zeit gefallenen Rittmeisters auch das richtige Parteibuch besaß und obendrein Protegé eines führenden Politikers war, konnte dabei nicht schaden. Aufgrund seiner massigen Erscheinung wurde er, je nachdem, wie man zu ihm stand, Ansi oder Tonne genannt.

Kommissar Groschen war nicht gut auf ihn zu sprechen. Erstens war der Richter mindestens um zehn Jahre jünger als er, zweitens mochte er prinzipiell keine Protektionskinder, drittens ekelte es ihm vor dem verschwitzten, weichen Händedruck, und viertens hatte Answer Döblinger an den Ermittlungen der Kriminalpolizei immer etwas auszusetzen. So auch diesmal. Für den Untersuchungsrichter handelte es sich im Fall Wenninger um einen klaren Selbstmord. Nichts rechtfertigte die von Groschen geforderte Untersuchung.

– Aber die Mail, versuchte der Kommissar zu argumentieren.

– Die Mail? Sie wissen selbst am besten, wie viele unsinnige Mails uns täglich erreichen. Leute, die Massenmorde in ihren Wohnungen anzeigen, mit Tätern, die durch die Wände gekommen sind. Answer Döblinger biss sich auf seine wulstige Unterlippe, lächelte. Wenn wir da jedes Mal eine Untersuchung einleiten, können wir überhaupt keinen Verbrecher mehr fassen. Wir müssen sparen, Groschen, sparen. Die uns vom Steuerzahler nur noch spärlich zur Verfügung gestellten Mittel reichen nicht aus, um all Ihren Hirngespinsten und Vermutungen hinterherzujagen. Die Tonne zwinkerte, ein nervöser Tick, der angeblich von Übergriffen während seiner Internatszeit herrührte, und Groschen wusste, der feiste Döblinger mit der zuckerlrosafarbenen Haut stand kurz vor einem cholerischen Anfall. In diesem Zustand ergab es wenig Sinn, mit ihm zu diskutieren – schon gar nicht, wenn man außer einem diffusen Bauchgefühl nicht viel vorzubringen hatte. Der Kommissar tippte sich also mit Zeige- und Mittelfinger an die Schläfe und verließ das Zimmer des Untersuchungsrichters, das sich einen Stock höher als sein eigenes Büro befand und ungleich komfortabler ausgestattet war.

Damit schien der Fall Wenninger abgeschlossen, bevor er richtig begonnen hatte. Groschen klopfte sich auf die Schulter. Bravo, wieder ein Fall weniger. Dabei kam er sich vor wie ein Kind, dem man ohne Grund das Spielzeug weggenommen hatte – einfach weil andere Kinder es nicht gerne sahen, wenn sich jemand völlig in ein Spiel versenkte. Und jetzt? Wohin mit seinem diffusen Bauchgefühl? Er dachte an die Leiche Wenningers, die nun als Selbstmord in die Akten einging, und ein kleiner Teil in ihm brüllte: Besser. Sei doch froh. Der größere Teil aber war unzufrieden. Selbstmord? Nie und nimmer.

Und Groschen selbst? Was sollte er jetzt machen? In den Donauauen hatte man im Sommer eine in einen Teppich eingerollte Frauenleiche gefunden, wahrscheinlich eine ungarische Prostituierte. Und dann gab es noch den verbrannten Chinesen mit den dreitausend Ein-Euro-Münzen in der Tasche. Sollte er sich damit befassen? Oder gar mit einem unaufgeklärten Lustmord?

Schwermütig schritt Groschen durch den Gang, aus dessen Türen immer wieder Menschen in den Feierabend entlassen wurden. Rechtsbeistände, Sekretärinnen, Staatsanwälte. Manche grüßten den Kommissar. Er aber, den eine verwirrende Aura von Kraft und Verletzlichkeit, Phlegma und Nervosität umgab, reagierte nicht. Am liebsten hätte er sich eine Zigarette angezündet, doch riss er sich zusammen. Es hatte ihn genügend Mühe und vor allem eine Woche Krankenstand gekostet, von diesem Laster loszukommen.

Er war wütend. Er wollte sein Spielzeug wiederhaben. Er fluchte auf den feisten Untersuchungsrichter. Das einzig Tröstliche war die Uhrzeit. Es war bereits zu spät, um heute Abend noch seine Inspektoren von dieser Entscheidung zu informieren. Vielleicht kamen ja Zwilling und Zakravsky bis morgen auf etwas, das den Fortgang der Untersuchung rechtfertigte. Gut, Gordon spielte Solitaire. Und Martin? War der auf einer heißen Spur? Wohl kaum … So verließ ein trauriger, aller Hoffnungen beraubter Groschen die Vorlaufstraße und rief seine Frau an, um ihr sein baldiges Heimkommen anzukündigen. Der Nieselregen hatte nachgelassen, und ein warmer Föhn drückte auf die Köpfe der Menschen, die durch die Dämmerung hetzten. Neuerdings aßen alle Nudelgerichte aus Pappkartons – so wie sie früher Kebab, Hamburger oder Würstel gegessen hatten. Wahrscheinlich dachten sie, diese Nudeln wären gesund. Dabei waren darin bestimmt nicht mehr Vitamine als in der Pappe der Verpackung.

Auf der Lände hatte der Kommissar wieder das Gefühl des Beobachtetwerdens. Aber jetzt war ihm sogar das egal. Sollte man ihn ruhig verfolgen. Er war schon auf der Salztorbrücke, als Gordon Zwilling anrief und ihm mitteilte, dass er Staneks Stammlokal ausfindig gemacht hatte. Der Rüdigerhof nahe der Proschkogasse, aber auf der anderen Seite des Wienflusses.

– Ich habe noch etwas Seltsames herausgefunden, flüsterte der Inspektor geheimnisvoll.

– So? Was denn?

– Er gibt der Chefin immer hundert Prozent Trinkgeld.

– Wie?

– Na, er verdoppelt den Betrag einfach. Aber nur bei der Chefin. Die Kellner bekommen einen ganz normalen Aufschlag.

– Danke, brummte Groschen. Leider muss ich dir auch etwas mitteilen, dies ist die letzte Information im Fall Wenninger gewesen. Die Sache wird eingestellt. Der Untersuchungsrichter hat alle weiteren Ermittlungen gestoppt.

– Döblinger? Diese Tonne, diese ausgefressene Dummheit, diese fette Wulstlippe … mit dem blöden Vornamen. Answer? Und dabei ist der an Antworten überhaupt nicht interessiert. Fridtjof sollte er heißen, weil er alles unter sich begräbt, Döblinger-Friedhof … Aber das muss ich heute noch nicht wissen, ich könnte … war Inspektor Zwilling wie einem Hund zumute, dem der Knochen aus dem Maul gerissen worden war.

– Es tut mir leid, sagte Groschen, legte auf, lächelte verschmitzt, stieß eine geballte Faust in Richtung Himmel und telefonierte noch einmal mit seiner Frau, um ihr zu sagen, dass es doch später werden würde.

– Pass auf dich auf, sagte sie. Auch wenn sie es dabei beließ, wusste er, sie hatte wieder Ahnungen, die nichts Gutes verhießen. Ein kleiner Teil in ihm riet zur Vorsicht. Lass die Finger davon. Der Großteil aber schrie: Hurra! Jetzt geht es richtig los!

Er ging zurück zum Schwedenplatz und fuhr mit der U-Bahn bis zur Pilgramgasse. Von dort waren es nur wenige Schritte bis zum Rüdigerhof. Das Lokal sah aus, als stünde es seit mindestens achtzig Jahren unter Denkmalschutz. Alte

Polstermöbel, kleine Kaffeehaustischchen, eine gewölbte Glasvitrine. Und auf allem lag eine leicht versiffte Patina, als hätte man Angst, mit dem Staub und den Fettschlieren etwas Heiliges wegzuwischen, als hätten hier bereits Sigmund Freud und Karl Kraus ihren Kaffee getrunken. Außerdem schien es sich um ein Refugium für Kettenraucher zu handeln. Groschen ließ sich auf eine gepolsterte Bank fallen, spürte, wie sich Stahlfedern gegen seinen Hintern stemmten, bestellte ein Bier und versuchte, sich hinter einer Zeitung zu verschanzen. Die durchwegs kleinformatigen österreichischen Zeitungen waren für eine Observation völlig ungeeignet. Vielleicht gab es deshalb hierzulande keine ernstzunehmenden Kriminalfälle, keine Detektive, weil sich niemand hinter einer Zeitung verstecken konnte. Es sah einfach lächerlich aus. Außerdem waren die heimischen Zeitungen von einer beispiellosen inhaltlichen Dürftigkeit. In erster Linie bestanden sie aus Überschriften, sodass es gar nicht möglich war, sie länger als fünfzehn Minuten zu lesen.

Groschen beobachtete eine Weile die Gäste. Pensionisten mit ihren Hunden, Intellektuelle oder solche, die sich dafür hielten, gescheiterte Künstler, Studenten und, versteckt in einer Ecke, ein mäßig erfolgreicher Kabarettist. Österreich war voll mit Kabarettisten oder Leuten, die sich dafür ausgaben, was der Kommissar noch nie verstanden hatte. Für ihn war dieses Herumalbern auf Oberstufenniveau, dieses Sich-öffentlich-Gedanken-Machen, ob man sich den Allerwertesten nun im Sitzen oder im Stehen auswischte, noch nie lustig gewesen. Was nicht bedeutete, Groschen wäre humorlos. Im Gegenteil, er konnte über Versprecher oder komische Situationen lachen, manchmal fand er sogar die Antworten von Verbrechern beim Verhör lustig. Nur Witze über Politiker ekelten ihn geradezu körperlich. Und dass Kabarettisten neuerdings in jedem heimischen Film mitwirkten, Theater leiteten, Bücher schrieben, ja einem überall entgegenlachten, obwohl sie genauso nutzlos und dumm wie die Politiker waren, deren Gegengewicht sie darstellen wollten, widerte ihn an. Nicht mehr lange und sie würden auch Morde aufklären und in Gerichten den Vorsitz führen. Die reinste Kabarettistenflut.

Eine Zeitlang saß er da und fühlte sich an seine eigene Studentenzeit erinnert. Zur Kriminalpolizei war er eher zufällig gekommen. Auch damals war er öfter in solchen Spelunken hängengeblieben, sie hießen Alt-Wien, Bücke-dich oder Ofenloch, er hatte Bier getrunken, Joints geraucht, über Gott und Nietzsche, Lacan und Derrida, Engels und die Marx-Brothers philosophiert und Lachkrämpfe bekommen, wenn ihm jemand sagte, die englische Aussprache von Jesus lautete wie cheese us (Käse uns), oder statt Happy Birthday kann man Happy Bürste sagen. Er amüsierte sich über die prominEnten KliEnten von MedikamEnten-StudEnten, die in allen MomEnten aldEnte Enten enthielten … Eine schöne Zeit. Dann besann er sich seines Berufs, winkte der Wirtin, eine resolute Person mit slawischem Akzent, bat sie, sich zu setzen, und zeigte ihr ohne Umschweife das Bild von Karl Stanek.

– Wer soll das sein?, sagte die Wirtin mit verrauchter dunkler Stimme. Zögerte sie wirklich mit der Antwort oder kam es nur dem Kommissar so vor?

– Vielleicht ein Stammgast? Man nennt ihn Spritzen-Charly.

– Nicht hier, gab sie ihm das Bild zurück. In ihrem Gesichtsausdruck lag etwas Geringschätziges, Hochmütiges.

– Warum lügen Sie mich an? Und als Groschen das sagte, merkte er eine seltsame Unruhe, die die Wirtin erfasst hatte, sie versuchte den Kellnern etwas zu deuten, aber da hatte sich der sonst so schwerfällige Kommissar schon erhoben, um einen Blick in die Küche zu werfen. Die Wirtin, die ihn zurückhalten wollte, stieß er einfach weg, machte die paar Schritte zur Theke, ging daran vorbei und drückte die elfenbeinfarbene Schwingtür zur Küche auf. Da saß in aller Seelenruhe hinter mehreren Töpfen und Tellern, inmitten von Kartoffelsäcken, Gemüse und Gewürzen der Verdächtige. Karl Stanek löffelte Linsen mit Speck in sich hinein. Er sah aus wie auf den Fotos – kurze braune Haare, kantiges Gesicht, Dreitagebart.

Einen Augenblick trafen sich ihre Augenpaare, war es, als würde einer dem anderen in die Seele blicken und vor dem Abgrund, der sich da auftat, erstarren. Dann fingen sie sich wieder.

– Rühren Sie sich nicht von der Stelle, Stanek, brüllte Groschen. Aber da hatte der Sportmanager, wie er sich selbst bezeichnete, längst seinen gefüllten Löffel fallen lassen, patzten Linsen auf den Tisch. Spritzen-Charly, der Hauptverdächtige in einem Fall, der eigentlich keiner mehr war, war mit einem Satz aufgesprungen und durch das Lokal zum Hintereingang gehechtet, wo er mit großen Schritten in die Dunkelheit flüchtete. Groschen hinterher. Er wusste zwar von Staneks Vergangenheit als 3000-Meter-Hindernisläufer, gab aber trotzdem nicht gleich auf.

– Bleiben Sie stehen, rief er. Stanek! Halt! Doch Stanek dachte nicht daran, rannte über einen Parkplatz Richtung U-Bahnstation Kettenbrückengasse, sprang Treppen runter, stieß Menschen um. Groschen, seit er nicht mehr rauchte, erstaunlich fit, hinterher. Zumindest in dem langen, hellen Gang entwischte er ihm nicht. Die Anzeige verriet, der nächste Zug fuhr erst in vier Minuten ein, also ging es am anderen Ende der U-Bahnstation wieder hinauf. Vor der Haltestelle wurde ein Zeitungskolporteur angerempelt, der seinen ganzen Stapel fallen ließ. »Der tiefe Fall des Edgar Wenninger« stand da auf den Titelseiten.

– Halt. Stehen bleiben, wollte er rufen, hatte aber kaum noch Luft, sah gerade einmal, wie Stanek alias Spritzen-Charly in den unbeleuchteten Teil des Naschmarktes lief. Tagsüber wimmelte es hier von Touristen, jetzt aber, da die Stände schon geschlossen hatten, erinnerte es an einen Weihnachtsmarkt im Jänner, an eine aufgelöste, verwaiste Westernstadt. Nur die vereinzelten Salatblätter und zertretenen Tomaten offenbarten etwas vom Gemüsehandel, der hier tagsüber florierte. In der Nebenzeile waren die überfüllten Szenelokale, das Neni, das Tewa und das Nautilus, aber Stanek war immer noch im unbeleuchteten Teil. Erstaunlicherweise konnte Groschen ihn noch sehen. Ja, der Abstand, zumindest kam es dem Kommissar so vor, verringerte sich sogar. Sollte Stanek außer Form sein? War sein mit Specklinsen gefüllter Magen schuld? Und als Groschen endlich glaubte, ihn zu fassen, als er schon auf einen überraschenden Erfolg hoffte, machte es wumms, und es wurde schwarz in ihm und um ihn herum. Alle Lichter gingen aus und ein siedend heißer Schmerz machte sich breit. Ein Großteil in ihm sagte: Na, da haben wir's. War ja vorherzusehen. Der kleinere Teil blieb stumm. Stimmen, die jetzt noch an sein Ohr drangen, klangen sehr verzerrt. Er hörte, wie eine »passt« flüsterte. Dabei passte gar nichts, zumindest nicht für Groschen. Das Letzte, woran er jetzt noch denken konnte, war der in Wien übliche Kraftausdruck »Geh scheißen«, womit er innerlich seine missliche Situation zum Teufel schickte.

– Sie sehen zu viele Fernsehkrimis, Chef. Inspektor Zwilling stand am Fenster und machte ein ernstes Gesicht. Er hielt eine Tafel in der Hand und las: Schädel-Hirn-Trauma. Commotio cerebri mit vorübergehender Funktionsstörung. Anterograde Amnesie? Therapie? Acht Tage Ruhe plus stationäre Beobachtung. Das ist die schlechte Nachricht.

– Und die gute? Groschen merkte am vanillefarbenen Bettbezug und an dem grauen Haltegriff über seinem Kopf, wo er war, in einem Spitalbett. Auf einem Nachttisch lagen Blumen und Pralinen, an der Wand war eine breite Kabelleiste und in der Ecke ein schwenkbarer Fernseher. Gibt es eine gute?

– Aber ja. Gordon ging zu einem Tisch und hob eine blasse Plastikhaube von einem Tablett: Frühstück. Das, was da zum Vorschein kam, erinnerte an eine billige Herberge.

– Und sonst?

– Wir haben Stanek. Sitzt wegen akuter Fluchtgefahr. Der Untersuchungsrichter gibt uns ein paar Tage Zeit.

Da Groschen ein ungläubiges Gesicht machte, setzte Zwilling hinzu:

– Schon einmal etwas von Handyortung gehört?

– Gut, gehen wir, bevor ich mich übergeben muss. Der Kommissar stieg aus dem Bett, spürte ein Schwindelgefühl, ignorierte es, warf sein hinten offenes Spitalhemd weg, stand einen Augenblick nackt vor Zwilling, fand in einem Schrank seine Kleidung, stieg hinein und verließ das Spitalzimmer.

– Moment, wollte Zwilling ihn zurückhalten. Sie müssen … acht Tage Ruhe … stationäre Beobachtung … und das Frühstück?

Groschen ging darauf nicht ein. Auf dem Gang saßen apathische Menschen in Frotteemänteln. Eine Reinigungskraft wischte den Boden und eine Gruppe weißbekittelter Wichtigtuer war auf dem Weg zur Visite.

– Schnell weg, bevor die Spiegelköpfe mit ihrer Gesundenuntersuchung beginnen und etwas finden.

Die diensthabende Krankenschwester, ein Wesen mit dem Charme der Erzieherin eines Jugendgefängnisses, brüllte ihnen etwas hinterher, doch das beachtete der Kommissar nicht. Genauso wenig die Patienten mit angehängten Infusionen auf dem Weg zum Raucherzimmer. Erst am Ausgang sah er in der Glastür, als er sich darin spiegelte, einen Verband am Kopf – er glich einem Opernsänger ohne Perücke.

Inspektor Zwilling war von Groschens Entschlossenheit so überrascht, dass ihm gar nichts auffiel, als sie durch den falschen Ausgang hetzten. Statt in der Spitalgasse landeten sie am Wiener Gürtel, mussten einen enormen Umweg zurücklegen, bevor sie dreißig Minuten später im Landesgericht ankamen, wo die Untersuchungshäftlinge untergebracht waren. Sie hätten zehn Minuten schneller sein können, aber Groschen hatte darauf bestanden, seine wiedergewonnene Freiheit mit einem Bier zu feiern. Diese Stärkung musste sein, immerhin galt es jetzt, einen Mörder zu überführen.

– Und Sie übernehmen sich auch nicht? Zwilling war skeptisch. Groschen antwortete nicht, murrte nur.

– Ich will ja nichts sagen, Chef, aber die eigenmächtige Verfolgung hat Sie ins Krankenhaus gebracht. Sie wissen doch, in solchen Fällen lautet die Vorschrift, immer zuerst die Kollegen informieren.

Groschen sah ihn strafend an.

– Und du? Was schleppst du da herum, Gordon?

– Blumen und Pralinen. Ich dachte, ich mache einen Krankenbesuch.

– Und da kommst du damit? Wenn du nächstes Mal nicht mindestens zwei Flaschen Bier dabeihast, wirst du nie befördert.

Im Landesgericht, einem großen grauen Gebäudekomplex, wurden sie von einem Beamten in ein Verhörzimmer geführt. Der Weg dorthin war lang. Viele Schleusen und Wächter mussten überwunden werden, sodass Stanek bei ihrem Eintreffen schon dort war. Ein hagerer, auf provinzielle Art gutaussehender Mann um die dreißig mit kräftigem Unterkiefer und Dreitagebart. Als er den Verband am Kopf des Kommissars sah, grinste er, verkniff es sich aber sofort und markierte den Unschuldigen.

– Also, dann heraus mit der Sprache. Der Kommissar setzte sich dem Untersuchungshäftling gegenüber. Warum hast du den Wenninger umgebracht?

– Was? Sie können mir viel anhängen, aber sicher keinen Mord. Stanek, er sprach mit echtem, etwas schleppendem Akzent, war merklich irritiert. Wahrscheinlich hatte er erwartet, gleich die Pralinen samt der Blumen überreicht zu bekommen, stattdessen wollte man ihm einen Mord aufhalsen. Seine hervorstehenden Backenmuskeln zitterten genauso wie die Augen, die vibrierten, als ob sie unter Strom stünden. Der Körper aber saß aufrecht da wie eine Gouvernante. Die Hände waren verschränkt wie bei einem Schüler, der sich weigerte, seine Hausübung zu machen.

– Mord? Wenn Sie mir etwas anhängen wollen, müssen Sie mich dann nicht über meine Rechte aufklären? Habe ich nicht das Recht, die Aussage zu verweigern? Was ist mit einem Anwalt?

– Du siehst zu viele Fernsehkrimis. Inspektor Zwilling stellte sich breitbeinig hin und hob sein Kinn. Aussage verweigern? Anwalt? Wir sind hier nicht beim »Tatort«.

– Warum bist du davongerannt und hast mir, Groschen griff sich an den Verband, dieses kleine Andenken verpasst?

– Ich glaube, er will nichts sagen. Ich glaube, wir müssen ihm einen Knoten in den Arsch drehen, baute sich Zwilling, der aufrecht stehend nicht viel größer war als der sitzende Untersuchungshäftling, vor diesem auf und schlug sich mit der Faust in die flache Hand. Gordon hatte etwas Knochiges und Jähzorniges an sich, etwas, das unmissverständlich ausdrückte, mit ihm sei nicht zu spaßen. Seine aschblonden Haare und die bleiche Haut ließen erahnen, dass er sein Durchsetzungsvermögen vor allem aus Spielhallen und zwielichtigen Etablissements hatte. Tatsächlich umgab diesen Gordon Zwilling eine Aura von Jähzorn und Unberechenbarkeit. Er war wie ein Vulkan, der jeden Moment ausbrechen konnte. Dagegen wirkte Groschen wie ein gutmütiger Bär.

– Also? Warum hast du dich aus dem Staub gemacht?

– Weil ich Sie für einen Beamten der Soko Doping gehalten habe, beeilte sich Stanek. Gestern sind Sie mit dem Hallux in der Proschkogasse gestanden, da war mir klar, Sie haben die Blutbeutel und Vitamine gefunden. Gut, ich geb ja zu, die letzten Jahre ein paar Sportler medizinisch betreut zu haben, aber Mord, das sage ich Ihnen gleich, Mord lasse ich mir keinen umhängen.

– Diese sogenannte medizinische Betreuung war nichts anderes als systematisches Doping, tätschelte Zwilling Staneks Wange.

– Phh. Vermutungen, ließ sich der nicht aus der Ruhe bringen, versetzte aber jeden seiner Sätze mit einer Unmenge Räusperer.

– Gib zu, du hast den Wenninger aus dem Fester gestoßen, aus Angst, er liefert dich ans Messer, wurde Groschen etwas lauter.

– Oder magst du Stiegen runterfallen?, setzte Zwilling nach.

– Sie sind nicht von der Dopingeinheit, oder? Stanek hatte seine Augen weit aufgerissen, die Pupillen zitterten. Er wusste nicht, wie ihm geschah.

– Mordkommission.

– Und da kommen Sie mit Blumen und Pralinen?

– Die sind nicht für dich.

– Schade, seufzte Stanek. Wenn Sie von der Soko Doping wären, wüssten Sie, der Strudel, so hat man den Wenninger genannt, hat mich sowieso ans Messer geliefert. Der Verdächtige sprach mit schneller Stimme und räusperte sich immer wieder. Dann sah er den Kommissar treuherzig an wie ein Patient, der seinem Doktor beschwört, immer gesund gelebt zu haben, und nun nicht versteht, wie es zu dieser beängstigenden Diagnose kommen konnte.

– Der Wenninger hat alles gestanden, dieser Trottel, weil man ihm für Kooperation eine befristete Sperre versprochen hat. Und was hat er gekriegt? Lebenslänglich. Obwohl er kooperiert hat. Nur weil er bei der Kontrolle die Nerven weggeschmissen hat.

Groschen und Zwilling sahen ihn fragend an. Stanek räusperte sich.

– Das ist alles in der Zeitung gestanden. Er machte eine kurze Pause, räusperte sich wieder. Sogar in einer Talkshow hat er es erzählt. Bei dieser Dicken, die Werbung für ein Joghurt voller Darmbakterien macht. Er räusperte sich neuerlich. Aber da sich am Blick der Polizisten nichts änderte, holte er tief Luft und begann, die Geschichte der Dopingkontrolle zu erzählen:

– Wir hatten ein Maßnahmenpaket, das auch funktioniert hätte, wenn sich der Wenninger, der Trottel, daran gehalten hätte. Aber der Strudel, dieser Unglücksmensch, schmeißt die Nerven weg. Der Dopingfahnder war ein Deutscher, ehemaliger Stasi-Mitarbeiter. Jetzt müssen Sie sich vorstellen, die Deutschen haben gerade keinen Zehnkämpfer, der etwas reißt. So drückte sich Spritzen-Charly aus – wie die meisten Österreicher, wenn sie über Sport sprachen. Ein Erfolgreicher ist einer, der etwas reißt. Ob das vom Bäumeausreißen kommt? Oder von Krenwurzen? Vom Niederreißen? Jedenfalls räusperte sich Stanek und setzte fort:

– Wir haben aber den Pinther, genannt Punk Pinther wie Pink Panther, Leistungsexplosion in zwei Jahren, Top-Ten-Plazierungen. Räuspern. Und eben wegen diesem Pinther haben die schwachen deutschen Zehnkämpfer den Dopingfahnder angestachelt, bei uns eine Kontrolle durchzuführen. Und wenn der schon einmal da ist, testet er natürlich gleich die ganze Trainingsgruppe. Um neun Uhr morgens steht er an der Tür vom Wenninger. Wie der den großgewachsenen Menschen mit Hut und Regenmantel und preußischem Blick gesehen hat, war ihm sofort klar, was die Uhr geschlagen hat. Dopingkontrolle! Der Edgar wollte weglaufen. Aber es waren drei Menschen vor seinem Haus, und da hat er resigniert, weil er dachte, gegen drei hat er keine Chance. Sie kennen sein Haus am Donau-Oder-Kanal? Stanek legte einen Kugelschreiber hin, der wohl den Kanal symbolisieren sollte, und zeichnete mit dem Finger ein Quadrat und drei Linien.

– Für eine Flucht ist die Lage nicht gerade optimal. Und dann drei Kontrolleure. Aber wissen Sie, wer die beiden anderen waren? Das werden Sie nicht glauben. Stanek machte eine kunstvolle Pause, räusperte sich wieder und lächelte.

– Der eine war der Taxifahrer, der den Dopingkontrolleur zum Wenninger gefahren hat. Der war an der Gegend interessiert, und deswegen ist er, was Taxifahrer sonst nie tun, ausgestiegen. Und der Dritte? Räuspern. Vertreter einer Buchgemeinschaft, der auch zufällig zur selben Zeit vor

Wenningers Tür stand. Blöder Zufall. Unglaublich. Aber das hätte alles nichts gemacht, wenn sich der Wenninger, das Vollhirn, an das Maßnahmenpaket gehalten hätte. Das sah vor, in der einen Stunde, die er bis zur Abgabe seiner Urinprobe Zeit hatte, Antibiotika zu schlucken, und zwar solche, die Anabolika unkenntlich machen. Hat er gemacht. Hätte völlig ausgereicht, um die Probe unkenntlich zu machen. Aber was macht der Strudel, dieses Ei? Er wirft die Nerven weg. In seiner Panik ist er gleich zum Doktor Nöst gerast, bei dem eine saubere Urinprobe hinterlegt war. Dem hat er sich erklärt, und der war bereit zu helfen. Räuspern. Zuerst haben sie seine Blase ausgedrückt, und dann wurde ihm mit einem Katheter der saubere Urin in die Blase injiziert. Perfekt ausgedacht. Aber sie haben einen Fehler gemacht, eine kleine Unachtsamkeit, die sich bitter rächen sollte.

– Nämlich? Der Kommissar sah Stanek fragend an.

– Damit es weniger schmerzt, so ein Schläuchlein in die Harnröhre ist ja kein Genuss, verwendete Doktor Nöst ein Gleitmittel. Nach Beendigung der Prozedur ist der Edgar zurück zum Kontrolleur und hat vor dessen Augen die Urinprobe abgegeben. Nun war der Preuße aber sehr preußisch und hat am Becher einen vom Gleitmittel herrührenden Schmierfilm gesehen. Tja, machte der Untersuchungshäftling ein resignierendes Gesicht. Das war's. Räuspern.

– Wieso?

– Edgar musste eine zweite Probe abgeben, unter Aufsicht zwei Liter Mineralwasser trinken. Da ahnte er bereits, was kommt. Kurz überlegte er, ob er den Dopingfahnder bestechen könnte. Ob er ihm nicht sagen sollte, schauen Sie, da hinten ist die Volksbank, da fahren wir jetzt hin und heben ab, so viel Sie wollen … Aber einen Preußen schmieren? Das Unglaubliche aber ist, dass, wie ich später erfahren habe, der nur darauf gewartet hat. Doch es kam noch besser, hätte nämlich der Edgar, der Trottel, seine Kollegen beim Bundesheer angerufen, die Militärpolizei hätte eine Kontrolle durchführen und die Urinproben wegen Drogenverdachts konfiszieren und vernichten können. Aber das ist diesem Unglücksmenschen erst später eingefallen. Zu spät! So ist der Dopingfahnder mit dem ans Handgelenk geschlossenen Koffer unbehelligt in sein Labor gefahren, und dort hat man dann so lange und so gründlich untersucht, bis ein paar verbotene Rückstände herausgefiltert waren. Hätte sich der Strudel an den Plan gehalten und nur die Antibiotika genommen, wäre die Probe zwar auch nicht sauber gewesen, aber niemand hätte Verdacht geschöpft. Doch so? Räuspern.

– Und deswegen hast du ihn umgebracht? Groschen sah Stanek streng an.

– Wozu, er hat ja alles ausgeplaudert. Warum hätte ich ihn umbringen sollen? Noch dazu in meiner Wohnung? Das wäre doch idiotisch. Ich habe sogar, obwohl er mich verpfiffen und als Verführer hingestellt hat, weiterhin mit ihm gesprochen, was nicht selbstverständlich ist. Tatsächlich war es, wie die beiden Polizisten wussten, eine Eigenart der Wiener Gesellschaft, unangenehme Menschen einfach zu übersehen. Man sagte dann, der ist gestorben. So wurden diese unliebsamen Menschen auch behandelt, nicht gegrüßt, nicht angesehen und niemals mehr erwähnt. Ein Wiederauferstehen war, da die Wiener nachtragende und sture Menschen sind, praktisch unmöglich. Weil die Zahl dieser »Gestorbenen« ins Unermessliche ging, war Wien wirklich eine Stadt der Untoten.

– Also, warum hätte ich ihn umbringen sollen?

– Weil er damit gedroht hat, dich anzuzeigen?

– Blödsinn. Das ist nicht meine Art. Vielleicht hat ihn ein anderer Sportler auf dem Gewissen? Der Wenninger war unglücklich über die Behandlung, die ungerechte Bloßstellung in den Medien, darüber, dass andere Sportler nicht erwischt worden sind und sich als Saubermänner aufgeführt haben oder, noch schlimmer, erwischt worden sind und trotzdem ungeschoren davongekommen sind.

– Aber man hat doch hart durchgegriffen. Die Langläufer wurden gesperrt. Der Radfahrer … Zwilling hatte seine randlose Brille abgenommen und damit begonnen, in die Bügel zu beißen.

– Und was ist mit dem Skifahrer? Österreichs Ikone.

– Du meinst doch nicht etwa den …? Unseren …?

– Der kurz vor Saisonbeginn siegessicher erklärt, er sei noch nie so gut vorbereitet gewesen, habe noch nie so viel trainiert, und dann drei Wochen später mit Tränen in den Augen seinen angeblich lange vorbereiteten Rücktritt verkündet? Das macht natürlich stutzig.

– Was heißt das?

– Was das heißt? Einzelne Sportverbände schicken Proben an die Dopinglabors. Aber nicht, weil sie wissen wollen, ob ihre Athleten sauber sind, sondern um zu sehen, wie lange die Abbauzeit der Vitamine ist. Wenn aber einmal eine Probe positiv ausfällt, muss das vom Labor gemeldet werden, weswegen man lieber in ausländischen Instituten testen lässt. Wenn man sich aber sicher ist und deshalb ein heimisches Labor nimmt und das dann einen Prominenten erwischt, ist es blöd gelaufen. Dann muss man sich auf einen Deal einlassen. Der Sportler tritt zurück, und der ganze Fall wird unter den Tisch gekehrt.

– Dann hat also der …? Unser …? Nicht möglich. Mein absoluter Liebling. Die Sportikone Österreichs? Zwilling schüttelte ungläubig den Kopf, als er Staneks Nicken sah.

– Aber der ist doch Testimonial einer Bank? Oder …? Eben deshalb?

– Andere bekommen Panik und verletzen sich vor wichtigen Wettkämpfen selbst, greifen in Glasscherben, damit sie nicht Speer werfen können, oder schlagen sich die Zehen blau. Und wenn wirklich mal einer erwischt wird, war das Nahrungsergänzungsmittel verunreinigt oder ein Konkurrent hat verbotene Substanzen in die Zahnpasta gespritzt. Der Asthma-Inhalator der Mama ist explodiert, und man hat vor Schreck eingeatmet. Der Elektrolyte-Drink war verunreinigt, man hat ein Penisverlängerungsmittel probiert, oder das Steak war von hormonverseuchten Rindern. Stanek lachte. Man hat versehentlich Appetitzügler der schwangeren Frau genommen, oder es kommt von einer Hämorrhoidensalbe.

– Und du?

– Ich bin nur ein Helferlein, einer, der dafür sorgt, dass die Sportler nicht allein an sich herumpfuschen.

– Aber du hast gut davon gelebt.

– Pff. Der Verhörte zuckte mit den Achseln.

– Du bist am Ende, Freundchen. Jetzt hatte Zwilling seine Brille wieder auf und schielte über ihre Ränder. Erstens glaube ich nicht, dass mein absoluter Liebling gedopt hat, und zweitens haben wir jetzt nicht nur dich, sondern auch dein Auto.

Stanek sah ihn erstaunt an, als wollte er sagen, ach, darauf wollen Sie hinaus. Dann lächelte er verlegen und bemühte sich um einen unschuldigen Gesichtsausdruck.

– Natürlich haben Sie mein Auto, Sie haben mich schließlich auf dem Weg zur Grenze festgenommen.

– Aber wir wissen, was das für Gerätschaften im Kofferrum sind. Eine Blutzentrifuge für Eigenblutdoping.

– Eine ACP 215, die das Blut für den Gefrierprozess vorbereitet und beim Auftauen das Glycerol aus den Blutkörperchen wäscht. Fünfunddreißigtausend Euro. Das Zweite ist ein Blutzellenseperator, achtundfünfzigtausend Euro, konkretisierte Stanek mit leichtem Stolz. Wenn Sie mich fragen, wie ich dazu gekommen bin? Ich habe mich als Mitarbeiter von Ärzte ohne Grenzen ausgegeben und es ganz legal gekauft. Der Besitz dieser Geräte ist nicht strafbar.

– Und warum wolltest du damit über die Grenze?

– Weil ich die Babys in Sicherheit bringen wollte. In Ungarn kenne ich ein paar Leute, da hätte ich für eine Weile untertauchen können.

– Und wir haben das hier gefunden. Zwilling zog ein kleines schwarzes Notizheft mit leicht vergilbten Seiten hervor. Hier werden die Nummernkombinationen auf den gefrorenen Blutbeuteln Sportlernamen zugewiesen.

Stanek erstarrte. Nach einer Schrecksekunde entspannte sich sein Gesicht, es wirkte, als ob eine große Last von ihm fiele. Sogar sein Nystagmus und das Räuspern beruhigten sich. Er streckte seine Hände in die Höhe und gähnte.

– Gratuliere. Das war's dann. Ich habe das sowieso schon lange satt. Oder glauben Sie, es ist lustig, zu den großen Radrennen, Triathlons oder Langlaufbewerben zu fahren, einen Blutbeutel am Körper zu tragen, damit er vorgewärmt ist, wenn der Sportler die Infusion bekommt? Anfangs macht es Spaß, in einem von der Polizei bewachten Hotel ein Zimmer zu haben, in das dann wie selbstverständlich der Tour-de-France-Starter kommt und sich seine Ration abholt. Eine Weile ist es witzig, den Leuten von Fluggesellschaften vorzulügen, man sei ein Notfallmediziner, der das Blut eines zu Operierenden dabeihabe, das unbedingt gekühlt werden müsse. Aber irgendwann ist das nur noch Stress. Die ständige Angst vor Kontrollen. Blutbeutel für die Ausdauersportler, Wachstumshormone und Anabolika für die Kraftsportler. Das ist ein kompletter Wahnsinn.

Stanek, der die ganze Zeit wie ein gefangenes Insekt gewirkt hatte, das beharrlich einen Weg in die Freiheit suchte, war jetzt ruhig und gleichgültig. Groschen, der diesen resignierten Zustand von zahlreichen Verhören kannte, wusste, jetzt war es so weit. Oft trat dieser Zustand erst nach Stunden ein, aber Staneks Flucht und die Zeit als Untersuchungshäftling hatten das ihrige getan. Der Verdächtige war weich wie eine überreife Feige. Er hatte sich aufgegeben. Nun war er bereit, alles zu gestehen. Also erhob sich der Kommissar und sagte mit väterlicher Stimme:

– Herr Stanek, wollen Sie uns nun nicht endlich sagen, was Sie vom Ableben Edgar Wenningers wissen?

– Aber das habe ich doch bereits. Ich bin wirklich ... ich habe damit nichts zu tun. Wirklich nicht. Das Insekt begann noch einmal verzweifelt herumzuschwirren. Auch das war Groschen gut bekannt.

– Wie oft war er in Ihrer Wohnung in der Proschkogasse?

– Oft. Wir haben dort die Trainingspläne ausgearbeitet, die Übergaben durchgeführt.

– Wo waren Sie gestern um zehn? Groschen sprach noch immer mit sanfter Stimme.

– Im Rüdigerhof. Frühstücken. Die Wirtin kann's bezeugen.

– Wie konnte Wenninger allein in die Wohnung kommen?

– Unter der Fußmatte liegt der Schlüssel. Das wusste er. Alle meine Kunden wussten das.

– Warum haben Sie Hanns Hallux zu sich bestellt?

– Den Dopingfahnder? Diesen Hühnerschädel? Groschen musste bei diesem Ausdruck unwillkürlich an seinen Lehrer denken, während Stanek, der nun wieder in seinen resignierten Zustand zurückgefallen war, weiter ausführte: Kennen Sie Österreichs Medaillenbilanz bei den letzten Olympischen Sommerspielen? Eine Bronzemedaille! Kein Doping, keine Leistung. Man hat also vonseiten des Sportministeriums eingesehen, eine kleine Nachhilfe in Sachen Leistungssteigerung kann nicht schaden. Aber bis zu Hallux scheint sich das nicht durchgesprochen zu haben. Jedenfalls ist er nach außen immer noch der unerbittliche Dopingjäger, der Gefängnisstrafen für Dopingsünder fordert. Aber ein Treffen? Nein, war nicht vereinbart. Ich weiß auch nicht, ob ich das möchte. Wer profitiert denn vom Doping? Leute wie der Hallux. Gelernter Physiotherapeut. Jetzt betreibt er ein sportmedizinisches Institut, das auf Staatskosten Dopingproben analysiert. Der kann doch gar kein Interesse daran haben, dass nicht mehr gedopt wird. Im Gegenteil.

– Und warum geben Sie im Rüdigerhof so viel Trinkgeld?

– Das geht Sie nichts an. Stanek musste husten.

– Damit man Ihnen ein Alibi verschafft. Zwilling lächelte spöttisch.

– Nein.

– Und was ist mit der Mail? Hast du uns nicht selbst vom vermeintlichen Selbstmord eines Sportlers geschrieben?

– Warum sollte ich das tun? Stanek sah den Inspektor an, als ob er ihm soeben die Existenz von Außerirdischen bewiesen hätte, die gerade dabei waren, ein großes Glas über die Erdkugel zu stülpen.

– Warum spionieren Sie mir hinterher?

– Wie? Ich weiß nicht, was Sie meinen.

– Dann leugnen Sie also, mir die letzten Wochen nachgeschlichen zu sein?

– Weshalb sollte ich das tun?

– Dann frage ich Sie noch einmal, Groschen sprach jetzt besonders sanft, so als wollte seine Stimme das Insekt greifen, was wissen Sie von Wenningers Tod? Bedenken Sie, ein Geständnis wirkt sich strafmindernd und oft auch hafterleichternd aus.

– Noch einmal. Stanek sah ihn mit großen Augen an – wie ein Wesen, das gepfählt wurde und das Ganze für ein unglückliches Missverständnis hielt. Ich war es nicht.

– Na schön. Groschen erhob sich schwerfällig. Ich glaube, das war's, du ... Sie können gehen.

– Wir lassen ihn laufen, war sein Inspektor mindestens ebenso überrascht wie Stanek. Letzterer erhob sich, lächelte und klopfte sich den Staub aus der Hose. Die vermeintliche Pfählung hatte sich als kleiner Nadelstich entpuppt.

– Und was ist mit der Körperverletzung? Widerstand gegen die Staatsgewalt? Zwilling sah auf Groschens Kopfverband.

– Das hat Zeit, ging der Kommissar zur Tür und klopfte.

– Aber sagen Sie einmal, Herr Inspektor ...

– Kommissar, verbesserte ihn Groschen. Ich bin immer noch Kommissar.

– Sagen Sie einmal, Herr Immer-noch-Kommissar, soweit ich das aus der Zeitung weiß, hat sich der Wenninger aus meiner Wohnung gestürzt. Und wenn ich Sie richtig verstanden habe, wurde ich verdächtigt, da etwas nachgeholfen zu haben. Richtig?

Der Kommissar nickte.

– Jetzt haben Sie sich aber von meiner Unschuld überzeugt, ging Stanek unruhig zwischen den beiden Polizisten hin und her, seine Augen vibrierten. Nun frage ich Sie, was ist, wenn Wenninger tatsächlich, wie Sie meinen, ermordet worden ist? Kann es dann nicht sein, dass man es eigentlich auf mich abgesehen hat? Und kann es nicht auch sein, dass ich in Gefahr bin? Sie müssen bedenken, ich habe einige österreichische Sportler betreut. Ein paar davon sind noch aktiv, andere haben bereits aufgehört. Von denen hat doch keiner ein Interesse, seinen Namen plötzlich in der Zeitung zu sehen – zumindest nicht im Zusammenhang mit Doping.

– Wollen Sie hierbleiben?, fragte Groschen.

– Was meinen Sie?, wurde Staneks Stimme nun beinahe hysterisch. Ich habe keine große Lust, dem Wenninger zu folgen.

– Keine Sorge, beruhigte ihn der Kommissar. Wir werden dafür sorgen, dass dir … dass Ihnen nichts passiert.

– Und wo soll ich schlafen? Die Proschkogasse ist bestimmt versiegelt.

– Wo haben Sie zuletzt geschlafen?

Stanek zuckte mit den Schultern.

IN DIE GESCHICHTE EINGEHEN

Bevor sie in die Vorlaufstraße fuhren, gingen Groschen und Zwilling auf ein Bier. Der Kommissar rief seine Frau an und erklärte ihr, wo er letzte Nacht abgeblieben war. Da Frau Groschen nicht nur pedantisch, ordnungsliebend und auch ein bisschen selbstgerecht war, vor allem aber über alle Maßen eifersüchtig, wurde der Kommissar ziemlich kleinlaut, als er ihr von seiner Verfolgung über den Naschmarkt und dem darauf folgenden Aufenthalt im Allgemeinen Krankenhaus berichtete.

– Nicht so laut, flüsterte er ins Telefon. Ich will nicht, dass mein Inspektor alles mitbekommt. Können wir das nicht später besprechen? Aber seine Frau war hartnäckig, erstens hatte sie sich Sorgen gemacht, zweitens war sie auf ihrem Abendessen sitzengeblieben und drittens hatte sie Ahnungen gehabt … aber da hatte der Kommissar sein Telefon schon abgeschaltet. Eingehängt, dachte seine Frau. Aber diese neuen Telefone hatten nichts mehr zum Einhängen oder Auflegen.

Groschen hatte noch nie verstanden, wie Frauen es schafften, so lange zu telefonieren. Schon seine Exfrau hatte ganze Tage damit zugebracht, irgendwelche und in seinen Augen belanglose Dinge mit ihren Freundinnen am Telefon zu bequatschen. Seine jetzige Frau war nicht anders. Auch sie telefonierte ständig mit ihrer Mutter oder einer Freundin. Groschen hasste Handys. Die ständige Erreichbarkeit nervte ihn. Außerdem, war er überzeugt, sind diese Handy-Strahlen für Hirntumor und Hodenkrebs verantwortlich. Er schaltete es also aus, sah, dass Zwillings Glas beinahe voll war, und bestellte noch ein Bier für sich. Der Inspektor trank höflichkeitshalber mit.

– Ob das eine gute Idee war, den Stanek laufenzulassen?, stierte er in sein Glas.

– Glaubst du, er ist ein Mörder?

– Ich weiß überhaupt nicht, was ich glauben soll. Aber wir haben nicht einmal sein Alibi überprüft.

– Man darf nicht zu viel auf einmal wollen, brummte Groschen. Immer wenn man etwas unbedingt will, bekommt man es nicht. Das ist mit Mördern wie mit Frauen.

– Dann ist er also nicht der Mörder? Aber was macht Sie da so sicher, Chef? Zwilling sah den Kommissar erwartungsvoll an, aber der machte es wie immer, wenn er etwas nicht begründen konnte, er zeigte auf seine Nasenspitze.

– Und warum haben Sie ihn beschuldigt, Sie seit Wochen zu verfolgen? Zwilling blickte den Kommissar mit großen Augen an, hoffte, etwas Neues über Vernehmungsstrategie zu erfahren. Aber Groschen, der sein Gefühl des Beobachtetwerdens lieber für sich behielt, ging darauf nicht ein, stellte seinerseits die Frage:

– Was habt ihr über diesen Stanek herausgefunden?

– Er war ein 3000-Meter-Hindernisläufer, ist aber über den Nachwuchskader nicht hinausgekommen. Zwei, drei Jahre hat er von der Sporthilfe gelebt, mehrere Trainingslehrgänge mitgemacht, dann hat er die Limits nicht erbracht …

– Das weiß ich schon.

– Aus dieser Zeit stammen seine Kontakte zur Dopingszene, nur ausgerechnet bei ihm selbst wollte das Zeug nicht wirken. Nach seiner aktiven Karriere hat er sich eine Weile als Manager versucht, afrikanische Läufer, georgische und iranische Gewichtheber, weißrussische Langläufer, Radfahrer aus Kasachstan, usbekische Judokas. Aber vielleicht das Interessanteste, er war zwei Jahre lang mit Marion zusammen, die damals noch Nöst hieß, bevor sie den Wenninger geheiratet hat.

– Nöst? Der Name kommt mir bekannt vor.

– Der Arzt, der bei Wenninger den Urinaustausch vorgenommen hat. Marion ist seine Tochter.

– Hmm, brummte der Kommissar. Ein Dopingarzt?

– In den Zeitungen hat er gesagt, er dient seinem hippokratischen Eid mehr, wenn er dopende Sportler medizinisch begleitet, als wenn die allein an sich herumzupfuschen – das ist dann weitaus gefährlicher.

– Zum Glück sind wir keine Sportler, legte der Kommissar zwei Scheine auf den Tresen und gab damit das Zeichen zum Aufbruch.

– Wir dürfen uns mit Bier dopen, lachte Gordon und bedankte sich mit einer leichten Verbeugung.

– In der Schule, öffnete Groschen die Tür, ist mir das Lernen noch als unfair gegenüber den Mitschülern vorgekommen. Damals habe ich gedacht, Lernen wäre eine unerlaubte Wettbewerbsverzerrung. Darum war ich auch nie ein besonders guter Schüler.

– Aber heute würden wir alles tun, um einen Fall aufzuklären?

– Mag sein. Vielleicht aber auch nicht.

Sie gingen über die Freyung, den Hof und den Judenplatz. Beim Anblick der großen, dunklen Lessingstatue fühlte Groschen wie immer eine wohltuende Wärme in der Brust, obwohl dieser deutsche Aufklärer und seine eigene kriminalistische Aufklärerei nicht das Geringste miteinander zu tun hatten. Sie gingen vorbei am ehemaligen Justizministerium. Dem Kommissar fielen zum ersten Mal, obwohl er diesen Weg bestimmt schon tausendfach gegangen war, die mächtigen Atlanten auf, die die Fassade scheinbar stützten. Vorbei an einem Lokal namens Bieradies, vorbei an einem Kino, einem neuen Geschäft für Joghurteis, das erstaunlicherweise sogar im verregneten Oktober frequentiert wurde, und einer asiatischen Suppenküche. Obwohl es sich der Kommissar nicht recht eingestehen wollte, war da auch schon wieder die Gewissheit, dass ihm fremde Blicke folgten.

In der Vorlaufstraße war noch immer die große Baustelle vor dem Kommissariat, über dessen Gerüst Verdächtige leicht fliehen konnten, was erstaunlicherweise bisher nicht geschehen war. Im Inneren herrschte eine Riesenaufregung; das Sittendezernat hatte eine Razzia durchgeführt, und jetzt saßen Anwälte von Freiern, Zuhältern oder Puffbetreibern in den Gängen und forderten lautstark, zu ihren Klienten oder Anvertrauten vorgelassen zu werden. Das war ein Gezeter. So viele Schimpfwörter hatte man in der Vorlaufstraße schon lange nicht gehört.

Im Gang der Mordkommission war es ruhig. Ein einzelner, auffällig gut gekleideter Herr saß da und tippte etwas in sein Handy. Sobald er den Kommissar erblickte, sprang er auf und reichte ihm die Hand. Der kräftig gebaute Mensch stellte sich als Xaver Einbrot vor, Vertreter einer bedeutenden Sportartikelfirma. Groschen bat ihn, sich einen Moment zu gedulden.

Der Kommissar betrat sein Büro und fand eine Nachricht

auf dem Schreibtisch. Marion Wenninger hat angerufen, stand da zu lesen. Sie bittet um Rückruf,

Bevor er den Menschen mit den Fleischerhänden und dem Seidenanzug hereinbat, wollte der Kommissar durchatmen. Auf ein Blatt Papier kritzelte er das, was er bislang wusste: Der 400-Meter-Läufer Edgar »Strudel« Wenninger stürzt aus dem vierten Stock in der Proschkogasse zu Tode. Die Wohnung gehört Karl Stanek, der ihn mit Dopingmitteln versorgt hat. Anabolika und Wachstumshormone. Blutdoping ergibt bei einem 400-Meter-Läufer keinen Sinn. Ohne E-Mail müsste man von Selbstmord ausgehen. Wenninger hätte nach der Aberkennung seiner Titel allen Grund dazu gehabt. Außerdem gab es da noch immer dieses diffuse Bauchgefühl, das Mord und Verbrechen schrie. Aber wer war der Täter? Stanek? Weil er fürchtete, der Sportler könnte etwas ausplaudern? War es vernünftig gewesen, ihn freizulassen? Was war mit Wenningers Frau, die sich offensichtlich einen oder zwei Geliebte hielt? Eine Mörderin? Wegen der Lebensversicherung? Dann hätte sie das als Unfall inszenieren müssen. Der Trainer Oktavian Tulipan? Aus Eifersucht? Beide hatten bei Groschens Eintreffen gerade geduscht gehabt. Zugang zu der Wohnung in der Proschkogasse hatte praktisch jeder. Was war mit dem Journalisten Walter Maria Schmierer? Oder ein anderer Sportler, der Wenningers Enthüllungen fürchtete? Aber hatte der nicht ohnehin längst alles gesagt? Und vor allem, von wem konnte die E-Mail stammen? Vom Mörder selbst? Und was, wenn der Mörder es eigentlich auf Stanek abgesehen hatte? Alles nur ein Ablenkungsmanöver? Groschen war ratlos. Zu Beginn hatte das Ganze nach keiner großen Sache ausgesehen. Zuerst die Mail, dann war ein Sportler aus einer Wohnung gehüpft, und jetzt wurde der Fall ständig komplizierter statt einfacher.

Am liebsten hätte der Ermittler noch ein Bier getrunken

und sich dann zu Hause ins Bett gelegt. Die besten Ideen kamen ihm sowieso im Halbschlaf. Aber da er schon einmal im Kommissariat war, musste er zumindest den Anschein erwecken, seinen Pflichten nachzugehen.

– Ich hab's, ich hab's, kam ein junger Kollege zur Tür hereingestürzt.

– Den Mörder? Groschen war sofort hellwach.

– Die Lösung.

– Und? Wer war's? Wer? Heraus damit.

– Die dreitausend Ein-Euro-Münzen in der Tasche des toten Chinesen. Sie wissen ja, dass wir uns alle sicher waren, das sind Fälschungen. Die Münzexperten waren ganz verzweifelt, weil sie nichts und nichts entdecken konnten.

– Ach so, seufzte Groschen, dem jetzt wieder einfiel, dass dieser Kollege ja mit ganz einer anderen Sache betraut war, mit dem Fall Wenninger gar nichts zu tun hatte.

– Die Münzen waren echt, ließ sich der Jungspund in seiner Begeisterung nicht bremsen. Der Chinese hat auf einem Schrottplatz in China gearbeitet. Da schlachtet man vorwiegend europäische Autos aus. So ist es ganz normal, wenn die Arbeiter dort ständig Münzen finden, die irgendwo hineingerutscht sind.

– Gratuliere, murmelte der Kommissar, sah, wie der Grünschnabel wieder hinausstürzte, seine bahnbrechende Entdeckung auch den anderen Kollegen mitzuteilen.

Groschen aber war enttäuscht. Für einen Moment war ein Hoffnungsstrahl am Himmel aufgetaucht, aber nun hatte sich alles wieder verfinstert, war dunkler als zuvor. Bevor er den Sportartikelvertreter hereinbat, rief er Marion Wenninger an.

– Hier Groschen, Sie haben um Rückruf gebeten?

– Ich bin bereits auf dem Weg zu Ihnen.

– Sie sind was?

– Man hat mir gesagt, ich würde Sie im Kommissariat antreffen, außerdem habe ich in der Stadt zu tun.

– Worum geht es denn?

– Das will ich Ihnen lieber persönlich sagen.

– Wann werden Sie hier sein?

– In spätestens einer Stunde.

– Geht das nicht gleich … Hallo! Hallo? Eingehängt. Hmmm. Groschen brummte. Wann wird er es lernen, sich am Telefon nicht überrumpeln zu lassen? Wieso konnte die ihm nicht sagen, was sie wollte? Oder glaubte sie, ihr Telefon würde von der Polizei überwacht? Bei diesem Gedanken musste Groschen schmunzeln. Lächelnd trat er zur Tür und bat den Wartenden herein.

– Nun, was kann ich Ihnen Gutes tun? Entschuldigen Sie, wenn ich Sie habe warten lassen.

– Aber ich bitte Sie, das macht doch nichts. Xaver Einbrot, der breite Mensch drückte nochmals die Hand des Kommissars. Diesmal so fest, dass Groschen froh war, sie unversehrt aus diesem Schraubstock herauszubekommen. Gleichzeitig nahm er ein starkes Männerparfüm wahr, kein billiges, wie er es aus den Vorstadtcafés und seinem türkischen Fitnessstudio kannte, etwas Ausgefallenes, das den Kommissar an harzende Zedernwälder und Flughafenlounges erinnerte.

– Früher war ich Bobfahrer, sagte der herb riechende Kraftlackel, als er merkte, dass sein Name dem Kommissar nichts sagte. Olympiateilnehmer. Staatsmeister. Irgendwann hat man mich erwischt. Mit zwei Fingern deutete er das Hantieren mit einer Spritze an. Sie können sich denken, wie schwer es anschließend für mich war. Ein des Dopings überführter Sportler ist nicht nur ein gefallener Star, das Böse hat auch ein Gesicht. Jeder Raubmörder, jeder Kinderschänder darf in der Zeitung nicht mit vollem Namen genannt werden, ein des Dopings überführter Sportler schon. Der ist zum

Abschuss freigegeben, vogelfrei. Der Riese lächelte, und Groschen, der sich in Gegenwart größerer Männer immer etwas unwohl fühlte, machte, da er nicht recht wusste, was dieser da von ihm wollte, ein neugieriges Gesicht.

– Ich war also zuerst Versicherungsvertreter, Klinken putzen, Verkäufer von Küchenhobeln auf Landwirtschaftsmessen, Angestellter eines Haushaltswarengeschäftes. »Kein Ärger – Schwammesberger«, kam mechanisch ein Werbeslogan aus dem großen Mund. Dann beugte er sich zu Groschen runter und flüsterte:

– Wissen Sie, wie es wieder bergauf gegangen ist? Mit Eiern! Ich habe mir zwanzig Hennen angeschafft und sie im Schrebergarten meiner Eltern gehalten. Nach zwei Monaten ist mir das zu blöd geworden. Füttern, Stall ausmisten und der ganze Dreck. Aber da haben die Leute schon gesagt, ich kaufe die Eier nur beim Einbrot, der füttert seine Hühner selbst, da weiß man, was man hat. Hätte ich sie enttäuschen sollen? Den Leuten ein Stück Hoffnung nehmen? Also habe ich jahrelang die billigen Legebatterie-Eier aus dem Supermarkt als Bio-Landeier verkauft. Die Menschen haben sich gefreut. Alles, was ich machen musste, war, die Kennzeichnung von den Eiern herunter zu waschen. Kein Problem, wenn man das richtige Lösungsmittel hat. Der Riese rollte mit den Augen, und Groschen wusste nicht recht, was er mit diesem Geständnis anfangen sollte.

– Darum gebe ich Ihnen einen Rat, kaufen Sie nie Bio – das ist wie beim Leistungssport, alles Schwindel. Aber die Leute brauchen das. Die Leute wollen das. Irgendwann hat man mir sogar im Sport wieder eine Chance gegeben. Jetzt arbeite ich für ... Er zeigte auf das Logo seines Schuhs.

– Und? Was kann ich für Sie tun. Soll ich Sie verhaften?

– Wegen ein paar Eiern?

Groschen wunderte sich, dass der Schrank mit solch einer

sanften Stimme sprach. Selten war er einem so ruhigen und selbstsicheren Menschen begegnet.

– Darf ich Ihnen eine persönliche Frage stellen? Was verdient man so als Kriminalhauptmann?

– Kommissar!

– Zwei-, dreitausend? Mehr? Einbrot blickte ihn herausfordernd an. Wollen Sie nicht auch einmal mit Ihrer Frau Urlaub in der Südsee machen? Die Malediven sind sehr schön … Oder zum Opernball? Träumen Sie nicht manchmal von einem neuen Auto?

– Ich fahre nicht, und für meine Frau reicht unser Wagen. Der Kommissar dachte an den alten grauen Simca seiner Frau und dass er tatsächlich hin und wieder bewundernd vor einem dieser mächtigen SUVs stehen blieb, die breiten Reifen und runden Formen bewunderte, die Ledersitze und das gediegene Armaturenbrett. Fahrende Chefbüros waren das.

– Worauf wollen Sie hinaus? Groschen wusste ganz genau, was der andere wollte, aber er war an einem Punkt seines Lebens angelangt, an dem man ihn mit Geld nicht mehr reizen konnte. Es gab Zeiten, da wäre er dafür empfänglich gewesen, da hätte er sich unter Umständen kaufen lassen, aber das war so gut wie vorbei. Auch damals war es ihm schon unverständlich, dass manche seiner Kollegen am eigenen Leib erproben wollten, wie tief der Mensch sinken kann, und sich für Aufenthalte in Bordellen oder Wochenendurlauben in Villen am Mittelmeer mit Nutten und Koks kaufen ließen. Vielleicht war jeder bestechlich? Groschen hatte keinerlei Hoffnung auf eine bessere, moralische Welt, dafür war seine Frau zuständig, die war in ihrer Jugend bei den Pfadfindern gewesen, die glaubte an humanistische Ideale. Aber wenn er etwas nicht mochte, wahrscheinlich lag es an seiner plebejischen Herkunft, dann waren es Typen, die glaubten, alles und jedes kaufen zu können. Selbst dann nicht, wenn sie selbst arme Würstel waren und nur einen Großkonzern vertraten. Groschen sah den Riesen skeptisch an, der von all diesen Überlegungen aber gar nichts mitbekam und nun noch leiser flüsterte:

– Ich halte es für meine Pflicht, Ihnen zu helfen, die Wahrheit ans Licht zu bringen. Aber welche Wahrheit? Es gibt mehrere! Und meiner Wahrheit geht es um den Sport, um Vorbilder, an denen sich die jungen Leute in den Zinskasernen rausziehen können aus den Käfigen ihrer Herkunft. Ich selbst bin in einem Gemeindebau aufgewachsen, Karl-Marx-Hof, 12.-Februar-Platz, da leben heute nur noch Ausländer, das sind die neuen Proletarier. Der Sport hat mich daran gehindert, zum Alkoholiker zu werden wie mein Vater. Sport ist Hoffnung, Opium fürs Volk. Außerdem schafft er Arbeitsplätze.

– Sie wollen also, Herr Einbrot, wenn ich Sie recht verstehe …

– Nun, Edgar Wenninger war unser Aushängeschild. Die letzten Kampagnen liefen mit seinem Bild. Er war unser Testimonial, unser Gesicht. Wir haben einen Schuh nach ihm benannt. Und dann kam diese Geschichte … dumme Sache. Die Beschädigung unserer Marke durch seinen Doping-Fall ist noch völlig unabsehbar, wenn Sie wissen, was ich meine. Eine Katastrophe! Fast so schlimm wie die Streiks der Billiglohnarbeiter in Kambodscha, wo unsere Produktionsstätten stehen … Wenn sich jetzt herausstellt, er hat Selbstmord begangen, vielleicht sogar, weil wir ihm mit der Rückzahlung der Sponsorengelder gedroht haben … Das wirft kein gutes Licht auf unseren Konzern. Sie verstehen?

– Hier geht es nicht um Suizid, hier geht es um Mord.

– Mord? Aber das ist ja großartig, sprang Einbrot auf und umarmte Groschen. Ich sehe, wir verstehen sich. Ja, so drückte er sich aus, wie mancher Wiener seiner sozialen Herkunft, die zeit ihres Lebens keinen Unterschied zwischen Dativ und Akkusativ machen und die persönlichen Fürwörter ständig durcheinanderbringen. Wir verstehen sich. Der Kraftlackel drückte den Kommissar so fest, dass diesem die Luft wegblieb. Mord! Großartig! Wunderbar! Ich dachte gar nicht, dass Sie bei der Polizei so schnell von Begriff sind. Und … Er machte eine kleine Pause. Was kostet uns das?

– Warum sollte Sie das etwas kosten?

– Ich sehe, wir verstehen sich. Aber Sie brauchen doch sicher einmal Schuhe oder Trainingsanzüge für die Polizeischule oder die Mannschaft Ihrer Abteilung? Lassen Sie es mich wissen, drückte er dem Kommissar eine Visitenkarte in die Hand, klopfte ihm nochmals auf die Schulter – ungefähr mit derselben Wucht, mit der man einen Pfahl in die Erde rammt – und sprang vor lauter Glück förmlich hinaus.

– Wenn Sie zu viel Geld haben, spenden Sie es dem Obdachlosenverein, rief ihm der Kommissar noch nach. Oder schicken Sie es nach Kambodscha!

Groschen wusste nicht, wie ihm geschah. Noch nie hatte er einen Menschen erlebt, der sich über einen Mord derart gefreut hatte. Sogar die jungen Staatsanwälte, Verteidiger und Polizisten wussten mit ihrer Freude über einen ersten Fall meist dezenter umzugehen. Mord? Und jemand freut sich? Vielleicht war es ja doch keiner? Xaver Einbrot. Product Management Consultant, stand in unpassend dünnen Lettern auf der Visitenkarte, die der Kommissar sogleich in den Papierkorb warf.

Er ging unruhig in seinem Zimmer auf und ab, vielleicht weil er so dem Stillstand in seinen Ermittlungen entgegentreten wollte. Aus Erfahrung wusste er, die meisten Fälle gerieten irgendwann ins Stocken, und man konnte dann nichts tun als zu warten, zu warten, bis einem die Lösung entgegenkam. Meist trat sie irgendwann wie von selbst bei der Tür herein. Man durfte nur nicht ungeduldig werden, musste den Täter entweder in Sicherheit wiegen oder nervös machen. Und irgendwann war es dann so weit. Zumindest meistens.

Groschen gehörte nicht zu jenen Kommissaren, die von sich sagen konnten, niemals gescheitert zu sein. Auch besaß er keine alles überragende Intelligenz, keine besondere Kombinationsgabe, und seit er nicht mehr rauchte, konnte er nicht einmal mehr behaupten, besonders cool zu sein. Wenn ihn etwas auszeichnete, dann Menschenkenntnis, seine Fähigkeit zuzuhören und seine Geduld, damit war er meist ans Ziel gekommen. So würde es auch diesmal sein, klopfte er sich an den Kopf und merkte, er trug noch immer den Verband.

Nachdem er etwas daran gezogen hatte, ließ er sich abnehmen wie ein Hut. Vorne war ein rostbrauner Fleck im weißen Stoff. Eiter oder eine Wundsalbe? Groschen ging zum Waschbecken und sah sich im darüber angebrachten Spiegel. Müdigkeit lag in seinem Antlitz, wie bei jemandem, der eine Nacht vor dem Fernseher verbracht hatte. Die dunkle Hornbrille, das Unterlippenbärtchen, die graumelierten Schläfen. Am Haaransatz entdeckte er die Wunde. Es handelte sich um einen vielleicht drei Zentimeter langen, nicht sehr tiefen Riss, der an den Rändern leicht gerötet war. Er widerstand der Versuchung, daran rumzukratzen, kämmte sich die vom Verband etwas eingedrückten Haare so, dass sie über die Wunde hingen.

Als er vor dem Spiegel stand und sich von allen Seiten betrachtete, hatte er das Gefühl, sein Vater blicke ihm entgegen. Er erkannte dieselben Züge, die er bisher nur im Gesicht dieses geliebten und zugleich gehassten Mannes gesehen hatte. Ein einfacher Mann, der keine Gelegenheit gehabt hatte, seiner ländlichen Umgebung zu entfliehen. Aber auch ohne Schulbildung verstand er mehr von der Welt als so manche

Professoren. Jetzt war er siebzig und lebte in einer vom Aussterben bedrohten Kleinhäuslersiedlung. Die Kinder, für die die Häuser dort erbaut worden waren, waren alle weggezogen – so wie Groschen. Jetzt war die Siedlung, sofern die Häuser nicht verfielen, von Alten oder Ausländern bewohnt, jetzt waren die einst von jungen Familien bevölkerten Straßenzüge ein dem Verfall preisgegebener Unort – in etwa so belebt wie Tschernobyl. Groschen dachte an sein Elternhaus, an die Bemühungen seines Vaters, alles in Schuss zu halten. Und er dachte daran, wie er selbst dort als Kind davon geträumt hatte, als berühmter Sportler dem allen zu entfliehen. Der junge Groschen war sportbegeistert gewesen, hatte Fußball und Skirennen geliebt, sich für Langlauf und Rodeln interessiert, Stunden vor dem Fernseher verbracht, wenn sich der Start eines Skispringens wegen der Wind- und Wetterverhältnisse verzögerte oder es bei einem Autorennen zu einem tödlichen Unfall gekommen war.

– Chef, gute Neuigkeiten! Es war Martin, der bei der Tür hereinplatzte ohne anzuklopfen und ihn aus seinen Gedanken riss.

– Was gibt's? Wieder wegen dem Chinesen? Den Ein-Euro-Münzen?

– Aber nein. Ich war noch einmal im Internetcafé in der Esterházygasse und habe mit dem Betreiber gesprochen. Ein Perser. Ich habe ihm Fotos gezeigt, und jetzt raten Sie, wen er schon einmal gesehen hat. Nur ein einziges Mal, und zwar ungefähr zu der Zeit, als wir die ominöse E-Mail erhalten haben. Ohne eine Antwort abzuwarten zog Martin ein Foto aus der Jackentasche und überreichte es Groschen. Der betrachtete es und brummte:

– Schau einer an. Ist das sicher?

Martin Zakravsky zuckte mit den Achseln, so, als wollte er sagen, er könne auch nichts dafür.

– Wenn das so ist, werden wir den guten Mann verhören müssen.

– Jetzt gleich?

– Vorher möchte ich noch mit der Wenninger sprechen. Sie müsste bald hier sein. Aber bis dahin werde ich zum Chinesen gehen, kontrollieren, ob die immer noch so viel Chili zum Menü Nummer zehn geben. Willst du mich begleiten?

– Danke, Chef, winkte Martin ab, ich muss ein paar Abhörprotokolle durchsehen.

– Von unserem Fall?

– Stanek, Tulipan, Hallux …

– Und der Mailschreiber? Groschen tippte auf das Foto. Ist der Fall denn nicht schon fast gelöst?

Martin machte ein vielsagendes Gesicht. Groschen nahm die Sammlung der Tagesspiegel-Artikel, um die er einen Mitarbeiter gebeten hatte, vom Schreibtisch und ging damit zum Chinesen, wo es schon lange keine goldenen Drachen oder feuerspeienden Hunde mehr gab. Im Gegenteil, die Einrichtung war sachlich und zweckdienlich. Außer den Motiven auf den Servietten deutete nichts auf China. Groschen setzte sich an seinen Lieblingsplatz, von wo aus er alles überblicken konnte, bestellte Menü Nummer zehn und widmete sich dem Studium der Zeitungsausschnitte.

Die Artikel stammten aus den vergangenen fünf, sechs Jahren. Die meisten waren mit wama gezeichnet, nur bei wenigen stand W. M. Schmierer darunter. Allgemeine Artikel über die Gefahren des Dopings, Berichte über Dopingsünder bei der Tour de France oder bei Weltmeisterschaften. Dann mehrere Interviews mit Wenninger. Wenninger im Höhentrainingslager in Afrika, Wenninger bei einer offiziellen Einkleidung, wie er dem Bundespräsidenten die Hand schüttelt, Wenninger mit einer Medaille um den Hals. Wenninger wird Sportler des Jahres. Wenninger Ehrenbürger.

Eine Straße wird nach ihm benannt. Ein Sportgymnasium. Die Trainingsgeheimnisse Edgar Wenningers – dazu ein Bild, auf dem er über Baumstämme balanciert. Dann, der Kommissar hatte eben seine Frühlingsrolle verputzt, stieß er auf etwas Interessantes, ein Gespräch mit einem Dopingdealer. Zweifelsfrei Stanek. Weiter ging es wieder mit Wenninger. So feiert unser Sportheld Weihnachten. Wenninger auf dem Opernball. Wenningers liebstes Skigebiet. Zuletzt, die Hauptspeise wurde gebracht, Sportheld des Dopings verdächtigt. Positive A-Probe. Wenninger reingelegt! Verunreinigte Nahrungsergänzungsmittel? Wer hat unserem Sportstar eine Falle gestellt? Er hat uns betrogen! Wende im Fall Wenninger. Sportler gesteht Doping. Wenningers Machenschaften. Gefallener Sportler. Wenninger am Boden zerstört. Wenninger angeklagt. Er verliert alle seine Titel! Lebenslange Sperre. Wenninger tot.

Ein Leben in Schlagzeilen. Und Walter Maria Schmierer ist der Biograf. Er muss einen außerordentlich guten Draht zu Wenninger gehabt haben, er war es, der von dieser Karriere profitierte.

Je mehr Artikel der Kommissar gelesen hatte, desto umwölkter wurde sein Gesicht. Es war die erschöpfte Miene eines Menschen, der eine lange und mühselige Arbeit ausgeführt hat. Wie so oft bei seinen Fällen tauchte er in eine Parallelwelt ein, von deren Existenz er bis dahin nichts geahnt hatte. Wie viele andere dieser Universen erschien ihm auch die Welt des Sports voller Lügen und Heuchelei, voller Falschheit und ausgehöhlter Wahrheiten.

Groschen winkte der chinesischen Kellnerin, heute hatte nicht die lächelnde, sondern die stumme Dienst, zahlte und erhob sich schwerfällig. Sein Handy klingelte, und Zwilling teilte ihm mit, dass sich Stanek ein Gewehr besorgt hatte. Seither fuhr er planlos durch die Stadt. Es machte den Eindruck, als ob er seine Blutzentrifuge loswerden wollte. Es verstand sich von selbst, dass die Beschattung jetzt nicht abgebrochen werden konnte.

OBSOLESZENZ

Marion Wenninger war noch immer nicht in der Vorlaufstraße angekommen. Der Kommissar versuchte, sie telefonisch zu erreichen, doch sie ging nicht ran. Ob ihr etwas zugestoßen war? Groschen ärgerte sich, vorhin nicht mehr aus ihr herausgebracht zu haben. War es das oder lag es am Chili, dass ihn plötzlich der Magen drückte? Eine beginnende Gastritis? Scharfes Essen brennt ja bekanntlich dreimal, aber diesmal lag die Ursache woanders. Wenn er in einem Fall nicht weiterkam, hatte es immer körperliche Auswirkungen. Mal bekam er Verstopfung, dann wieder Durchfall, Sodbrennen, eine schwere Angina, Kopfschmerzen oder eine Mittelohrentzündung. In seiner Phantasie hatte er auch schon Hodenkrebs und eine kaputte Bauchspeicheldrüse gehabt. Nun drückte ihn der Mageneingang, und er musste ständig aufstoßen. Ihm war zumute, als ob er eine Kiste prickelndes Mineralwasser getrunken hätte. Es wird Zeit für eine Gesundenuntersuchung, schrie ein Teil in ihm. Ruhe, plärrte der andere.

Um sich abzulenken, rief der Kommissar Martin, damit er ihn auf seinem nächsten Weg begleite. Es ging zum vermeintlichen E-Mail-Schreiber, zu Walter Maria Schmierer, dem momentanen Hauptverdächtigen. Der Sitz des Tagesspiegels war am Parkring. Sie konnten also, dachte Groschen, bequem zu Fuß gehen, das würde seinen Magen besänftigen.

Auf dem Flur begegnete ihnen ein entferntes, wild kreischendes Gezeter. Anscheinend waren die Verhöre im Sittendezernat noch nicht zu Ende. Dann kam ihnen auch noch ein »Gut, dass ich Sie treffe. Ich muss mit Ihnen sprechen« entgegen. Ein bekanntes Gesicht kam hinterher: Oktavian Tulipan, der solariengebräunte Trainer. Hier in der Stadt fiel sein Teint noch mehr auf als in Groß-Enzersdorf. Er trug einen heugrünen Anzug, dazu ein sonnenblumengelbes Hemd und eine durchsichtige Plastikkrawatte mit einem eingeschweißten Stück Stacheldraht. Groschen kannte Kollegen, die sich in ihren Landhäusern solche Toilettensitze (Kunstharz mit eingelassenen Münzen, Patronenhülsen oder Ähnlichem) montiert hatten. Aber als Krawatte? Und dazu noch völlig ausgelatschtes Schuhwerk. Mit einem Wort, Tulipan sah entsetzlich aus. Bei den meisten Menschen war es ein Schock, wenn man sie plötzlich halbnackt zu Gesicht bekam. Bei dem hier war es umgekehrt. Nur mit einem Badetuch bekleidet stellte er trotz seiner Körperbehaarung etwas dar. So aber, in voller Montur, kam seine Geschmacklosigkeit voll und ganz zum Vorschein. Wahrscheinlich hatte er sein halbes Leben lang nur Trainingsanzüge und Badeschlappen getragen.

Groschen flüsterte Martin etwas ins Ohr und führte Oktavian Tulipan in sein Büro.

– Also? Worum geht's?

– Nun, begann der Trainer, atmete schwer und sah den Kommissar bedeutungsschwer an. Darf man hier rauchen? Er hechelte, wie wenn ihn ein Hypnotiseur zu der Wahnvorstellung gebracht hätte, ein Hund zu sein.

Groschen holte einen Aschenbecher aus einer Schublade, und der Trainer steckte sich eine Zigarette in den vom Schnauzbart überwucherten Mund. Er nahm einen Zug und blickte sich im Kommissariat um, als ob er das Zimmer in einem Schulaufsatz beschreiben müsste.

– Kaffee? Und als der Trainer bejahend sein Gesicht verzog, öffnete der Kommissar noch einmal sein Büro und brüllte in den Gang:

– Sedlacek! Zwei Kaffee.

Groschen setzte sich und blickte auf Tulipans Hände. Richtige Pranken. Waren das die Hände, die jemanden aus dem vierten Stock stießen? Bevor der Kommissar diesem Gedanken weiter nachgehen konnte, kam eine junge, leicht verfettete, aber ziemlich hübsche Frau mit stark geschminkten Augen herein und stellte ein Tablett auf den Tisch zwischen Groschen und Tulipan.

– Ich bin die Karenzvertretung für Sedlacek, beantwortete sie Groschens Blick. Mein Name ist Julia Schäfer.

– Eine Deutsche?, fragte der Kommissar herablassend.

– Aschaffenburg! Letzten Mai habe ich mein Studium beendet, Psychologie und Russisch, in meiner Freizeit schreibe ich feministische Kriminalromane, daher bin ich froh …

– Ich werde Sie Sedlacek nennen. Groschen ging nicht näher darauf ein und scheuchte sie hinaus. Dann schenkte er Kaffee in beide Tassen, goss in eine Milch, reichte die andere seinem Gast und bat ihn mit einer Geste, sich beim Zucker und der Milch selbst zu bedienen. Mit einer Mischung aus Lächeln und abschätziger Geste sagte er:

– Karenzvertretung? Sedlacek ist ein Mann. Und dann eine Deutsche. Arschaffenburg! Und zu allem Überfluss noch eine Feministin. Nächstens wird sie mich mit Kommissarin ansprechen.

– Alles ändert sich. Der Trainer lud drei Stück Würfelzucker auf einen Löffel, hielt ihn in seinen Kaffee und sah zu, wie der weiße Turm allmählich braun wurde und zusammenbrach.

– Und? Was ist los?

– Sie werden mich vielleicht auslachen. Tulipan machte

eine Kunstpause und sprach erst weiter, als ihm Groschen bedeutete, fortzufahren.

– Sie wissen ja, wie es um mich und Marion bestellt ist.

– War nicht zu übersehen. Lieben Sie sie?

– Schauen Sie, ich will ehrlich sein, Marion ist eine wunderbare Frau, aber Liebe? In meinem Alter? Ich habe ihren Mann zwölf Jahre lang trainiert, und irgendwann war sie eben auch dabei. Sagt Ihnen der Begriff Obsoleszenz etwas?

Groschen zuckte mit den Achseln.

– Obsoleszenz bezeichnet die absichtliche Sollbruchstelle. Jede Automarke hat so etwas. Bei Mercedes werden die Klimaanlagen kaputt, bei VW die Zahnriemen und bei Toyota, glaube ich, die Elektronik. Manchmal frage ich mich, ob es nicht auch in Beziehungen solche Sollbruchstellen gibt. Ob manche Beziehungen nicht von vornherein zum Scheitern verurteilt sind. Ich weiß nicht, ob Marion und Edgar zusammengekommen wären, wenn er keinen Erfolg gehabt hätte. Sie liebt schöne Sachen. Arzttochter, verwöhnt, aber nicht dumm. Wussten Sie, dass sie Schauspielerin gewesen ist? Reinhardtseminar. Landestheater Innsbruck, Schauspielhaus Graz, Stuttgart, Memmingen, Tuttlingen, Schwenningen, Überlingen, Reutlingen, Böblingen.

– Theolingen. Groschen war immer noch verwirrt.

– Sie hat an größeren und kleineren Häusern gespielt, ist Regisseuren nachgereist, zu Filmpreisverleihungen gefahren, hat sich angebiedert. Aber irgendwann wollte sie nicht mehr, irgendwann hat sie sich damit begnügt, Frau Wenninger zu sein, Sponsoren aufzutreiben. An seiner Seite war sie in den Klatschspalten der Zeitungen. Sie können sich nicht vorstellen, wie ehrgeizig sie war, mit welcher Verbissenheit sie daran arbeitete, beneidet zu werden. Nur eines fehlte ihr zum vollkommenen Glück, Kinder. Sie ließ sich untersuchen, nahm Hormone, erkundigte sich nach den Möglichkeiten einer künstlichen Befruchtung. Und als sie erfuhr, dass sie nicht schwanger werden konnte, nicht von Edgar, wegen irgendeiner seltenen gegenseitigen Unverträglichkeit, Obsoleszenz, begann sie mit dem Triathlon. Sie müssten ihr einmal beim Training zusehen. So eine Verbissenheit finden Sie bei keinem Profi.

– Und? Allmählich hatte sich Groschen von dem heimtückischen Anschlag, der seine Bürohilfskraft ausgetauscht hatte, wieder erholt. Dafür bekam er allmählich das Gefühl, dieser Oktavian Tulipan, dieser tölpelhafte Tulperich, war nur gekommen, um ihm seine Zeit zu stehlen. Er war offen, sah ihm gerade in die Augen, und doch war da etwas Verschlagenes, das im Kommissar den Eindruck erweckte, mit ihm würde gespielt.

– Sie werden mich auslachen …

– Ich werde Sie bestimmt nicht auslachen, aber sprechen Sie endlich. Groschen war kurz davor, dass ihm der Kragen platzte. Wenn er etwas gar nicht leiden konnte, dann Menschen, die nicht auf den Punkt kamen. Und der hier war so langsam, dass man ihm beim Gehen die Hose nähen konnte.

– Seit gestern Abend, dämpfte der Trainer seine Zigarette aus, seit gestern Abend …

– Was ist seit gestern Abend?

– Ist sie nicht daheim gewesen.

– Wer? Ihre weiße Bodybuilder-Katze?

– Marion!

– Wie? Groschen verschüttete fast seinen Kaffee. Ich habe doch heute noch mit ihr telefoniert. Sie wollte bei mir vorbeikommen.

– Und, war sie da? In Tulipans Gesicht zuckte Hoffnung auf.

– Nein. Aber sie sollte jeden Moment kommen.

– Und wenn ihr etwas zugestoßen ist?

– Was soll ihr zugestoßen sein?

– Ist der Edgar nicht ermordet worden?

– Das wissen wir noch nicht.

– Aber Sie nehmen es an?

– So weit sind wir noch nicht. Wir sammeln. Wir versuchen zu verstehen.

– Schauen Sie, es geht hier um Doping, da sind beträchtliche Summen im Spiel. Und es gibt Hintermänner, die nicht wollen, dass sie auffliegen. Tulipan zündete sich noch eine Zigarette an. Illegale Labors, arbeitslose Chemiker, Dealer, Ärzte. Was glauben Sie, wie viele Menschen daran gut verdienen? Und nicht alle … Haben Sie nicht Möglichkeiten?

– Was für Möglichkeiten?

– Sie zu orten, festzustellen, wo sie ist. Gibt es denn da keine Apparate?

– Mein Herr, das ist nicht so einfach. Groschen ging zum Fenster und öffnete es. Draußen war der unvermeidliche Nieselregen, der auf die mit Beton gesprenkelten Bretter des Fassadengerüstes tröpfelte. Möglichkeiten gibt es schon, aber die müssen beantragt und begründet werden, so etwas dauert.

– Ich soll mir also keine Sorgen machen?

– Wenn Marion bis heute Abend nicht wieder zu Hause ist, werden wir alles Notwendige veranlassen.

– Danke, begann sich das Gesicht des Trainers aufzuhellen. Wird schon nichts sein. Vielleicht hat sie bei ihrer Mutter übernachtet und vergessen, das Handy aufzuladen. Ja, so wird es sein. Bestimmt. Er dämpfte seine halbgerauchte Zigarette aus und hatte es plötzlich eilig hinauszukommen – nun hätte man ihm keine Hose mehr beim Gehen nähen können. Nicht einmal für den Kaffee bedankte er sich.

Kaum war er bei der Tür draußen, rief der Kommissar Zwilling an und befahl ihm, eine Überwachung der Marion

Wenninger vorzubereiten. Das Verhalten ihres Geliebten war ihm doch recht merkwürdig erschienen. So, als ob er Zeit gewinnen wollte. Außerdem schien er alles andere denn besorgt zu sein. Es handelte sich möglicherweise bloß um ein Manöver, dessen Sinn der Kommissar noch nicht herausgefunden hatte.

Sedlacek erschien in Gestalt der Julia Schäfer und räumte die Tassen weg. Groschen wollte freundlich sein, doch da ihm kein Kompliment einfiel, begnügte er sich mit einem Lächeln, das nur zaghaft erwidert wurde. Eine Weile blickte sie ihn forschend an, räusperte sich wie Stanek im Untersuchungsgefängnis und hinterließ überhaupt einen bedrückten Eindruck. Groschen erwartete eine unangenehme Frage, dabei kam nur ein unschuldiges:

– Was soll ich eigentlich mit den Eiern machen?

– Eier? Was denn für Eier?

– Nun, der Sportartikelvertreter, dieser Einbrot, hat mehrere Kartons Eier dagelassen. Hundert Prozent Bio, hat er gesagt.

– Werfen Sie sie weg, brummte Groschen.

– Aber? Man sah der jungen Julia Schäfer an, sie wollte widersprechen, wagte es aber nicht. Groschen ließ Martin rufen und ging mit ihm in Richtung Parkring. Im Flur war noch immer das Gezeter und draußen nieselte es nach wie vor, kein Wunder, der Himmel war grau wie die Innenseite einer Muschel. Die Straßen und Gehsteige waren übersät mit braunen, nassen Blättern. Pfützen hatten sich gebildet. Es roch nach Winter, und die meisten Menschen hatten Gesichter, als wären sie gar nicht froh darüber, dass sie nun ein halbes Jahr lang Kälte, Nässe und Dunkelheit erwartete.

Der Kommissar und sein Inspektor gingen über den Hohen Markt und die Wollzeile zum Ring. Mit ihren Hornbrillen und den Regenmänteln sahen sie aus wie zwei Verwaltungsjuristen. Groschen war bulliger und hatte einen leichten Ansatz zum Buckel, weshalb er sich bemühte, besonders aufrecht zu gehen. Martin ging von Haus aus so, als hätte er einen Besenstiel verschluckt. Er sah aus wie Supermann in Zivil.

Sie gingen zu weit, vorbei am Aeroflot-Gebäude, an zwielichtigen Bars und Botschaften, drehten wieder um. Vis-à-vis, im Stadtpark, waren die Bäume bereits kahl, und an der Ecke Stubenring stand ein Maronibrater, der aber nur Bratkartoffeln und geröstete Erdnüsse verkaufte. Maroni gab es heuer keine, die waren wegen eines Pilzes alle verfault.

– Weshalb drehen Sie sich ständig um, Chef? Werden wir verfolgt?

– Nein. Nur so. Groschen schüttelte den Kopf, wollte nicht eingestehen, dass da wieder diese Blicke waren.

Das Haus des Tagesspiegels war ein Plattenbau aus den sechziger Jahren des vorigen Jahrhunderts, wie es gut nach Warschau oder Ost-Berlin gepasst hätte. Marmorfußboden, Brandschutzdecke, vergilbte Fotografien. Alles erinnerte an eine längst vergangene Zeit. Sogar der enge Lift, in den sich Martin und der Kommissar hineinzwängten, erschien wie ein Überrest aus einer anderen Epoche. Baujahr 1971.

Ha, fast so alt wie ich, dachte Groschen.

Im vierten Stock begrüßte sie eine überaus hübsche Sekretärin. Ob die auch aus Deutschland war? Aschaffenburg? Sie gingen weiter durch eine Glastür und erschraken. Dahinter nämlich war das 21. Jahrhundert. Moderne Büromöbel, Computer auf ergonomischen Schreibtischen, Drehstühle wie Waffen aus Science-Fiction-Filmen, sogar die niedrigen Räume waren hier in eine hohe Halle verwandelt, an deren Wänden Grünzeug wucherte und bunte Bilder hingen.

Während die meisten Redaktionsmitglieder in einem Großraumbüro arbeiten mussten, das Groschen an eine

Strafgaleere erinnerte, thronte Schmierer in einem kleinen durchsichtigen Glaskasten, an dessen Wänden Bilder von Sportwagen, Pin-up-Girls und, ziemlich zentral, ein gerahmter Altbundespräsident hing. Schmierer hatte seine spitzen Schuhe auf dem Schreibtisch, die gespiegelte Sonnenbrille auf der Stirn und ein Mobiletelefon zwischen Schulter und Ohr gepresst. Auf seinem weißen Hemd war das Pferd einer Automarke eingestickt. Sobald er die beiden Polizisten erblickte, deutete er ihnen, sich zu setzen, unternahm aber keinerlei Anstalten, das Telefonat zu beenden. Ganz im Gegenteil, während er seinem Gesprächspartner zuhörte und beipflichtete, ging er zur Kaffeemaschine, um zwei Tassen herunterzulassen, was einen Höllenlärm veranstaltete. Groschen dachte an seine beginnende Gastritis und lehnte ab, was der Journalist aber nicht akzeptierte und ihm den Kaffee sehr bestimmt hinstellte. Er ging zu einem kleinen anthrazitfarbenen Kühlschrank und entnahm ihm drei Energydrinks. Zwei stellte er vor die Besucher, einen trank er selbst. Endlich war er mit seinem Gespräch, in dem es um Bildtexte, Seitenspiegel und Überschriften ging, fertig, lümmelte sich wieder in seinen Bürosessel, verschränkte die Arme hinterm Kopf und hievte die spitzen Schuhe, mit denen man Autoreifen hätte aufstechen können, auf den Schreibtisch.

– Ich habe Sie früher erwartet, meine Herren. Was kann ich für Sie tun?

– Warum schreiben Sie E-Mails an die Polizei, in denen Sie von Mord sprechen?

– Wie? Was? Walter Maria erbleichte, die Farbe lief aus seinem Gesicht. Welche E-Mails? Von Mord? Ich? Seit wann? Wie kommen Sie darauf?

– Dann leugnen Sie also, vor zirka zwei Wochen im Internetcafé in der Esterházygasse gewesen zu sein?

– Und ob. Warum sollte ich in ein Internetcafé gehen?

Sehen Sie sich um. Er deutete auf die vielen Computer, die hier überall standen.

– Es gibt Zeugen, die Sie gesehen haben. Aber nicht nur das, es gibt auch Zeugen, die Sie zur Zeit des Mordes an Edgar Wenninger in der Proschkogasse gesehen haben.

– Mord? Mord war das bestimmt keiner.

– Waren Sie dabei?

– Natürlich. Das habe ich auch nie bestritten. Groschen und sein Assistent sahen sich gespannt an. Er war dabei? Kam nun ein Geständnis? Die Lösung dieses Falls? Walter Maria Schmierer griff zitternd zu seinem Energydrink. Seine Anspannung war so gewaltig, er zerquetschte fast die Dose, rang sich ein Lächeln ab. Seine Stimme klang nicht ganz natürlich, und seine braungebrannte, von Pockennarben zerfurchte Haut wirkte alt und ledrig. Er war heiser und versuchte einen ruhigen Ton anzuschlagen, als er sagte:

– Ich bin angerufen worden, hier in der Zeitung, man hat mir die Nachricht hinterlassen, ich solle mich mit Stanek treffen.

– Lässt sich das zurückverfolgen? Groschen sah Martin fragend an.

– Wohl kaum.

– Und was wollte er?

– Das weiß ich nicht, ich habe ihn ja nicht angetroffen.

– Woher kennen Sie Stanek?

– Er war Wenningers Manager. Vor dem Wort »Manager« zeichnete der Journalist mit zwei Fingern Gänsefüßchen in die Luft. Ich habe den Wenninger gemacht. Vom Gewinn der ersten Staatsmeisterschaft vor zwölf Jahren bis heute.

– Mich interessiert, was in der Wohnung geschehen ist, in Staneks Wohnung.

Schmierer stand auf, ging nervös durchs Zimmer, sah Martin an, dann den Kommissar, setzte sich wieder, meinte, dass er es nur dem Kommissar sagen würde, nicht aber beiden. Martin Zakravsky nickte, nahm seine Tasse und verließ das Zimmer. Kaum hatte sich die Glastür geschlossen, zündete sich Schmierer eine Zigarette an. Groschen wollte es ihm gleichtun, blieb aber standhaft.

– Sie verdächtigen mich?

– Nicht mehr als andere.

– Sie mögen mich nicht, weil ich mich modisch kleide und ein schnelles Auto fahre.

– Ich habe Sie erst mit dem Motorroller gesehen. Von Ihrem Auto weiß ich nichts. Außerdem … Groschen sah, während er das sagte, das Bild eines roten Cabrios an der Wand. Dasselbe Modell stand in klein auf Schmierers Schreibtisch, und Groschen dachte für sich, dass der Journalist recht hatte, er mochte keine Cabrioletten, wie er die offenen Autos nannte. Und Cabriofahrer konnte er auch nicht ausstehen. Gut, es gab Männer, die so etwas brauchten, um an sich zu glauben, aber für den Kommissar waren das Angeber, Leute mit der Meterkrankheit, wie seine Frau kleingewachsene Männer zu nennen pflegte. Und wenn sie dann auch noch zurückgegeltes Haar hatten, das bis in den Nacken reichte …

– Warum hassen Sie mich?

– Ich tue nur, was ich tun muss. Für persönliche Gefühle ist da wenig Platz.

– Geben Sie es ruhig zu, ich bin Ihnen unsympathisch. Walter Maria finden Sie blöd. Die ganze Stadt weiß um meine Affären. Dafür muss ich viel Hohn einstecken. Der Journalist rauchte, und der Kommissar schwieg.

– Soll ich Ihnen was verraten? Den Maria habe ich erfunden. Das klingt interessanter als Walter Schmierer. Walter Maria, so etwas prägt sich ein. Das ist eine Marke. Egal. Ich will Ihnen jetzt nichts von meiner schweren Kindheit erzählen, nichts vom goldenen Käfig an einem See und auch nichts von meiner launischen Mutter. Ich will nur, dass Sie mir glauben, ich habe den Edgar nicht umgebracht. Warum sollte ich? Da war nur diese Nachricht von Stanek, um zehn Uhr in der Proschkogasse. Pünktlich, stand daneben. Ich hatte mit Stanek schon ein paar Interviews gemacht, er hat mir den einen oder anderen Tipp gegeben …

– Welchen Tipp?

– Wer sich bei wem eindeckt, bei welchen Labors eine genauere Recherche lohnt, auf was für Sportler man achten muss, welche Mitarbeiter plötzlich sehr viel Geld haben. Kleinigkeiten. Es wird in Österreich sechsmal so viel EPO gespritzt, wie es Nierenkranke gibt. Von mir hat er dafür erfahren, wann seine Schützlinge clean sein mussten.

– Woher wussten Sie das?

– Staneks Informationen waren nicht nur für mich interessant. Die meisten Dinge durfte ich ja gar nicht schreiben … Es gab auch andere, die sich dafür interessierten.

– Hanns Hallux?

– Mhmm. Schmierer rollte mit den Augen.

– Sie waren also der Mittelsmann zwischen Dopingfahnder und Dopingdealer.

– Mittelsmann ist übertrieben. Schmierer lächelte gequält. Es ist ja ein Geschäft, von dem wir alle profitieren. Jedenfalls war ich um Punkt zehn in der Proschkogasse. Die Tür stand offen, also bin ich gleich hinaufgefahren.

– Gefahren? Womit denn? Groschen war etwas irritiert.

– Na, mit dem Lift. Der ist nicht sofort zu sehen. Ich fahre immer mit dem Lift, vier Stockwerke will ich nicht gehen … Oben angekommen … Es war übrigens merkwürdig, während ich die paar Stiegen vom Lift bis zur Wohnung raufgegangen bin, war mir so, als ob ich ein leises Klingeln hörte. Ein Klingeln wie früher zu Weihnachten, aber unheimlicher, ein Totenglöckchen. Kennen Sie das? Wenn früher auf dem Land jemand gestorben ist, hat der Pfarrer am Ende der Morgenmette mit einem kleinen Glöckchen geläutet. Dann wusste man, jemand ist gegangen. Aber auf den Treppen war es kaum wahrnehmbar, und ich habe dem auch keinerlei Bedeutung beigemessen. Oben angekommen, klopfe ich an, merke aber, die Tür ist nur angelehnt, ich rufe: Stanek, Charly, bist du da?, drücke die Tür leicht auf und sehe Wenninger.

– Der noch lebt?

– Der noch lebt! Das, was ich nun gesehen habe, hat sich vielleicht im Bruchteil einer Sekunde abgespielt, und Sie können mir glauben, ich habe diesen Augenblick so und nicht anders wahrgenommen. Ich habe oft darüber nachgedacht, mich selbst gefragt, ob ich mir das nicht alles eingebildet habe. Aber ich schwöre es, so und nicht anders ist es gewesen.

– Nämlich? Groschen lehnte sich zurück, und Schmierer versuchte, seine Erzählung mit allerlei Gesten bildhaft darzustellen.

– Er, also der Strud…, Wenninger, steht am Fenster und beugt sich nach vor, weil er etwas greifen will, das vor dem Fenster hängt, dreht sich um zu mir, lächelt, will irgendetwas vor dem Fenster fassen und … fällt runter. So war's. Ich schwöre es. Seither sehe ich jede Nacht Wenningers lächelndes Gesicht, wie er sich verzweifelt zu mir umdreht, sich noch mehr rauslehnt, bevor er in die Tiefe gerissen wird.

– Und Sie haben nicht nachgeholfen?

– Nein, beim Leben meiner Mutter. Ich stand vier Meter entfernt.

– Und wonach soll er gegriffen haben? Groschen dachte an den kleinen Papierfetzen, den ihm der Gerichtsmediziner gezeigt hatte und den Marion als Ausschnitt seines Olympialaufes identifiziert hatte.

– Ich habe nichts gesehen.

– Sie sind natürlich sofort zum Fenster und haben hinuntergesehen, da hätten Sie doch sehen müssen, wonach er gegriffen hat.

– Ich habe panische Höhenangst. Schmierer stotterte etwas. Sie können das nachlesen, ich habe darüber schon geschrieben. Ich bin also nicht zum Fenster, weil ich mich nicht traue, runterzusehen. Ich bin aber sofort, nachdem ich den Aufprall gehört habe, ein dumpfes Geräusch, wie wenn ein Zementsack von einem Gerüst fällt, die vier Stockwerke hinabgelaufen. Unten habe ich dann alles gesehen. Grauenhaft.

– Sie haben natürlich die Rettung alarmiert?

– Wissen Sie, in den angrenzenden Häusern sind Fenster aufgegangen. Und ich wollte mit der Sache nicht in Verbindung gebracht werden, sonst heißt es am Ende noch, Journalist stürzt Sportler in den Abgrund.

– Und dann?

– Ich habe noch nie in meinem Leben einen Toten gesehen.

– Was haben Sie gemacht?

– Es sind die Augen. Wissen Sie, diese Schwärze, dieses Nichts wie bei Knopfaugen eines Stofftieres vergisst man nicht so schnell. Plötzlich ist alles Leben daraus verschwunden. Plötzlich …

– Was Sie gemacht haben, will ich wissen.

– Ich bin zu Marion nach Groß-Enzersdorf gefahren. Sie selbst haben mich dort gesehen.

– Und bis dahin?

– Zuerst bin ich wie irr herumgerannt. Dann habe ich am Naschmarkt ein Bier getrunken, und nachdem ich mich einigermaßen beruhigt hatte, bin ich zurück in die Redaktion und habe den Nachruf geschrieben. Das ist die Wahrheit. Wollen Sie mich jetzt verhaften?

– Hmm, brummte Groschen. Er hätte diesen Schmierer nur zu gern verhaftet, weil er ihm tatsächlich durch und durch unsympathisch war. Das zurückgegelte schwarze Haar, sein von Pockennarben entstelltes Gesicht, diese, eine gute Schulbildung verratende, aber auch arrogant klingende Ausdrucksweise, das alles war dem plebejischen Groschen zutiefst zuwider. Aber auch wenn dieser Schmierer der Letzte war, der Wenninger lebend gesehen hatte, fehlte ihm zum Mord ein Motiv. Während es in dem Kommissar hin und her wogte, ein Teil von ihm Verhaftung schrie, während sich der andere stumm verhielt, hatte er die ganze Zeit über den Altbundespräsidenten angesehen, der hinter Schmierer thronte und mit seinen verschieden großen Augen dreinsah, als hätte er soeben einen halbseitigen Schlaganfall erlitten.

– Ach der, folgte Schmierer Groschens Blick. Irgendjemand hat mir den gebracht. Die bosnische Putzfrau hat ihn dann aufgehängt, weil sie dachte, das sei mein Großvater. So ein schönes Bild von Opa, hat sie gesagt, und es gleich plaziert. Darf der Opa doch nicht so herumstehen, muss man schön in Mitte hängen … Die glaubt noch heute, dass das mein Opa ist. Der Name Kurt Waldheim sagt ihr nichts.

– Und was ist mit der E-Mail?

– Welche E-Mail?

– Die, in der ein als Selbstmord getarntes Verbrechen angekündigt wird.

– Davon weiß ich nichts.

– Sie streiten also ab, im Internetcafé in der Esterházygasse gewesen zu sein?

– Das kenn ich nur von außen.

– Gut, dann haben Sie wahrscheinlich nichts dagegen, wenn wir Sie zu einer Gegenüberstellung bringen.

– Und wenn ich mich weigere?

– Dann werden Sie verhaftet. Der Kommissar sagte das

mit sanfter Stimme und erntete einen Blick voller Gehässigkeit.

Sie erhoben sich. Groschen pfiff Martin, der im Großraumbüro an einer Wand stand und die signierten Sportlerposter studierte. Er sah den Kommissar erwartungsvoll an, der sagte aber nur, sie führen in die Esterházygasse, um eine Begegnung zu ermöglichen.

– Keine Verhaftung?

– Nein. Noch nicht.

– Warten Sie nur, murmelte Schmierer, Sie werden schon sehen, was Sie davon haben. Sie unterschätzen meinen Einfluss ... Gegenüberstellung? Solche Schikanen muss ich mir nicht bieten lassen ... nicht ein Walter Maria Schmierer.

Red du nur, dachte Groschen, wusste aber ganz genau, dass einem Polizeibeamten von jedem Journalisten Unheil drohte. Für einen Kriminalkommissar gab es im Lichte der Öffentlichkeit nur eine einzige Verhaltensweise: nicht vorkommen, und wenn, dann ernst dreinblicken und nichts sagen. Alles andere, selbst wenn es zuerst positiv erschien, zog über kurz oder lang nur Unannehmlichkeiten nach sich. Daher lautete die Devise in Bezug auf Journalisten: nicht anstreifen. Aber wenn sie verdächtig waren?

Sie zwängten sich also zuerst in den kleinen Lift, diesmal zu dritt, dann in ein Taxi, das bald im abendlichen Stau feststeckte. Während der ganzen Fahrt schwiegen alle drei. Schmierer, weil er sich in seinem Stolz verletzt fühlte, Groschen, weil er nicht wusste, was er von der ganzen Sache halten sollte, und Zakravsky, weil ihm die wesentliche Information fehlte. Gleiches galt übrigens für den schwarzen Taxifahrer, der als Einziger nicht schwieg und ein Lied sang:

– Ta ra ra bumm di ay. Ta ra ra bumm di ay ...

Das Internetcafé war fast leer, an einem Bildschirm hockten drei orientalische Mädchen mit Kopftuch, an einem anderen ein Asiate. Alles war billig eingerichtet, fast wie vom Sperrmüll, auch die Monitore, große Kästen, schienen nicht mehr die jüngsten zu sein. Eine Stunde Surfen kostete fünfzig Cent. Jeder, der rechnen konnte, musste sich fragen, wie man damit überhaupt die Miete erwirtschaften wollte.

Zwei iranische Flaggen an der Wand zeigten die Herkunft des Besitzers an. Als der Perser, ein junger Mann mit Rollkragenpulli und Lederjacke, die Polizisten erblickte und sie im ersten Augenblick für Beamte der Fremdenpolizei hielt, schenkte er dunklen Tee in kleine Plastikbecher, die er den Besuchern lächelnd überreichte. Groschen dankte, dachte an seinen Magen und schluckte die heiße Brühe in einem Zug hinunter. Dann stolperte er über ein Kabel, woraufhin zwei Computer abstürzten. Der Perser lächelte und sagte, das mache nichts. Groschen aber machte es schon etwas, er war irritiert und verärgert über sich selbst. In letzter Zeit war ständig was kaputtgegangen. Allein diesen Sommer waren zwei Gartensessel und eine Klobrille unter seinem Gewicht gebrochen. Und ein Liegestuhl. Als er sich das Fahrrad seiner Frau ausgeborgt hatte, kam er mit einer kaputten Lenkstange zurück. Nicht zu reden von all den gebrochenen Stühlen und Tassen im Büro. Und nun die Sache mit dem Kabel. War er wirklich so ungeschickt? So schwer? Oder hatte er einfach Pech?

Nun wollte er vor allem wissen, ob der Internetcafé-Betreiber den Journalisten schon einmal gesehen hatte. Beide, der Perser und Schmierer, sahen sich an, als ob sie verfeindeten Stämmen angehörten, die sich gegenseitig alle paar Jahre ihre Familien ausrotteten. Dann schüttelte der Internetcafé-Betreiber seinen Kopf.

– Nein, war noch nie hier.

– Sicher? Aber das Foto?

– Auf Fotos ist ein Mensch immer anders. Es war ein

Mensch hier, der so aussieht, Sonnenbrille, spitze Schuhe, Gel im Haar, weißes Hemd mit Pferd an Brust. Aber anders. Anderes Haut. Kein Locher. Mensch, was hier war, konnte nicht richtig gehen mit Schuhen, ging nicht so wie dieser Mensch, mehr wie eine Fahrrad mit Achter. Dieser hier, er zeigte auf Schmierer, geht so. Der Perser imitierte einen Gang, wie ihn ein Motorradfahrer hatte, der drei Stunden auf seinem Gefährt gesessen war und sich nun bemühte, lässig zu wirken. Derjenige, der hier war, ging aber so. Nun erinnerte der vorgeführte Gang eher an einen Knieoperierten.

– Sicher? Der Kommissar konnte und wollte nicht glauben, was er hörte.

– Ja. Sicher. Der Perser schenkte nochmals Tee ein und lächelte. Dem Kommissar aber blieb damit nichts anderes übrig, als Schmierer ziehen zu lassen. Sollte seine Geschichte tatsächlich der Wahrheit entsprechen? Nur, was war es dann, wonach Wenninger gegriffen hatte? Sollte zufällig etwas vorbeigeweht worden sein und es sich doch um einen Unfall handeln? Konnte Wenninger wirklich ausgerechnet in dem Moment aus Staneks Wohnung gefallen sein, als Schmierer sie betrat? Oder log ihn dieser Walter Maria dreist an?

Groschen trank den Tee und warf den weißen Plastikbecher in eine Blechtonne. Schmierer war mehr oder weniger grußlos rausmarschiert, sein Gesicht konnte einen gewissen Stolz nicht verbergen.

– He, eines noch, brüllte ihm Groschen hinterher.

– Was denn?

– Ich möchte Sie morgen um vierzehn Uhr in Staneks Wohnung sehen.

– Wozu?

– Das werden Sie schon sehnen.

Schmierer zuckte mit den Achseln, murmelte etwas von Schikane und trottete davon. Martin ersuchte, gehen zu dürfen, weil er familiären Verpflichtungen nachkommen müsse. Also hatte der Kommissar niemanden, der mit ihm auf ein Bier ging. Er drückte seinen Finger in den Magenansatz und fragte:

– Na, was ist mit dir? Bier oder Kamillentee? Da sich die Gastritis ruhig verhielt und auch vom Reflux nichts zu spüren war, fiel die Entscheidung eindeutig aus: Bier.

IN RUSSLAND STIRBT EIN SEEMANN

Das kleine Ecklokal kannte er bereits. Nun war es völlig überfüllt mit Studenten, die hier ihr Abendessen verzehrten, bevor sie sich ins Nachtleben stürzten. Groschen bekam gerade noch einen Platz am Fenster, von dem aus er in die kaum beleuchtete Proschkogasse schauen konnte, auf der vor eineinhalb Tagen das Leben Edgar Wenningers geendet hatte. Der glatzköpfige Kellner brachte ihm Bier, das wie flüssiges Brot die Kehle runterlief. Der Kommissar sah hinaus auf die nun dunkle Gasse. Nur die nasse Straße glänzte. Manchmal fuhren die grellen Lichter eines Autos vorbei, spiegelten sich im Asphalt, aber im Großen und Ganzen war die Gasse unbelebt. Wieder war da das Gefühl der fremden Blicke, die sich in ihn bohrten. Wieder konnte er niemanden sehen, von dem sie stammten.

Die Studenten an den Nebentischen beachteten ihn nicht; sie sprachen so, als ob sie die ganze Welt verstünden, beriefen sich auf moderne französische Philosophen und redeten von ihnen so selbstverständlich, wie wenn sie mit ihnen aufgewachsen wären. Derrida sagt ... dem widerspricht Baudrillard, indem er einen Rekurs auf Lyotard macht, wohingegen die Situationisten, sobald sie Kierkegaard heranziehen … demgegenüber meint ja Virilio … Lacan, Deleuze, Foucault, Barthes, derart viele Namen wurden ausgepackt, dass es Groschen vorkam wie auf der Knabentoilette während eines Ferienlagers, wenn einzig die eine Frage interessierte: Wer hat den längsten Schwanz?

Der Kommissar beneidete diese Studenten weniger um ihre Jugend, die zumindest zu seiner Zeit voller Verklemmung und Unsicherheit gewesen war, als mehr um ihr Gefühl, alles zu verstehen. Groschen selbst verstand überhaupt nichts mehr. Wobei die Kriminalfälle noch das Einfachste waren, da gab es wenigstens einen Mörder, zumindest manchmal. Aber der Rest? Das Klima? Das Bankwesen? Die Mathematik? Kunst? Politik? Seine Frau? Wirtschaft? Gab es auch im Leben eines Menschen eine Obsoleszenz, eine Sollbruchstelle?

Und wie Falt Groschen so über das Sein nachdachte, kam ihm der Gedanke, Schmierer könnte zu seiner eigenen Entlastung auch einen Doppelgänger von sich selbst in das Internetcafé geschickt haben. Denn was würde es bringen, Wenninger umzubringen und gleichzeitig diese Mail zu schicken? Das schloss sich beinahe aus. Oder verhielt sich der Mörder so wie Wenninger bei der Dopingkontrolle? Wollte er auf Nummer sicher gehen und machte deshalb Fehler? Antibiotika und Urintausch und eine faule Ausrede dazu. Angenommen, Schmierer hätte Wenninger wirklich, aus Gründen, die es noch herauszufinden galt, umgebracht, und eben deshalb den Doppelgänger von sich ins Internetcafé geschickt … dann stellte sich die Frage, weshalb er nicht selbst gegangen war. Jedenfalls hatte der Journalist mit einem recht, er war Groschen unsympathisch. Schon seine Kleidung, das zurückgegelte lange Haar, die verspiegelte

Sonnenbrille, die Cabriolette, das alles waren für den Kriminalkommissar Insignien eines windigen, prahlenden, eingebildeten Charakters. Dazu die arrogante Ausstrahlung. So jemand konnte das Leben nur als Event begreifen, als große Fete, die ihn mal zu einem Beachvolleyballturnier, mal zu einem Oldtimerrennen, mal zum Skiweltcup führte. Nein, Groschen mochte ihn nicht, nicht sein Lächeln, nicht seine Augen und schon gar nicht seine selbstsichere Art, die noch mit der kleinsten Bewegung zeigte, dass er überzeugt war, jede Frau haben zu können – was vermutlich sogar stimmte. Und es ärgerte Groschen ganz außerordentlich, ihn nicht verhaften zu können, obwohl dieser Walter Maria Schmierer laut eigener Aussage der Letzte war, der Wenninger lebend gesehen hatte.

Da vibrierte sein Oberschenkel. Ein Muskelkrampf? Nein, ein Anruf. Zwilling, stand auf dem Display.

– Chef, wie steht's? Haben Sie den Schmierer verhaftet?

– Noch nicht, Gordon, noch nicht!

– Besser. Wahrscheinlich ist er unschuldig. Hören Sie, wir haben das Telefon von Oktavian Tulipan abgehört. Und wissen Sie, mit wem er telefoniert hat, nachdem er aus dem Kommissariat draußen war?

– Mit Marion, sagte der Kommissar seelenruhig.

– Woher wissen Sie das?, war Zwilling verblüfft.

– Ich wusste es nicht, aber so wie du die Frage gestellt hast …

– Bravo. Also mit Marion. Und wissen Sie, was er gesagt hat?

– Du wirst es mir gleich erzählen, lächelte der Kommissar.

– Ich glaube, hat er gesagt, wir müssen nichts befürchten, weder Beschattung noch eine Ortung. Zumindest nicht heute Nacht.

– Dann stimmt es also, murmelte Groschen. Alles ein Ablenkungsmanöver. Ihre Anrufe, die angekündigte Aussage, Tulipans Erscheinen, das alles hatte nur den Sinn herauszufinden, ob wir sie beschatten. Und? Haben wir sie?

– Wenn die Handyortung funktioniert, sollte sie gerade in der Proschkogasse sein.

– Bravo, Gordon. Aber in der Proschkogasse? Ist das sicher? Die Wohnung von Stanek ist versiegelt. Gibt es einen Keller? Kennt sie einen Nachbarn? Oder ist sie es, die mich beobachtet?

– Was sollen wir jetzt tun, Chef?

– Vorläufig nichts. Das heißt, du kannst alle Kandidaten anrufen und für morgen vierzehn Uhr in Staneks Wohnung bestellen.

– Aber?

– Danke, Gordon, drückte Groschen den Verbindungsknopf. Dann hatte Marion doch etwas damit zu tun? Aber was? Vor allem, was trieb sie in der Proschkogasse? Gleich würde er es wissen. Groschen rief den glatzköpfigen Kellner, der augenblicklich angetrabt kam.

– Noch ein Bier?

– Nein, zahlen.

– Moment, ich habe gerade meinen Rechnungsblock angebaut, machte er kehrt und verschwand hinter der Theke. Und wie sich der Kommissar noch über diese Formulierung wunderte, die statt »ich habe das und das verloren« »ich habe es angebaut« lautete, so als ob man darauf hoffte, dass dieses »Angebaute« Wurzeln schlug und irgendwann Früchte trug, war der Glatzkopf schon wieder da und legte eine Rechnung auf den Tisch. Während Groschen zahlte, fiel ihm die Redewendung »Boden gutmachen« ein. Eine Mannschaft, die in der Tabelle zurücklag, machte Boden gut. Ebenso ein zurückliegender Läufer oder Radfahrer. Im Sport wurde viel Boden gutgemacht, aber das hatte nichts mit Fruchtbarmachen von unwegsamem Gelände zu tun. Nichts mit dem fürs Verlieren verwendeten Anbauen. Machte auch der Kommissar gerade Boden gut und näherte sich Edgars Mörder? Oder hatte auch er die besten Spuren angebaut und wartete nun vergeblich? Jedenfalls trat er vor das Lokal und sah den zwischen zwei schweren Wolkengebilden durchscheinenden Vollmond. Ganz voll konnte er nicht sein, weil zumindest nach Frau Groschens Theorie ein Vollmond immer donnerstags war, und heute war erst Dienstag. Wenninger war an einem Montag aus dem Fenster gestürzt, und an einem Montag fanden, das war statistisch belegt, weniger Morde statt als an den restlichen Wochentagen.

Er ging die paar Meter zum Haus, aus dem sich tags zuvor Wenninger gestürzt hatte. Das Schloss war zu, also drückte er wahllos ein paar Klingelknöpfe der Gegensprechanlage.

– Was denn? Was denn?, meldete sich eine krächzende Damenstimme.

– Ich habe meinen Haustorschlüssel vergessen. Können Sie mir aufmachen?

– Verschwind!, kam barsch zurück. Dafür schien jemand anderer den Knopf ungefragt zu drücken, jedenfalls war ein Summen zu hören, und Groschen trat ins Haus. Bereits an der Treppe fielen ihm große Schachteln mit Spritzen, kleinen Behältern und Messbechern auf. Bevor er sich den Kopf zerbrechen konnte, was die hier verloren hatten, sah er den in einen ehemaligen Lichthof gebauten Lift, mit dem er in den dreieinhalbten Stock fuhr. Er stieg aus und lauschte. Nichts war zu hören. Kein Klingeln, wie es Schmierer beschrieben hatte. Der Kuckuck an Staneks Wohnung schien unversehrt. Aber wo war Marion Wenninger? In einer anderen Wohnung? Er musste sie alle durchsuchen lassen. Aber rechtfertigte der vermeintliche Selbstmord eines Sportlers einen solchen Aufwand? Was würde Untersuchungsrichter Döblinger sagen? Was die Presse? Und wie Groschen noch über die Macht und den Einfluss der sogenannten öffentlichen Meinung sinnierte, ging die Tür der benachbarten Wohnung auf und Marion erschien mit einer großen Schachtel, die sie sofort fallen ließ, als sie des Kommissars ansichtig wurde.

– Sie?! Die Blondine war wie erstarrt. Sie zuckte mit keiner Wimper, rührte sich nicht von der Stelle und stand da wie eine kühle Säule. Sie trug ein schwarzes Paillettenkleid, unter dem schwarze Strümpfe hervorschauten. Sie hatte keine Schuhe an, was einen gewissen erotischen Reiz ausübte. Männer ohne Schuhe mochten Selbstmörder oder Pantoffelhelden sein, aber Frauen? Frauen hatten was Erotisches. Groschen sah sie einen unendlich langen Augenblick an, erst die Füße, die sich unter dem Strumpf abzeichnenden Zehen, dann das eisige Gesicht mit dem großen Mund, schließlich die Augen – und sein Blick wurde nun erwidert. Auch Marion betrachtete den Kommissar mit einer Mischung aus Erstaunen, Zuneigung und Schrecken. Für einen Moment trafen sich die tiefsten Gründe und Seelenwinkel hinter ihren Netzhäuten, wollten sich erkennen. Dann besannen sich beide. Marions blonder Pagenkopf zuckte, als ob sie etwas Saures runterschlucken müsste, und Groschen war wieder ganz und gar Kommissar und Amtsperson.

Er reckte seine Brust hervor, räusperte sich und sah, auch in dieser fallen gelassenen Schachtel befanden sich Medikamente, Spritzen, Schläuche und anderes medizinisches Gerät. Schweiß glänzte auf Marions Stirn, und sie hatte nun wieder den gehetzten Blick eines Menschen, dem ein großer Umzug bevorstand.

– Dass ich da nicht früher draufgekommen bin, griff sich Groschen an den Kopf. Weil Kocherscheit am Türschild steht, muss noch lange kein Kocherscheit da wohnen. Nicht die mit Stanek gekennzeichnete Wohnung, sondern diese hier, die Kocherscheit-Wohnung, ist das Drogenlager. Die paar Blutbeutel im Kühlschrank waren Zufall. Er drängte die verschwitzte Blondine mit dem breiten Mund zurück in die Wohnung, die nur aus einem großen Raum mit Kochnische bestand. Neben ein paar Sitzgelegenheiten standen seltsame medizinische Apparate. In den Regalen lagen leere Blutbeutel, Schläuche, Medikamente, Kolbenspritzen, Einweghandschuhe. An einer Wand vier Tiefkühltruhen. Auf einer hing ein Zettel mit einer Verballhornung der Nationalhymne. Statt »Land der Berge, Land der Dome, Land der Äcker, Land am Strome ...« stand da »Land der Trachten und Traktoren, Land der Niedertracht und Niederflur-Autobusse ...«

– Das also ist das Hauptquartier des Dopings? Das Herz der Finsternis? Hierher sind all die Spitzensportler gekommen, die, wie unsere Befragungen ergeben haben, von Hausbewohnern immer wieder gesehen worden sind?

Marion ließ sich in einen Lehnstuhl fallen und zündete sich eine Zigarette an. Sie erinnerte nun an eine Balldebütantin um vier Uhr morgens, die von ihren Eltern auf offener Straße aufgegriffen wurde. Irgendwie schien sie erleichtert. Zumindest gab sie ein paar Stoßseufzer von sich. Groschen stellte zwei schwarze Stöckelschuhe, die neben der Tür gestanden waren, vor ihre Füße.

– Sind das Ihre?

Wortlos begann sie sie anzuziehen. Wahrscheinlich war sie bei der Entsorgung dieser Dopingutensilien draufgekommen, wie unbequem die waren.

– Dann haben Sie also nach wie vor mit Stanek gemeinsame Sache gemacht? Sind Sie immer noch mit ihm zusammen? Haben Sie deshalb Ihren Mann umgebracht?

– Nein. Marion schüttelte den Kopf. Bestimmt nicht.

– Dann bestreiten Sie, dass Ihr Mann das alles auffliegen lassen wollte, weil er nicht verstand, weshalb man nur ihn an den Pranger stellte, während sich alle anderen Sportler in den Medien als Saubermänner profilierten? Sportler, von denen er ganz genau wusste, die gingen noch immer hier in diesem Privatlabor ein und aus, so wie er selbst hier jahrelang ein und aus gegangen war? Dann bestreiten Sie also, dass Oktavian Tulipan und Karl Stanek zusammenarbeiteten und Sie den beiden zur Hand gingen? Nein? Sie wollen Ihren Mann also nicht in den Tod getrieben haben?

– Das ist nicht wahr. Marion hatte Tränen in den Augen. Die Mundwinkel hingen leicht nach unten. Ich habe ihn geliebt. Sogar wenn er mich geschlagen hat. Sie fuhr sich mit den Händen in den blonden Pagenkopf. Und Groschen sah oder vielmehr erahnte kurz das, was er für die Ursache von allem hielt, den Grund für Wenningers Doping, den Anlass für Tulipan, vielleicht sogar für Schmierer und möglicherweise auch für einen Mord: zwei unwahrscheinliche Brüste. Groschen war kein Busenfetischist, darum hatte er bei den bisherigen Ermittlungen nicht darauf geachtet, aber jetzt registrierte er zwei feste, nach oben zugespitzte Birnenbrüste, die aus dieser leicht ordinären, etwas zu muskulösen Marion Wenninger eine Sexbombe machten. Kurz war der Kommissar irritiert, vermochte er seinen Blick nicht davon zu lösen. Zum Glück merkte es Marion nicht.

– Ich bin nur hier, um dem Karl einen Gefallen zu tun, schluchzte sie.

– Und deshalb spielen Sie Komödie, schicken Ihren Tulperich, rufen an und sagen, Sie kommen im Kommissariat vorbei? Groschen sah, wie sie sich verzweifelt auf die Lippen biss, um nicht in lautes Schluchzen auszubrechen. Gleichzeitig drängte es ihn, immer wieder auf ihre Brüste zu schauen.

– Ich musste doch sichergehen, sagte sie mit tränenerstickter Stimme, nicht verfolgt zu werden. Ich musste doch …

– Die Tränen können Sie sich sparen, brummte Groschen.

Das zieht bei mir nicht. Er kannte die Frauen, und er hatte schon oft bei Verhören wahre Wasserfälle gesehen. Darauf fiel er nicht mehr rein. Und dennoch war er von ihrem Vorbau wie benommen. Er roch nun auch den sauren Schweiß, eine Mischung aus Orangenhain und Katzenkresse, der von dieser Marion ausging.

– Charly hat gesagt, bemühte sie sich um Fassung, er wird überwacht. Und wenn die Polizei einmal anfängt, hier herumzuschnüffeln, hat er gemeint, kann es nicht lange dauern, bis man das Labor aushebt. Nun hat er seine ganzen Ersparnisse in Anabolika, Wachstumshormone, Blutzentrifugen und all diesen Scheiß gesteckt. Wenn Sie das finden und beschlagnahmen, ist er ruiniert. Darum hat er mich angefleht, ich wollte nicht, ehrlich … aber er hat sonst niemanden … Wenn ich es nicht in Sicherheit bringe, hat er gesagt, bringt er sich um … Ich wollte nicht, ehrlich … Was geht mich dieser Scheiß an?

– Und dass Sie Ihren Mann in den Tod treiben müssen, weil sonst alles auffliegt, hat er das auch gesagt?

– Ich weiß nicht, wie Sie das meinen. Wenn sie Groschens Anschuldigung verwirrte, so ließ sie es sich nicht anmerken. Ihr Blick war ausdruckslos, und sie sagte:

– Ich bin nur hier, um diesen Scheiß zu retten.

– Ohne Sie wären wir nie draufgekommen, besah sich Groschen ein paar Medikamente. Aminopure. Ultratard. Testosteronpflaster. Rendimax. Thyroxin. Clenbuterol – anabole Mastkälbersubstanz. Wissen Sie, wie man so was nennt? Klassisches Eigentor. Ohne Sie hätten wir diesen Scheiß, wie Sie das nennen, nie entdeckt. Wie hat er eigentlich mit Ihnen Kontakt aufgenommen?

– Kennen Sie den Rüdigerhof?

– Natürlich. Groschen griff sich an seine Wunde, und schmerzliche Erinnerungen stiegen in ihm hoch. Wir haben uns gefragt, warum er der Chefin immer den Rechnungsbetrag verdoppelt.

– Weil er ein großzügiger Mensch ist, funkelte in Marions Augen kurz etwas auf. Nicht sehr verantwortungsvoll, aber großzügig. Und das ist seine Art, Alimente zu bezahlen. Marion stockte, überlegte, ob das hierhergehörte, sagte dann aber doch, dass er, Stanek, einer Kellnerin ein Kind angehängt hatte – so sagte man das in Wien. Kinder wurden nicht gezeugt, sondern jemandem angehängt. Und das ist nicht die einzige. Marion verdrehte vielsagend die Augen. Das ist auch der Grund, weshalb der Charly tiefer und tiefer in diesen Scheiß hineingeraten ist. Wie er noch mit mir zusammen gewesen ist, waren es nur ein paar Präparate. Aber irgendwann merkt halt jeder Sportler, dass die Schmalzbrote von der Mama nicht ausreichen, um Leistung zu erbringen. Und dann heißt es bald, da ist der Charly, der Spritzen-Charly, der hat auch etwas anderes. Und wenn er es nicht hat, bemüht er sich, es zu besorgen, weil er ein freundlicher Mensch ist. Anfangs waren es nur einfache Präparate, Anabolika, Wachstumshormone, aber er musste natürlich das anbieten, was bei den Tests nicht auffiel.

Sie hatte völlig auf ihre Zigarette vergessen, die zu einem Aschewürmchen abgebrannt war. Jetzt sah sie dieses graue Stäbchen, stieß es in den Aschenbecher und zündete sich eine neue an. Das heißt, sie wollte sich eine neue anzünden, aber aus ihrem Feuerzeug kamen nur noch Funken. Groschen griff in seine Taschen, musste aber passen, außer einem Silberetui mit zwei Not-Zigarillos hatte er nichts bei sich.

– Na, dann stirbt halt in Russland ein Seemann, ging Marion zu dem kleinen Teelicht auf der Kochnische und zündete sich die Zigarette an. Da sie der Kommissar fragend anstarrte, fügte sie hinzu:

– Das sagt man so, wenn man sich an einer Kerze eine Zigarette anzündet, dann stirbt in Russland ein Seemann.

– Habe ich noch nie gehört, nahm Groschen ein Zigarillo aus seinem Etui und zündete es ebenfalls am Teelicht an:

– Damit er nicht allein stirbt.

– Werden Sie die Sachen konfiszieren? Marion blickte den Kommissar mit großen Augen an und machte einen Mund, wie ihn kleine Mädchen machen, wenn sie etwas wollen.

– Es wäre meine Pflicht. Aber warum soll ich unschuldige Kinder um ihre Alimente bringen?, stieß Groschen eine schwere Rauchwolke aus. Außerdem bin ich von der Mordkommission und nicht von der Soko Doping. Ich muss diese Dinge hier ja nicht erkennen. Und haben wir den Jungs von der Antidopingeinheit nicht schon einen Kofferraum mit zwei Blutwaschgeräten übergeben?

– Marion lächelte.

– Das war Schrott? Habe ich mir gleich gedacht. Aber tun Sie mir einen Gefallen, kommen Sie morgen um vierzehn Uhr hierher, in Staneks Wohnung.

– Werde ich dann verhaftet?

– Ich werde Sie zwar vielleicht des Mordes überführen, aber verhaftet werden Sie nicht. Sie haben also nicht viel zu befürchten – außer der Wahrheit.

Marion war irritiert von diesem letzten Satz und gleichzeitig glücklich, als sie sah, der Kommissar verabschiedete sich tatsächlich. Sein Zigarillo, das ihm viel zu trocken war, dämpfte er aus, bevor er die Wohnung verließ. Zum Glück, dachte sie, ist er nicht der Columbo. Sie ließ sich in die Polsterung des Couchstuhls sinken, stöhnte erleichtert und versank beinah darin. Da aber stand Groschen wieder in der Tür, murmelte etwas von einem Messer, das er sich ausborgen müsse, holte sich eines aus der Kochnische und verschwand.

Mit dem Messer öffnete er die versiegelte Tür der Stanek-Wohnung. Aus irgendeinem Grund ging das Licht nicht an. War die Birne ausgebrannt? Oder hatte man den Strom abgestellt? Egal, der Kommissar wollte ohnehin nur eine Kleinigkeit überprüfen. Kurz überlegte er, ob er noch einmal zu Marion gehen und sich das Teelicht ausborgen sollte. Aber aus Angst, sie könnte seine tiefen Blicke gespürt haben und nun etwas missverstehen, ließ er es bleiben.

Allmählich gewöhnten sich seine Augen an die Dunkelheit, wuchsen Konturen aus der Finsternis. Irgendetwas Unheilvolles lag hier in der Luft. Die Möbel sahen wie unheimliche Wesen aus, doch davon ließ er sich nicht schrecken. Er ging zum Fenster, aus dem Wenninger gefallen war, öffnete es und sah hinaus. Nichts zu sehen, nur der schwarze Himmel mit weißgeränderten Wolken, die sich vor den Mond geschoben hatten. Die Umrisse der umliegenden Dächer hoben sich monoton und gleichförmig gegen den Himmel ab. Groschen beugte sich über das Fensterbrett und schraubte sich hinaus. Ein krächzender Vogel war zu hören. Groschens Füße hingen in der Luft, waren aber noch im Zimmer, während sein Oberkörper ganz im Freien war. Es ging nicht anders, um an die inkriminierte Stelle zu gelangen, musste er rücklings auf dem Fensterbrett sitzen und nach oben greifen. Tasten. Nichts. Doch. Da. Genau, wie er es vermutet hatte. Im Fensterkreuz war an der Außenseite ein kleines Loch mit einem Durchmesser von höchstens zwei Millimeter, wie es ein Nagel oder eine kleine Schraube hinterließ. Er ertastete es mehr, als dass er es sah. Man würde das morgen näher untersuchen müssen. Wenn seine Vermutung stimmte, war das ein Beweis für Mord.

Groschen, immer noch ziemlich weit aus dem Fenster gebeugt, sah hinunter und merkte, er war nicht schwindelfrei. Hier ging es bestimmt zehn, zwölf Meter in die Tiefe. Unter ihm tat sich ein Abgrund auf, der Tod. Ein kleiner Teil in ihm rief: Spring. Lass los. Er hörte nicht darauf, hielt sich mit der einen Hand fest am Fensterkreuz, mit der anderen tastete er nach dem Löchlein. Da war ihm plötzlich seltsam zumute. So als ob sich alle ihn verfolgenden Blicke zu einem einzigen gebündelt hätten. Ein eisiger Wind wehte ihn an. Hatte er etwas gehört? Ein leises Klingeln? Totenglöckchen? Er war sich nicht sicher, spürte aber, nicht allein zu sein. Es war, als ob ihn etwas streichelte, ein Hauch von Leben. Etwas Kaltes, Gruseliges strich um seinen Kopf. Wenningers Geist? Der Glatzkopf mit dem weichen Gesicht? Groschen war bis in die Haarspitzen gespannt, bemühte sich, nur flach zu atmen. Ach was. Einbildung! Mach dich nicht selbst verrückt, sprach er sich Mut zu. Da wurde er plötzlich und völlig unvermittelt am Oberschenkel berührt. Ahhh! Die Welt gefror, erstarrte zu Eis in diesem Augenblick.

– Ahhh. Groschen zuckte. Er ließ los und fiel. Sein ganzes Leben lief vor ihm ab. Kindheit auf dem Land, Schulzeit, Jugend. Er sah seine Frau, wie sie weinend an seinem Sarg stand. Fette Tränen kullerten zu Boden. Nun musste sie den Pullover, den sie ihm strickte, jemand anderem geben. Wer half ihr nun bei der Gartenarbeit in ihrem Landhäuschen? Nun hatte er sich das Rauchen ganz umsonst abgewöhnt. Nun würde Zwilling zum Kommissar befördert werden, obwohl er bei Krankenbesuchen auf das Bier vergaß. Döblinger würde die Trauerrede halten, von einem großen, unersetzlichen Verlust sprechen … Und er sah schon seinen Grabstein, Falt Groschen, stand darauf, gestorben am 23. Oktober in Erfüllung seiner Pflicht … Ahhh. Vor Schreck hatte er das Fensterkreuz losgelassen. Alles war losgelassen. Und er fiel. Ahhh! Nein, er fiel ja gar nicht, hielt sich noch. Ja, er hielt sich noch am Fensterkreuz. Aber sein Herz raste. Auf der Stirn stand Schweiß. Seine Hände waren nass, trotzdem konnte er sich gerade noch festkrallen und – der Pullover seiner Frau war gerettet – zurück ins Zimmer schwingen. Der Zigarettenverzicht war doch nicht für die Katz. Die Gartenarbeit konnte kommen. Seine Frau konnte die Trauerkleidung wieder ausziehen, und Zwilling hatte Pech gehabt. Der Kommissar war dem Tod von der Schaufel gesprungen, stand im Zimmer. Taumelte.

Auf alles war er jetzt gefasst. Jeder seiner Muskeln war gespannt, ein Schlag und er wäre wohl nicht mehr zu halten gewesen, rücklings rausgefallen. So ähnlich, schoss es ihm durch den Kopf, muss es dem Wenninger ergangen sein. Doch es kam kein Schlag. Nicht einmal ein Stoß, nur der Hauch eines herben männlichen Parfüms gepaart mit etwas Magensäure.

Hanns Hallux stand vor ihm, der Dopingfahnder. Wieder makellos gekleidet wie ein englischer Aristokrat – mit einem Gesichtsausdruck, als hätte er soeben ein Vermögen beim Pferderennen verloren.

– Habe ich Sie erschreckt? Hallux trat einen Schritt zurück. Seltsamerweise war er es, der erschreckt wirkte. Groschen sah sein Gesicht im Mondlicht, es glich noch immer einem Huhn, hatte nun aber etwas Unheimliches – wie eine Mischung aus Ochsenmaulsalat und luftgetrockneter Leiche sah es aus.

– Nein, nein, versuchte sich Groschen zu beruhigen. Seine Stimme zitterte vor Aufregung. Seine Beine pupperten. Ihm war zumute, als ob er mit einem Flugzeug durch ein Unwetter geflogen wäre und es nur dem äußersten Geschick des Piloten zu verdanken war, dass man wieder festen Boden unter den Füßen hatte. Mit vibrierenden Fingern steckte er sich das letzte Zigarillo in den Mund, erinnerte sich aber daran, kein Feuerzeug zu haben. Da wurde ihm, ehe in Russland noch ein Matrose draufging, ein brennendes Benzinfeuerzeug vor das Gesicht gehalten. Beim ersten Zug spürte er ein leises Stechen im Magen.

– Sie! Was machen Sie hier? Sie Hanns mit Doppel-N. Allmählich konnte er wieder einen klaren Gedanken fassen, und das Erste, was ihm in den Sinn kam, war die Sache mit dem Mörder, der zum Tatort zurückkehrt. Aber Hallux? Der Hühnerkopf? Warum sollte der den Wenninger umgebracht haben?

– Die Tür … stand offen, stotterte der Dopingfahnder, und da … dachte ich, schau mal rein. Hallux trat einen Schritt zurück. Noch ein Stück und er stünde im Stiegenhaus.

– Man hat Sie herbestellt? Groschen, nun wieder ganz klar im Kopf, ging ihm nach, ohne ihn zu bedrängen. Ein anonymer Tipp, damit Sie Staneks Labor, die Kocherscheit-Wohnung, hochgehen lassen? Nein, der Kommissar warf das brennende Zigarillo zum Fenster raus, dann wären Sie ja nicht allein gekommen. Marion Wenninger hat Sie gefragt, ob Sie die Laborgeräte übernehmen.

Der Dopingfahnder sagte nichts. Man sah ihm an, dass ihm viele Gedanken gleichzeitig durch den Kopf gingen. Wahrscheinlich war einer davon sogar ein Bedauern darüber, den Kommissar nicht hinuntergestoßen zu haben, als sich die Gelegenheit dazu geboten hatte.

– Aber warum?

– Ich habe es Ihnen bereits erklärt, sagte Hallux, dessen Adamsapfel wie wild auf und ab hüpfte. Wenn wir gar kein Doping haben, sind wir chancenlos, egal in welcher Disziplin – nicht nur im Fußball, auch beim Skifahren. Die Öffentlichkeit will einerseits Sieger und andererseits einen sauberen Sport, das ist, wie wenn Sie eine jungfräuliche Mutter wollen, so etwas schafft höchstens Gott – und auch der nur alle paar tausend Jahre. Wir müssen also manchmal wen erwischen, schon damit wir Dopingfahnder Geld bekommen, aber im Großen und Ganzen ist das ein verlogenes System, aus dem es kein Entrinnen gibt.

– Und deshalb arbeiten Sie mit Dealern und Dopingärzten zusammen?

– Was sollen wir machen? Die drei, vier Wahnsinnigen wie der Stanek … Stellen Sie sich vor, was die für ein Risiko eingehen. Wir müssen froh sein, dass es solche Leute gibt. Der Dopingfahnder zuckte die Achseln, und Groschen sah seine gänsekackegelben Schuhe, die glänzten, als wären sie noch nie zum Gehen benutzt worden.

– Sport ist ein Hund.

– Werden Sie dagegen etwas unternehmen? Werden Sie Anzeige erstatten?

– Keine Ahnung. Groschen machte ein angewidertes Gesicht. Wenn ihm etwas zutiefst zuwider war, dann Scheinheiligkeit und Doppelmoral – vor allem aber die eigene Ohnmacht, nichts daran ändern zu können. Und er spürte, dass jede Änderung, jedes Hochgehenlassen des Systems von den verantwortlichen Politikern keineswegs begrüßt werden würde, im Gegenteil. Man würde Groschen nicht belobigen, sondern ihm einen Verweis erteilen. Anstatt einer Gehaltserhöhung erwartete ihn die Degradierung zum Streifenpolizisten in Sinabelkirchen. Dieses System wurde von allen getragen und verteidigt gegen jeden, der daran rührte. Groschen fühlte sich an seine Zeit bei der Sitte erinnert, war es doch beim Umgang mit dem Rotlichtmilieu nicht anders gewesen. Offiziell durfte es das gar nicht geben, aber tatsächlich wurde es mehr als nur geduldet. Zum einen gab es die öffentliche Moral, die Proteste der Anrainer, die Ausbeutung, den Menschenhandel, zum anderen waren die Vorteile der geduldeten Prostitution belegt: weniger Gewalt- und Sexualdelikte.

Sie standen nun im Vorhaus, und Groschens Augen waren wegen des grellen Lichtes halb geschlossen. Er vermied es, dem Dopingfahnder ins Gesicht zu sehen, murmelte:

– Tun Sie, was Sie nicht lassen können. Kümmern Sie sich um das Labor. Unterstützen Sie damit andere Dopingwillige. Ich will Sie nur bitten, morgen um vierzehn Uhr wieder hier zu sein.

– Wozu?

– Das werden Sie schon sehen.

NACHTWASSER oder DER EINBRUCH DER DUNKELHEIT BEI NACHT

Der Dopingfahnder ging in die Kocherscheit-Wohnung, und Groschen trippelte das Stiegenhaus hinunter. Es war 21 Uhr und nieselte noch immer, ein erbärmliches Wetter. Kein Wunder, dass die meisten Menschen schlechter Stimmung waren. Der Kommissar überlegte, ob er in ein Taxi steigen sollte, als er sie bemerkte, ohne ihr Bedeutung beizumessen. Eine kleine kugelrunde Frau mit unerhört großen eckigen Brillen. Sie trug einen hellen Regenmantel und schleppte sich auf Krücken vorwärts. Behäbig wie eine zweihundertjährige Schildkröte. Irgendwie kam sie ihm bekannt vor, aber Groschen wusste nicht, woher. War das die Stimme aus der Gegensprechanlage, die »Verschwind!« gekrächzt hatte? Das goldene Wienerherz?

Er sah ihre schwarzen Kunstledersandalen und weißen Socken. Das Gesicht war grau wie ein vergessener Brotteig und der Blick erloschen. Der Kommissar war von diesem Anblick ebenso abgestoßen wie fasziniert. In seinem Inneren zog sich was zusammen. Er überlegte, ob er ihr Hilfe anbieten sollte, aber da wurde er von hinten gerempelt, beinahe weggeschoben mit einer Bestimmtheit, wie er es sonst nur von Diven und Möchtegernprominenten kannte, wenn sie sich vor Fotografen aufpflanzten und alle anderen, vor allem alle Unbekannten, aus dem Bild schubsten. Es war der unfreundliche rothaarige Mieter, den er bereits kannte. Ohne ein Wort der Entschuldigung eilte er leicht hinkend zu der Schildkröte, fasste sie unter der Achsel und half ihr zur Tür. Für den empörten Kriminalkommissar hatte er nur einen bösen Blick übrig. Das also waren die anderen Mieter, die sogenannten kleinen Leute, für deren Sicherheit der Kommissar täglich Kopf und Kragen riskierte?

Groschen schenkte diesem seltsamen Gespann keine weitere Beachtung, ging die Schräge zur Wienzeile hinauf, überquerte sie und ging in Richtung Innenstadt. Kurz vor dem Naschmarkt rief er seine Frau an und fragte, ob sie mit ihm essen gehen wolle.

– Essen? Jetzt noch? Ich wollte den Pullover fertig stricken.

– Muss das heute sein?

– Aber ich bin überhaupt nicht hergerichtet. Ich bin ...

– Lass dir Zeit.

– Wo willst du hingehen?

– Wolltest du nicht immer in die Schiffstation?

– Wunderbar. Frau Groschens Stimme überschlug sich kurz vor Glück. Vom Restaurant in der Schiffstation hatte sie schon viel gehört, es war gerade sehr gefragt. Alle ihre Freundinnen hatten davon geschwärmt.

– Ich bin im sechsten Bezirk, bis ich am Donaukanal bin, kannst du dich zurechtmachen.

– Und du wirst nicht wieder nach der Vorspeise zu einem Tatort eilen und mich sitzenlassen? Nein? Und du wirst auch nicht wieder den ganzen Abend telefonieren? Und du wirst auch nicht mit den Ohren nur bei einem Nachbartisch sein, weil dort irgendein Verdächtiger sitzt?

– Bis später.

Der Kommissar ging auf den Vorwurf seiner Frau nicht ein. Dabei hatte sie vollkommen recht. Der einzige Grund, um mit ihr auszugehen, war, die Zeit zu überbrücken. Groschen war angenehm aufgeregt, rechnete er doch fest damit, dass sich der Mörder heute Nacht verriet. Er spürte, jemand wurde unruhig, jemand, der für den Tod des Edgar Wenninger verantwortlich war, bekam allmählich kalte Füße. Jemand spürte, man war ihm auf den Fersen, jemand spürte den Atem der Polizei, und das machte ihn unsicher und anfällig für Fehler. Stanek, Marion, Schmierer, Tulipan und Hallux, sie alle wurden überwacht. Sie alle waren für morgen vierzehn Uhr in die Wohnung bestellt, aus der Edgar Wenninger, genannt Strudel, gesprungen oder gestoßen worden ist. War es Mord, und der Mörder befand sich unter diesen Verdächtigen, würde er heute Nacht kein Auge zutun. Mit hoher Wahrscheinlichkeit würde er sich verraten. Groschen brauchte nur zu warten. Gordon hatte die Bewachung von Stanek übernommen, und die anderen Verdächtigen wurden von talentierten jungen Beamten observiert.

Seine Frau hatte also recht, sie war nur der Pausenfüller. Manchmal, wenn sie stritten, was nicht besonders häufig vorkam, warf sie ihm vor, sie, seine angebliche große Liebe, als Haushaltshilfe zu missbrauchen. Manchmal lebte er tatsächlich mehr mit seinen Fällen als mit ihr, nahm er es einfach als gegeben hin, dass sie für ihn kochte und den Haushalt führte. Er sprach dann nicht und beachtete sie kaum, behandelte sie wie ein Möbelstück. Wenn sie ihn etwas fragte, war er abweisend und barsch. Das ging so lange, bis die Situation eskalierte. Dann musste sie ihm mit dem Ende der Beziehung drohen, ihr Zusammensein in Frage stellen, schon besann er sich, lenkte ein und war wieder zuvorkommend, aufmerksam und lieb wie ganz am Anfang. Bald aber fiel er wieder in seine alten Muster, wussten sie beide, im Grunde seiner Existenz war er ein eigenbrötlerischer alter Junggeselle, unfähig zu jeder Beziehung, unfähig, auf die Wünsche des anderen einzugehen. Was sollte er tun? Sie waren schon zu lange zusammen, um noch frisch verliebt zu sein. Allerdings hatten sie sich aneinander mehr als nur gewöhnt, vermissten sich sogar, wenn sie einmal in getrennten Betten schlafen mussten. Er war ein leicht ranziger Eigenbrötler, der sein ganzes Einfühlungsvermögen in seine Arbeit steckte, und sie, Tochter eines Lehrerpaares, neigte zum Erziehen, zur Selbstgerechtigkeit. Oft hätten sie sich gegenseitig auf den Mond schießen mögen, aber dann gab es Augenblicke, in denen sie miteinander alles andere vergaßen, Momente, in denen sie richtig glücklich waren. Und auf so einen hoffte sie jetzt auch.

Die Schiffstation am Donaukanal glich selbst einem leicht verzogenen Schiff. Manche nannten sie ob ihrer Verladerampen auch Schanze. Man konnte hier ein Schnellboot nach Bratislava nehmen, was sich seine Frau schon lange wünschte. Aber heute Abend würden sie in diesem modernen Restaurant, das aussah wie ein ans Ufer gepresstes Kreuzfahrtschiff, nur speisen. Die Bar im Obergeschoß war gut frequentiert, das Licht gedämpft, die Musik unaufdringlich. Groschen, der wusste, seine Frau würde für ihre Instandsetzung noch etwas brauchen, bestellte einen trockenen Martini. Eine Weile beobachtete er die Gäste, allesamt Sprösslinge der gutbürgerlichen Gesellschaft, angehende Juristen oder Studenten der Betriebswirtschaft. Groschen glaubte, ein paar Namen von Elitegymnasien zu verstehen. Es war das schwer erträgliche Gehabe von jungen Menschen, die noch nie in ihrem Leben eine Niederlage hatten einstecken müssen – außer vielleicht im Tennis. Gespreizte Bewegungen und nasale Sprüche. Und doch unternahmen Menschen wie Wenninger und Stanek, Strudel und Spritzen-Charly alles, um von dieser Gesellschaft akzeptiert zu werden, um dazuzugehören.

Im Kanal spiegelten sich die Lichter der Bürotürme, auf deren Dächern die Namen großer Banken prangten. Banken, die sich die besten Sportler kauften und den Rest nicht beachteten. Ein schwach beleuchteter Lastkahn glitt vorbei, und der Kommissar sah auf die gegenüberliegende, menschenleere Seite des Kanals. Im Sommer waren dort künstliche Strände und Bars, die Adria oder Tel Aviv Beach hießen und junges Publikum in Scharen anzogen. Im Winter errichtete man neuerdings künstliche Eisflächen und Glühweinstände. Nur in der Übergangszeit war die Gegend unbelebt, aber auch dafür würden sich die Stadtplaner etwas einfallen lassen. Groschen hatte immer schon, ohne eigentlich zu wissen, warum, eine Vorliebe für diesen Teil der Stadt gehabt. Er bestellte einen zweiten Martini und blätterte in der Abendzeitung, die auf der Theke lag. Kein Wort mehr über Wenninger, dafür ein langer Artikel über die Auswirkungen von Doping. Daneben ein langes Interview mit einem Skifahrer über seine Saisonziele. Groschen kannte den Namen von Staneks Notizbuch und den dazugehörigen Blutbeuteln im Gefrierschrank. Wahrscheinlich, dachte der Kommissar, würde der Sportler seine Ziele bald revidieren müssen.

Er hatte soeben seinen Martini ausgetrunken und begonnen, gelangweilt an der Olive herumzukauen, als seine Frau erschien. Unter dem Regenmantel trug sie ein kurzes graues Kleid und gleichfarbige Strümpfe, was ihren roten Mund und das blonde Haar besonders zur Geltung brachte. Sie sah bezaubernd aus – als hätte sie sich den ganzen Tag erholt für den Abend. Dabei hatte sie wegen Groschens Abwesenheit schlecht geschlafen, den halben Vormittag telefoniert, dann die Wäsche gemacht, mit einer langen Stahlfeder den verstopften Abfluss wieder in Gang gebracht, Bankgeschäfte und den Einkauf erledigt, Essen gekocht, wieder telefoniert, gebügelt, eine Untersuchung beim Frauenarzt, mit Groschens Steuererklärung begonnen, auf ihre kleine Nichte aufgepasst und so weiter und so fort. Man konnte wirklich nicht sagen, sie hätte nichts gemacht. Der Kommissar, der von all dem nichts wusste, verglich sie mit Lauren Bacall, und sie war glücklich.

– Was trinkst du, nahm sie sein Glas und schlürfte den letzten Rest. Gar keinen Hugo?

– Hugo?

– Na, das Getränk der Saison, Holundersirup, Limette, Prosecco.

– Bei den In-Getränken bin ich noch nicht einmal beim Aperol angekommen, meinte Groschen. Bestenfalls beim Campari.

Im Restaurantbereich wurde ihnen ein Tisch mit Aussicht auf den Kanal zugewiesen. Während Frau Groschen noch die Speisekarte studierte, warf der Kommissar einen unauffälligen Blick auf sein Handy, der ihm eine neue Nachricht zeigte. Oktavian Tulipan hatte das Haus in Groß-Enzersdorf verlassen und war mit seinem Motorroller Richtung Wien unterwegs. Marion, nachdem sie mit Hallux die Dopingutensilien der Kocherscheit-Wohnung in einem Lieferwagen verstaut hatte, war mit dem Dopingfahnder in Streit geraten und hatte Schmierer angerufen. Sie hatten ein Treffen vereinbart. Hallux war ihr unauffällig gefolgt. Karl Stanek saß mit seinem Gewehr im Rüdigerhof.

Groschen lächelte zufrieden, weil endlich Bewegung in die Sache kam. Seine Frau übernahm die Bestellung. Als Vorspeise gebratener Tintenfisch in Teigtaschen. Danach einmal Lammbraten und einmal Gemüsetürmchen.

– Gemüsetürmchen? Isst du immer noch keine Kohlehydrate?

Frau Groschen hob ihr Kinn und bestellte ein Viertel Weißwein. Als sie in den Augen ihres Mannes sah, er hätte lieber eine ganze Flasche gehabt, flüsterte sie:

– Ich weiß ja nicht, ob du nicht wieder wegmusst. Oder hast du deinen Fall schon abgeschlossen?

– Fast.

– Schade. Ich dachte, wir hätten was zu feiern.

– Das Leben, nahm Groschen die zarte Hand seiner Frau und drückte seinen Mund darauf. Wir feiern uns und das Leben. Davon, dass er sein Leben gestern wie heute fast verloren hätte, zuerst durch den K.-o.-Schlag am Naschmarkt, dann durch den Beinahe-Fenstersturz, sagte er besser nichts. Sie würde sich zu viele Sorgen machen.

– Außerdem nehmen wir doch eine Flasche, rief er dem Oberkellner hinterher, der sich umdrehte und mit einer leichten Verbeugung antwortete. Seine Frau fühlte sich geschmeichelt, entwendete Groschen die Hand und streichelte über seine unrasierte Wange. Mit dem sicheren Blick einer Mutter, die ihr Kind auf Zecken untersucht, landete sie sofort am Haaransatz bei seiner Wunde. Er zog sie davon weg, als wollte er sagen, das sei schon nicht mehr wahr.

– Immer noch der tote Sportler?

– Hmm, brummte Groschen und verkostete den Weißwein, den ihm der Ober eingeschenkt hatte. Ein Grüner Veltliner, der laut Etikett auch nach grünem Apfel, Zitrusfrüchten, Quitte und Pfeffer schmeckte, Lössboden, Sonnenhang, rund und beherzt im Abgang. Gar nicht schlecht.

Frau Groschen, eine ausgebildete Sprechtrainerin, verstand von Sport noch weniger als ihr Mann. Eine Hilfe durfte er sich von ihr also nicht erwarten. Meist erzählte er ihr seine Fälle, weil sie mit distanziertem Blick Dinge sah, die er selbst nicht wahrnahm. Aber diesmal? Doping? Das war kein Konversationsthema. Außerdem war er guter Dinge, dass sich der Fall heute Nacht gleichsam von selbst lösen würde.

Während seine Frau immer besser in Stimmung kam, ja nach den ersten Gläsern Wein geradezu ausgelassen wurde, gelang es ihm nicht so recht, sich von seinem Wenninger-Strudel zu lösen. Der Fall des Sportlers ging ihm nicht aus dem Kopf. Die Aussage Schmierers. Hat er ihn tatsächlich gesehen, bevor er gesprungen oder gefallen ist? Lügt er, um jemanden zu schützen? Wen? Marion? Einen anderen Sportler? Schmierer war ihm unsympathisch. Der würde gut hierher zu all den aufgeblasenen, gespreizten Schnöseln passen. Groschen sah ihn vor sich, wie er mit nasaler Stimme irgendeinen Blödsinn über den Wein verzapfte. Warum mochte er ihn nicht? Weil er so war, wie er selbst gerne geworden wäre? Ein Cabrioletten-Fahrer? Oder weil er in diesem Walter Maria Eigenschaften sah, die er an sich selbst nicht ausstehen konnte?

Und was war mit Marion? Diese drahtige blonde Arzttochter mit den ungeheuren Titten erschien ihm rätselhaft. Sie hatte etwas Getriebenes, etwas Maßloses. Gut vorstellbar, dass sie eine Quartalssäuferin war. Vielleicht aß sie auch hin und wieder einen Krapfen. Das war im Polizeijargon das Wort für Kokain – wegen dem weißen Pulver unter der Nase. Ob sie mit Stanek ein koksendes Szenepaar gewesen ist? Vorstellbar. Oder sollte es sich um eine Beziehungsgeschichte handeln? Hatte der Trainer Oktavian Tulipan den armen Wenninger auf dem Gewissen? Nein, einen Mord aus Eifersucht hätte Groschen weder dem Tulperich noch der Marion zugetraut, dafür wirkten sie ihm nicht verliebt genug. Außerdem waren Eifersuchtsmorde selten raffiniert.

Seine Frau, die von all diesen Gedanken hoffentlich nichts mitbekam, erzählte währenddessen von der Fähigkeit des Einrollens der Zunge, die sie zwar selbst beherrschte, der Kommissar aber nicht. Sie hatte gehört, man konnte das nur, wenn zumindest ein Elternteil dazu imstande war.

– Das heißt, die Menschen, die ihre Zunge nicht einrollen können, sterben aus?, lachte Groschen. Ich gehöre also zu einer bedrohten Spezies? Oder ist es umgekehrt? Sterben jene aus, die ihre Zunge rollen können?

– Das weiß ich nicht, spielte seine Frau mit ihrer Serviette. Für sie waren Servietten nicht nur der wichtigste Teil eines Essens, sondern auch der Gipfel menschlicher Kultur. Wenn sie selbst ein Abendessen gaben, war sie imstande, die Gäste wieder auszuladen, weil sich keine geeigneten Servietten fanden. Dabei hatte sie mehrere Küchenkästen mit Papierservietten angefüllt. Weihnachtsservietten, Geburtstagsservietten, Osterservietten, Sportservietten, Burberryservietten. Und würde man sie fragen, welche drei Dinge sie auf eine einsame Insel mitnähme, so wäre die unmissverständliche Antwort bestimmt: Servietten, Servietten und noch einmal Servietten.

– Jedenfalls, sagte sie ernst, kann ein Kind, das seine Zunge rollen kann, nicht von Eltern stammen, die das beide nicht können. Ich dachte, das interessiert dich. Stell dir vor, ein Kind kann es, beide Eltern aber nicht, dann weiß der Vater, das Kind ist nicht von ihm.

– Leider kommt dein Reader's-Digest-Wissen in der Kriminalgeschichte nicht sehr häufig vor, hob Groschen sein Glas und trank.

– Du bist gemein.

– Aber nein.

Der Kellner brachte den gegrillten Tintenfisch im Teigmantel. Der Oktopus war wenig, aber dafür fast so weich, wie er sein musste. Beide bekamen sie Lust auf das Meer. Sie dachten an sandige Haut, Sonnenbrand und stundenlanges Lesen in überteuerten Liegestühlen, an gekühlte Drinks und Tauchgänge. Dafür bot die Aussicht auf den Donaukanal einen recht dürftigen Ersatz. Eine Nachricht auf Groschens Handy riss sie aus ihren Schwelgereien.

– Na bitte, ich habe es gewusst, spottete seine Frau. Du musst weg!?

– Nein, noch nicht. Er las, dass sich Walter Maria Schmierer und Marion Wenninger in einem Fastfood-Restaurant in der Nähe der Reichsbrücke getroffen hatten. Es ging offensichtlich um das Paket, das Marion bei sich trug. Ein Paket, das Groschen schon in der Kocherscheit-Wohnung aufgefallen war. Dort war es beim Eingang gelegen, und der Kommissar hatte ihm keinerlei Bedeutung beigemessen.

– Ich Idiot, dass ich daran nicht früher gedacht habe, fasste sich Groschen an die Stirn. Da ihn seine Frau fragend ansah, schenkte er Wein nach, was der Kellner, dessen Aufgabe das gewesen wäre, mit einem beleidigten Blick quittierte. Und ehe sich Groschen selbst nachschenken konnte, war der Pinguin schon angewatschelt gekommen, hatte ihm die Flasche samt dem Serviertuch entrissen und sein Glas zur Strafe nicht einmal bis zur Hälfte angefüllt. Vom Kommissar erntete er einen Blick, für den jeder Fußballspieler eine längere Sperre ausgefasst hätte.

Außerdem wurde in der SMS mitgeteilt, dass Tulipan zum Gerichtsmedizinischen Institut gefahren war, woraus Groschen nicht recht schlau wurde. Was der dort wollte? Die Leiche stehlen? Oder sollte der Gerichtsmediziner Bangerl etwas übersehen haben?

– Na bitte, der Täter wird nervös. Groschen trank sein Glas in einem Zug leer und sah Richtung Kellner, der ihn nicht beachtete. Dann rief er Martin an, der sich inzwischen von seiner familiären Angelegenheit freimachen hatte können und zu den Überwachern gestoßen war. Er bat ihn, Schmierer und Marion zu stellen und das Paket zu konfiszieren. Und sag ihnen nebenher, dass du es zu Kommissar Groschen bringen musst, der in der Schiffstation am Donaukanal sitzt und dort vermutlich die nächsten Stunden verbringen wird.

– Eine deiner Fallen? Seine Frau hatte alles mitgehört. Einerseits war sie beunruhigt, weil sie merkte, wieder einmal als Begleiterin des Köders herhalten zu müssen. Andererseits gefiel ihr die Aussicht, ihren Mann wenigstens bis zum Hauptgericht bei sich zu haben. Immerhin kannte sie ihn lange genug und wusste nur zu gut, dass er von seiner Arbeit nie ganz loskam. Lächelnd nahm sie die Weißweinflasche aus dem Kühler und schenkte ihm – zum Entsetzen des Kellners, der alles aus den Augenwinkeln wahrnahm – den Rest ein. Dann hob sie ihr Glas und sang:

– Eine Tante in Marokko, und sie kommt. Und sie reitet auf Kamelen, wenn sie kommt. Und sie schießt mit zwei Pistolen, wenn sie kommt. Piff paff. Und dann läuten wir die Glocken, wenn sie kommt. Ding dong ... Das hat die Gretel heut gesungen.

– Gretel? Wer ist Gretel?

– Unsere kleine Nichte! Aber das ist wieder einmal typisch, alles, was nicht mit deiner Arbeit zu tun hat, interessiert dich nicht.

Groschen murmelte etwas Unverständliches. Er hatte inzwischen von Tulipans Versuch erfahren, sich gewaltsam Zugang zum Gerichtsmedizinischen Institut zu verschaffen. Allerdings war er an den schweren Eisentüren gescheitert und danach planlos durch die Stadt geirrt. An diversen Kirchentüren hatte er gerüttelt, doch waren alle abgesperrt. Erst bei der Votivkirche, in der gerade ein Konzert zu Ende gegangen war, fand er Einlass. Seither saß er in der letzten Reihe und betete. Soweit man etwas verstehen konnte, schien er sich schuldig zu fühlen. War das die Reue eines Mörders? Doch ein Eifersuchtsmord? Oder sollte dieser Tulperich noch andere dunkle Geheimnisse haben? Manches erschien Groschen plötzlich klarer, anderes hingegen war noch verworrener und undurchsichtiger.

Zum Lamm, das jetzt serviert wurde, bestellte der Kommissar eine Flasche Rotwein. Er ließ sich einen zweiten Teller bringen und teilte die ohnehin kleine Portion. Seine Frau gab ihm im Gegenzug die Hälfte ihres Gemüsetürmchens, eine überbackene Schichtung von Tomaten, Zucchini, Auberginen und Champignons.

Das Lamm war innen rosa und schmeckte sehr kernig. Groschen sah sofort, davon würde er nicht satt werden, aber egal. Er brauchte ohnehin einen klaren Kopf, was bei der Menge an Alkohol, die er heute schon konsumiert hatte, nicht gerade leicht war.

– Kannst du dich an die ersten Zucchini erinnern? Seine Frau hatte eine aufgespießt.

– Das muss in den siebziger Jahren gewesen sein.

– Damals war auch Tiefkühlkost etwas Tolles. Gekocht haben nur die Bauern, nicht aber eine emanzipierte Frau, die hatte Tiefkühlkost. Frau Groschen lachte.

– Zucchini?

– Plötzlich waren sie da. Wie aus dem Nichts sind sie aufgetaucht. Auf einmal gab es überall Zucchini, die Leute haben sie angebaut, und die Kochecken in den Zeitungen waren voll mit Zucchinirezepten. Es gab überbackene Zucchini, Zucchinicremesuppe, Zucchinileibchen, Zucchinikuchen, Zucchinipudding. Ein paar Jahre später war es mit den Kiwis genauso.

– Ist das nicht immer so? Wie aus dem Nichts taucht etwas

Neues auf und bestimmt für ein paar Jahre lang alle Gespräche. Zucchini, Kiwis, Fußball, ungesättigte Fette, Facebook.

– Fußball?

– Plötzlich haben alle angefangen, über Fußball zu reden. So lange, bis er selbstverständlich geworden ist.

Die Teller wurden abserviert, und Groschen beantwortete die Frage, ob sie eine Nachspeise wollten, mit heftigem Nicken. Bevor aber die Dessertkarte kam, wurde ihm von einem jungen Mitarbeiter das konfiszierte Paket gebracht.

– Was ist das?, wollte Frau Groschen wissen. Willst du nicht hineinsehen?

– Ich weiß es!

– Was denn?

– Dein Geschenk zu unserem Hochzeitstag.

– Aber der ist doch erst in zehn Monaten.

– Dann muss es bis dahin verschlossen bleiben, antwortete Groschen. Außerdem ist es nicht so interessant.

Inzwischen war auch die Dessertkarte gekommen, und Groschen bestellte Zitronentorte, einen kleinen Espresso und Wacholderschnaps, der ihm gut auf das Lamm zu passen schien. Seine Frau begnügte sich mit dem restlichen Rotwein.

Während Groschen auf das Paket klopfte, was einen dumpfen hohlen Ton ergab, kam per SMS die Nachricht, dass Tulipan noch immer in der Kirche saß und betete, während sich Stanek im Rüdigerhof offensichtlich Mut antrank.

Frau Groschen schmunzelte. Und als das Dessert serviert und von Groschen sorgfältig verzehrt wurde, musste sie richtig lachen.

– Was hast du denn?

– Nichts. Ich genieße es, dich zu beobachten. Hat sich der Mörder noch immer nicht verraten? Gib schon zu, du wartest auf etwas.

Groschen murmelte in sich hinein, und seine Frau, die selten Süßes aß, nahm ihm den Löffel aus der Hand und schlang ein großes Stück Torte in sich hinein.

– Sonst werden wir ja nie fertig.

Die Frau des Kommissars, die ihren Mann fast immer mit dem Nachnamen ansprach, weil sie sich an Falt, diesen seltsamen Vornamen, auch nach Jahren nicht recht gewöhnen konnte, war glücklich, den ganzen Abend mit ihrem Angetrauten zu verbringen – obwohl der Schatten seiner Arbeit wie Mehltau auf ihnen lag. Es wunderte sie nicht, als er sie nach dem Zahlen bat, allein nach Hause zu gehen. Er käme bald nach. Ungewöhnlich war jedoch, dass sie auch das Paket mit nach Hause nehmen sollte.

– Aber das ist doch konfisziert worden? Bringst du mich damit in Gefahr?

– Dir wird nichts geschehen. Groschen half ihr in den Mantel, drückte ihr einen Kuss auf die Lippen und klopfte auf das Paket.

– Es ist nichts Wertvolles drin. Groschen machte ein zufriedenes Gesicht. Er war sich sicher, kurz vor dem Durchbruch zu stehen, vor der Lösung des Falles Wenninger.

EIN MELANCHOLISCHER TRINKER

Draußen war es windig und kalt, aber zumindest regnete es nicht. Auf den nassen Straßen zerflossen die Lichter der Stadt. Vom Vollmond war nicht viel zu sehen.

Auf dem Nachhauseweg sang Frau Groschen: Eine Tante in Marokko, und sie kommt. Und sie reitet auf Kamelen, wenn sie kommt … Aber bald schon fühlte sie sich unbehaglich, ja beobachtet. War das ansteckend? Trotz der Dunkelheit musste sie etwas bemerkt haben, denn sie blieb einen Augenblick lang stehen, konnte aber nichts Verdächtiges erkennen. Es war kurz vor Mitternacht, und die wenigen Menschen, die jetzt noch unterwegs waren, hatten entweder einen hohen Alkoholpegel samt entsprechender Schwankungsbreite im Gang, oder es handelte sich um Liebespaare oder Touristen, die sich mit diesem unwirtlichen Wetter nicht abfinden wollten.

– Ich gehe in meine Taverne und trinke ein Bier, kam ihr ein lallender Betrunkener entgegen. Sie konnte gerade noch verhindern, dass er mit seinem warmen Atem auf sie fiel. Und während sie davoneilte, hörte sie ihn grölen:

– In meinem Kopf, da leuchten die Sterne, und bald schon bin ich stier. Das Geld ist aus. Ich geh nach Haus, rabimmel, rabammel, rabumm.

Frau Groschen überquerte die Marienbrücke. Auf dem Geländer sah sie einige in gestrickte Wolle gehüllte Eisenstäbe. Das war das Neueste, Künstlergruppen strickten kleine Röhren um Laternenpfähle oder Brückengeländer. Frau Groschen verstand nicht ganz, wozu, aber es gefiel ihr. Sie bog in die Taborstraße, schlenderte geradeaus, sah in die Auslagen der Geschäfte und hatte doch immer das Gefühl, verfolgt zu werden. Für die Frau eines Kommissars war es vielleicht peinlich, aber sie hatte keine Ahnung, wie man sich ungebetener Nachstellungen entledigen konnte, und noch weniger, wie man überhaupt feststellte, ob man verfolgt wurde oder es sich nur einbildete. Davon, dass ihr Mann seit Tagen mit demselben Problem zu kämpfen hatte und auch nicht damit fertigwurde, wusste sie nichts.

Sie klammerte sich an das Paket, ging schneller, blieb abrupt stehen, ging ein Stück, bog um eine Ecke, aber es nützte nichts, nie fiel ihr jemand auf – und doch war da etwas.

Bei der Karmeliterkirche bog sie ein, ging in Richtung

Markt. Da war ihr plötzlich, als ob sie jemand rief. Sie hörte schnelle Schritte. Im nächsten Moment spürte sie einen Schatten, Atem, Hände, feste Griffe, Gewalt, Herzpochen, sie wehrte sich, wollte schreien, doch in ihrer Kehle steckte was, ein Kloß, mehr Atem, etwas streifte sie, und schon hatte man sie gestoßen, ihr das Paket entrissen. Sie taumelte, stürzte, wollte »Hilfe!« »Diebe!« rufen, aber alles blieb in ihrem zugeschnürten Hals. Das Herz schlug wie wild, alles an ihr zitterte, sie hatte tausend Ängste gleichzeitig, nur aus dem Magen kam ein Hauch von Zitronentorte.

Die ganze Zeit über hatte sie damit gerechnet. Jetzt, da sie am Boden kauerte, das Blut in ihren Schläfen pochte, war sie trotzdem überrascht. Noch mehr wunderte sie sich aber über die drei Männer, die wie aus dem Nichts auftauchten und den Dieb verhafteten, bevor Frau Groschen auch nur einmal um Hilfe rufen konnte. Das geschah so routiniert und beinahe lautlos wie bei einer Übung. Es schien ihr, als wäre sie in ein Räderwerk geraten, dessen Zähne unbeirrbar ineinandergriffen, als wäre die Verhaftung des Diebes nur das Einschnappen einer komplizierten Vorrichtung in einer großen, von ihrem Mann konstruierten Apparatur. Alles war plötzlich und unspektakulär passiert.

Zwei Beamte hatten dem Dieb, der schwer schnaubte, Handschellen angelegt. Inspektor Martin, den sie kannte, tauchte auf, reichte ihr die Hand, zog sie hoch und fragte, ob alles in Ordnung sei.

– Alles in Ordnung? Na, ich weiß nicht. Sie wischte sich ein paar feuchte Blätter vom Mantel und besah ihr Kleid. Die Strümpfe waren an den Knien schmutzig.

Zakravsky reichte ihr ein Taschentuch, beglückwünschte sie zu ihrer Tapferkeit, war versucht, sie zu umarmen, unterließ es aber aus Respekt vor seinem Vorgesetzten und empfahl ihr, jetzt nach Hause zu gehen.

– Was passiert mit dem Dieb? Wer ist das überhaupt? Frau Groschen keuchte.

– Das wird Ihnen der Kommissar erklären, drückte ihr Martin Zakravsky die Hand und empfahl sich.

Frau Groschen fühlte sich benutzt und ausgenützt. Der schöne Abend war ruiniert. Trotz der geglückten Aktion fiel ihr nur ein Wort ein: Köder! Sie war die Fliege, mit der man Fische fing, der Käse für die Mäuse, der Speck. Sie wurde ausgelegt, und das gefiel ihr gar nicht. Außerdem hatte sie einen leichten Schock. Ihre Knie zitterten, und die Kehle war ohne Speichel. Um sich zu beruhigen, ging sie in die nächste Kneipe namens Café Sport. Eine ziemliche Tschummse, wie Frau Groschen sagte, eine Spelunke, die sie bisher nur von außen kannte. Eine schwarze Tafel empfahl einfache Gerichte: Saftfleisch, Bruckfleisch, Gulasch. Frau Groschen sah ein Bieremblem, Plastikefeu, große überfüllte Aschenbecher. Hier kannte man weder Hugo noch Aperol, hier trank man noch Rüscherl und Baucherl und Cola-Rot. Nichts hätte sie tagsüber da hineingebracht, aber jetzt war ihr das egal. Sie brauchte Ablenkung.

Innen stand der Rauch wie in einer Sauna. Zudem roch es nach Alkohol und billigem Parfüm. Frau Groschen setzte sich an den einzig freien Tisch und bestellte ein Glas Rotwein. Die angetrunkenen Gäste waren viel zu sehr mit sich selbst beschäftigt, als dass sie sie wahrgenommen hätten. Oder hatte ihnen der Wirt geflüstert, dass sie die Frau des Kommissars war? Keiner dieser Menschen mit den schwarzen Lederjacken und den stumpfen, aufgedunsenen Gesichtern beachtete sie. Sie ihrerseits sah an manchen Handgelenken Tätowierungen, wie sie in Gefängnissen fabriziert wurden. Der Rotwein aber, obwohl er nicht wie jener in der Schiffstation nach Brombeeren und Vulkanboden schmeckte, nicht samtig und weich und fruchtig und voll, keinen nach Holzfass klingenden Abgang hatte, sondern einfach nach Wein, war viel besser, als sie gedacht hatte.

In einer Ecke stand ein Glücksspielautomat, in einer anderen spielten welche Darts. Der Wirt stellte ihr eine Schüssel mit Erdnüssen auf den Tisch. Frau Groschen besah sich die Schmutzspuren an ihrem Mantel und befühlte ihr Kleid. Sie konnte nicht glauben, dass es nirgendwo gerissen war.

Auf einer Tafel las sie: *Null-Uhr-Sperma.*

– Tja, lachte der Wirt, ein Mensch mit Walrossbart und einer roten Haut, die an gekochtes Schweinefleisch erinnerte, wir hätten auch 24 Uhr Sperrstunde schreiben können, aber so ist es witziger.

– Und Hodenbrandy? Was ist das?

– Eierlikör, Gnädigste. Eierlikör.

Inzwischen war der Kommissar die ganze Zeit in seinem Büro in der Vorlaufstraße gesessen, das ja nicht weit von der Schiffstation entfernt war, und hatte den Inhalt des Pakets studiert. Das, was er seiner Frau mitgegeben hatte, war nur eine Attrappe gewesen, die den Dieb, wäre sein Coup geglückt, schwer enttäuscht hätte.

Der wahre Inhalt sollte Groschens Credo bestätigen, dass es nämlich immer das Opfer selbst war, das zum Täter führte. Schließlich hatte jedes Drama seinen Ursprung in sich selbst, auch wenn man diesmal noch gar nicht so genau wusste, um welches Drama es sich eigentlich handelte. Der Schlüssel dazu aber lag in jedem Fall in Edgar Wenningers Tagebuch, und das befand sich auf dem Schreibtisch des Kommissars.

Groschen hatte nicht viel Mühe, die ordentliche Schrift des Sportlers zu entziffern. Es war eine Buchhalter- oder Bankbeamtenschrift. Edgar Wenninger musste ein penibler Mensch gewesen sein. Runde Buchstaben, die aber keineswegs Strickmaschen glichen wie bei so mancher Mädchenschrift, sondern etwas Bescheidenes, vielleicht sogar Verdrucksstes hatten. Nur die Ober- und Unterlängen verrieten den Wunsch nach Höherem. In den geschwungenen Schlaufen der großen und kleinen Gs lag sogar Eitelkeit, Größenwahn. Das Buch war äußerst sorgfältig geführt, keine Kritzeleien am Rand, keine Strichmännchen, nur hin und wieder waren mit peniblem Strich mitten in den Text fliegende Wildgänse gezeichnet. Groschen fühlte eine freudige Stimmung in der Brust, jetzt war er diesem Edgar Wenninger und damit auch der Wahrheit ganz nahe.

Da war die Rede von Trainingsplänen, Anabolika-Zyklen, Koffeinpräparaten, Blutabnahmen in ungarischen Labors, Treffen mit Spritzen-Charly (Stanek), Eheschwierigkeiten, einem Kinderwunsch seiner Frau, mühseligen Untersuchungen, Gesprächen über Adoption, Streitereien mit seinem Trainer, Besprechungen mit seinem Schwiegervater (Doktor Nöst), Beschimpfungen der Medien, Tiraden gegen andere Sportler und so weiter. Von Selbstmord war nichts zu lesen. Zuerst ging es vor allem um die großen Wettkämpfe, auf die alles ausgerichtet war. Sponsorengespräche, Trainingseinheiten, Dopingpläne, Freizeit – alles war auf ein, zwei Daten im Jahr fokussiert: Hallen-Europameisterschaft, Olympische Spiele, Weltmeisterschaft. Dann gab es plötzlich einen Querstrich über die gesamte Seite, sehr ordentlich mit Lineal, ENDE stand darunter. Das war der Tag der Dopingkontrolle, die von Wenninger selbst genau so erzählt wurde, wie Groschen sie von Stanek gehört hatte – mit Ausdrücken der Blase, Gleitmittel, Schmierfilm und so weiter. Es folgten taktische Überlegungen, das Abwägen seiner Chancen, Wut auf die Presse. Bald war vom Karriereende und von Zukunftsperspektiven die Rede, von einer Champignonzucht, der er sich widmen wollte. Groschen schmunzelte, weil da einer vom Champion zu den Champignons kam. Aber das war nicht der einzige Grund; je mehr er sich diesem Tagebuch widmete, desto klarer erschien ihm die Lösung des Falls. Fasziniert las er weiter, etwa davon, dass Wenninger zuletzt darüber nachgedacht hatte, mithilfe der pazifischen Eingeborenenstämme, für die es keine Fangquoten gab, uneingeschränkt Meeresfrüchte zu ernten. Von kanadischen Sumpfmorcheln und alpenländischen Spitzhüten war zu lesen, von lauter Phantasiegebilden, mit denen Edgar Wenninger Geld zu machen hoffte. Einmal dachte er über ein Wettbüro nach, dann wieder über eine Eventagentur oder über Strategien für den Roulettetisch. Und immer wieder waren Einsprengsel über seine große Sehnsucht zu lesen – das volle, das tobende Stadion.

Anschaulich beschrieb er, wie es war zu warten, die Toilettengänge, das Gefühl, Gladiator zu sein oder Zum-Tode-Verurteilter, um dann, endlich, von der nach Schweiß riechenden Umkleidekabine durch die dunklen Katakomben in das brodelnde Stadion zu gehen, gedrückt, schüchtern, ängstlich vor dem entfernten Donnergrollen einer aus Tausenden Kehlen schreienden Brandung, die letzten angespannten Momente vor dem Einmarsch, um dann unter dem aufbrausenden Jubel einer kochenden Menschenmenge die Tartanbahn zu betreten, zu spüren, wie die Knie immer weicher wurden, man mit jedem Schritt mehr und mehr versank, man mit letzter Kraft den Startblock erreichte, um dort sich erstmals umzusehen und umzuziehen, mit dem Trainingsanzug die Nervosität abzustreifen, ihn in die Plastikkiste zu geben, den freiwilligen Helfern ins Gesicht zu sehen, ihre Anspannung zu spüren, die so gewaltig war, dass sie kaum mehr ihre Gesichtsmuskeln beherrschten, knapp vor einem Lachkrampf standen oder sich halb in die Hose machten, weil sie die Menschenmenge noch viel weniger gewohnt waren als man selbst. Dabei hatten sie nur die Aufgabe, die Kiste mit dem Trainingsanzug heil in die Garderobe zurückzubringen, während man als Sportler die nicht enden wollende Vorstellung durch den Stadionsprecher über sich ergehen lassen musste, das gockelhafte Gehabe der Konkurrenten, die vielen Ewigkeiten, Nahaufnahmen der Kameras, bevor man endlich wie in den Mutterschoß in die Startblöcke sinken durfte, sich hingeben konnte dem immer wieder und wieder geübten Ablauf. Tausendfach war man in Gedanken das Startprocedere durchgegangen, hatte man davon geträumt. Nun geschah alles wie in Trance, ein Blick zum Startrichter, der Versuch zu ergründen, ob er zwischen dem letzten Kommando und dem Schuss eine große oder eine kleine Pause machen würde, bloß keinen Fehlstart riskieren, weil ein Fehlstart bedeutete Disqualifikation, dann war man der Trottel der Nation, dann war das ganze Jahr umsonst gewesen. Also besser nichts riskieren, die Finger an der weißen Startlinie verspreizen, vollste Konzentration, Spannung bis in den hintersten Muskel, das Herz im Ohr, dann endlich das Kommando, die Luft fast zum Zerreißen, ein Moment Unendlichkeit, dann der alles erlösende Schuss, Start, fünfzig Pferde in die Blöcke, der längste Sprint, loslaufen und beten, beten, dass kein Einbruch kommt, kein plötzlicher Tod. Ist die Innenbahn besser als die Außenbahn? Bloß in der Kurve nicht auf die weiße Linie treten. Welche Schuhe? Welche Bahn? Wenn man gut drauf ist, spielt das alles keine Rolle. Laufen! Beten! In der zweiten Kurve schwinden schon die Sinne. Beten! Die letzten neunzig Meter gehen wie in Trance, wenn man nur nicht eingeht. Beten! Dann, ein Quantum Trost, das Ziel. Der Jubel. Luft.

Immer wieder schrieb er von den Interviews nach seinen großen Läufen. Von den Einladungen ins Sportstudio oder zu einem Frühstücksradio. Das waren wohl die glücklichsten Momente seines Lebens. Und irgendwo stand auch der den Kommissar beeindruckende Satz: Im Leben eines Sportlers sind Niederlagen weitaus häufiger als Siege. In Erinnerung aber bleiben nur die Triumphe. Groschen, der das Gefühl von Niederlagen hinreichend kannte, trank einen Kaffee und dachte nach, ob die paar verstreuten Andeutungen über eine mögliche Beziehung zwischen Marion und dem Journalisten Schmierer ausreichten, um eine Festnahme zu begründen. War es endlich so weit, den arroganten Schnösel dingfest zu machen? Der Kommissar spürte, er war kurz vor des Rätsels Lösung. Er hatte alle Teile dieses Puzzles vor sich, wusste aber noch nicht, wie sie zusammenpassten, konnte auch kein Bild erkennen.

Kurz darauf wurde der Möchtegerndieb gebracht, und der Kommissar war wohl am meisten überrascht, als er die gänsekackegelben Schuhe samt Seidenstrümpfen und dem darin steckenden Hanns Hallux sah – und nicht Walter Maria Schmierer. Das gab dem Fall eine völlig neue, überraschende Wendung, mit der der Polizist nicht gerechnet hatte.

– Sie!? Sie also. Haben wir uns heute Abend nicht bereits gesehen? Waren Sie nicht eben noch, weil ich ein Auge zugedrückt habe, damit beschäftigt, Staneks Dopingutensilien in Sicherheit zu bringen? Müssen Sie da auch noch meine Frau überfallen? Ist das Ihre Art, Dankbarkeit zu zeigen?

Der Dopingjäger machte ein arrogantes, hochnäsiges Gesicht. Sein ganzes Gebaren erinnerte an einen Adeligen, der zwar mit leeren Händen von der Jagd zurückgekommen war, vielleicht sogar einen Hund und zwei Treiber eingebüßt hatte, sich aber trotzdem nicht die gute Laune nehmen ließ. Groschen hatte selten einen so fröhlichen Verhafteten gesehen.

– Können Sie einen Satz mit vier Infinitiven bilden, sagte Hallux mit süffisanter Stimme. Und als der Kommissar nicht reagierte, ergänzte er: Jüdische Hausierer bei Pfahlbauten: Haben können müssen schwimmen.

– Er hat, sagte der ihn begleitende Beamte mit leiser Stimme, das gestohlene Paket in den Donaukanal geworfen.

– Mit Handschellen?, fragte der Kommissar überrascht und sah, wie sich ein höhnisches Grinsen in Halluxens Gesicht ausbreitete.

– Ihre Frau, rang der Beamte um eine Erklärung, wollte es partout nicht behalten, also haben wir es mitgenommen. Leider hat mich der da auf der Salztorbrücke gestoßen und dann, als es am Boden lag, nach dem Paket getreten, so ist es unter dem Geländer durchgerutscht und in den Kanal gefallen. Ich dachte, vielleicht können morgen Taucher …

– Haben können müssen schwimmen, lachte Hallux.

– Schwimmen! Das werden Sie auch lernen müssen, schrie Groschen. Und jetzt Schluss mit dem Unfug. Was Sie zuerst gestohlen und dann in böswilliger Absicht ins Wasser getreten haben, war eine Attrappe. Ein Dummy! Das wirkliche Tagebuch Edgar Wenningers befindet sich hier. Er hob es hoch, und Hallux erbleichte. Wie eine verwelkte Pflanze sah er jetzt aus, wie ein der Hochstapelei überführter Betrüger, dem man soeben nachgewiesen hatte, dass sein Adelsgeschlecht frei erfunden war.

– Marion Wenninger hat das Tagebuch sowohl mir als auch der Presse angeboten, hörte man Hallux mit brüchiger Stimme wie im Beichtstuhl flüstern. Sie weiß wahrscheinlich selbst nicht, was da alles drinsteht. Wenn das an die Öffentlichkeit kommt, kann ich mein Institut dichtmachen.

– Wenninger wusste, dass Sie ein doppeltes Spiel treiben?

– Ich habe Ihnen schon ganz zu Beginn Ihrer Untersuchung gesagt, Österreich ist für ein sinnvolles Doping viel zu klein.

– Und da haben Sie nachgeholfen? Sie haben dafür gesorgt, dass es sowohl saubere Sieger als auch Dopingfälle gegeben hat.

– Ich habe nur auf die eine oder andere Methode hingewiesen, die wir offiziell noch nicht kennen. EPO mit Eigenblut, Designerdrogen, Gendoping. Aber glauben Sie, in anderen Ländern läuft das anders? Der Dopingmittelkonsum ist mittlerweile höher als der Drogenkonsum. Es gibt in Österreich dreihunderttausend Alkoholiker, und an jeder Ecke und zu jeder Uhrzeit bekommt man Bier, Wein, Schnaps. Aber Dopingärzte werden als Verbrecher hingestellt. Das ist wie bei der Prohibition.

– Und Sie sind einer, der Schwarzbrenner hochgehen lässt und den konfiszierten Fusel selbst vertreibt. Einer, der Steuergeld dafür nimmt, dass er sich schmieren lässt.

– Das kann man so nicht sagen, sagte der Entenjäger trotzig. Ich vertrete Werte.

– Werte? Sie halten eine Tradition hoch, die schon tot war, bevor Sie geboren wurden. Der Inhalt dieses Tagebuches belegt Ihre Verwicklungen. Das reicht, um Sie zu ruinieren.

– Wenn es veröffentlicht wird. Trotz seiner maßgeschneiderten Schuhe und der Kleidung eines englischen Adeligen sah Hallux jetzt erbärmlich aus. Viel fehlte nicht mehr und er brach mit einem Heulkrampf zusammen.

– Sie hätten mit Schmierer reden können.

– Er hasst mich. Sein Bruder hat ein kleines Labor, und er will mich weghaben, um mein Geschäft zu übernehmen. Marion Wenninger hat das gespürt, sie hat den Preis in die Höhe getrieben. Statt dankbar zu sein für meine Hilfe bei der Rettung von Staneks Apparaten, trifft sie sich mit Schmierer.

– Und deswegen haben Sie Wenninger umgebracht?

– Nein, deswegen habe ich versucht, das Tagebuch zu stehlen. Aber umbringen? Ich? Das würde ich nie tun. Außerdem dachte ich, Wenninger hätte Selbstmord begangen. Nicht? Umgebracht? Halluxens wässrige Augen wurden wieder größer.

– Warum waren Sie am 22. Oktober um elf Uhr in Staneks Wohnung?

– Vorgestern? Um Stanek zu treffen. Das habe ich Ihnen doch gesagt.

– Am Montag sagten Sie, Sie wüssten nicht, wie Stanek, genannt Spritzen-Charly, aussieht, dabei standen Sie längst in Kontakt mit ihm.

Hallux zuckte mit den Achseln.

– Auf jeden Fall werden Sie die Nacht im Untersuchungsgefängnis verbringen, hatte der Kommissar keine besonders guten Neuigkeiten für den Dopingfahnder.

– Sie! Wissen Sie, was das für mich bedeutet?

– Das haben Sie sich selbst zuzuschreiben.

– Aber das geht nicht. Wissen Sie nicht, wer ich bin? Hallux! Sagt Ihnen das nichts? Mein Vater war der Einzige, der den Hitlergruß verweigert hat ... Mein Vater ... Groschen ging darauf nicht ein, er ließ ihn abführen. Für ihn hatte Hallux immer irgendwas mit schiefen Zehen zu tun gehabt. Nun redete der plötzlich vom Hitlergruß? Aber war da nicht ...? Tatsächlich erinnerte sich jetzt auch Groschen. Es gab da dieses berühmte Bild von einer Nazikundgebung, auf dem alle den Hitlergruß leisteten, nur ein Einziger nicht. Ein Einziger hatte beide Hände unten. Sollte das der Vater von diesem Hanns Hallux gewesen sein? Groschen rechnete, Hallux war gegen sechzig. Das ginge sich also aus. War die Geschichte dieses Hitlergrußverweigerers nicht sogar verfilmt worden? Fand der gesellschaftliche Aufstieg des Dopingfahnders nicht zur selben Zeit statt, in der man den Hitlergrußverweigerer (Halluxens Vater?) ausgegraben hatte? Groschen runzelte die Stirn. Nichts war so unberechenbar wie die öffentliche Moral. Wenn er Pech hatte, schalteten sich bald sämtliche Antifaschismusgruppierungen, Jungsozialisten und jüdische Vereine in den Fall ein, und dann, das wusste er, war die Hölle los. Dann würde Halluxens Verhaftung als politisch motivierte Vergeltungsaktion dargestellt werden, würde man in Groschen einen Revisionisten sehen, einen, der sich am Widerstandskämpfer Hallux rächen wollte, indem er seinen Sohn, eine moralische Instanz auf seinem Gebiet, willkürlich verhaftete. Groschen sah bereits die Aufrufe in den Zeitungen, die seine Entlassung forderten, die Beschimpfungen und Schmähungen. Da konnte er noch so sehr auf seine unpolitische Einstellung pochen, es würde nichts nützen.

Mittlerweile war es halb ein Uhr in der Früh. Groschen fühlte sich müde, dünnhäutig und etwas überdreht. Er goss sich einen Whisky ein, einen schottischen, den er selten trank, weil er Getränke, die er nicht aussprechen konnte, nicht besonders mochte: Craigellachie Cadenhead 14 Jahre »Authentic Collection«.

Er wollte noch ein Zigarillo und dann in Ruhe nach Hause schlendern, als ihn ein Anruf Gordons aufschreckte. Karl Stanek hatte vor zirka einer Stunde mitsamt seinem in Packpapier gewickelten Gewehr den Rüdigerhof verlassen und war mit der U4 von der Kettenbrückengasse zum Schottenring gefahren. Seither strich er planlos in der Gegend um den Karmelitermarkt herum. Das war Groschens Wohngegend.

– Spritzen-Charly? Mit einem Gewehr? Der Kommissar schluckte. Er war schon oft bedroht worden, in zahllosen Mails und Briefen und Telefonanrufen war ihm sein nahes Ende angekündigt worden. Ja, er hatte sogar Attentate überstanden, einmal hatte ihn ein Schütze knapp verfehlt, zweimal war sein Auto – mit dem nur seine Frau fuhr, er selbst verweigerte es, sich hinters Lenkrad zu setzen – explodiert, zum Glück war gerade niemand drin gewesen, und einmal hatte er eine Briefbombe bekommen – allerdings lange, nachdem eine solche Falle dem Wiener Bürgermeister ein paar Finger abgerissen hatte. Groschen hatte damals wohl denselben Alkoholpegel wie der Bürgermeister gehabt, der wegen Trunkenheit (in Kombination mit seiner hysterischen Gattin, einer in Wien hochverehrten Operettensängerin) stundenlang nicht operiert werden konnte. Groschen hatte mehr Glück gehabt, seine Briefbombe war dilettantisch gebaut und ging von selbst auf dem Schreibtisch hoch. Doch trotz all dieser Drohungen und überstandenen Anschläge hatte er immer wieder ein seltsames Gefühl, das ihn beschlich wie eine Gänsehaut bei Kälte. Ein Gefühl, das ihn den Tod erahnen ließ. Eigenartigerweise wurde das mit fortschreitendem Alter nicht weniger. Im Gegenteil, er wurde ängstlicher und vorsichtiger. Immer öfter schrie ein großer Teil in ihm: Gib acht! Vorsicht! Zurück!, während der kleinere, von Unverwundbarkeit sprechende Teil, immer leiser wurde.

Als er aber vernahm, was sein Inspektor noch sagte, dass nämlich Stanek in ein Beisl namens Café Sport gegangen war und sich an einen Tisch gesetzt hatte, an dem auch Groschens Frau saß, wurde er geradezu panisch. Das Ganze kam ihm wie ein Albtraum vor.

Was machte seine Frau in diesem Café Sport? Hatte sie nicht längst zu Hause zu sein und in ihrem Bett zu liegen? Und Stanek? Was wollte er von ihr? Sprechunterricht würde es nicht sein. Nahm er sie als Geisel? Wollte er sie …?

– Auf keinen Fall eingreifen, befahl er Gordon, den er als impulsiv kannte. Hörst du, auf keinen Fall. Ich komme.

Er kippte sich den im Bourbon-Hogshead gereiften Single Malt in die Kehle und dachte, vielleicht hatte er seiner Frau zu viel zugemutet. Ihm war klar, ohne sie würde sein Leben auseinanderfallen. Sie war es, die ihm Halt und Sicherheit gab, ihn nicht verzweifeln ließ, wenn bei einem Fall nichts weiterging. Sie war es, die ihn an sich selbst glauben ließ. Und er hatte sie immer wie selbstverständlich hingenommen, sich kaum je bedankt, sie selten mit Blumen überrascht, sogar Essenseinladungen dienten meist einem kriminalistischen Zweck.

Wie hatte sie vor ein paar Tagen gesagt? Sie fühle sich wie ein Skelett, sie spüre die Knochen in sich drin und freue sich auf die Zeit, wenn sie als Skelett in der Erde läge, unverrottbar für Jahrtausende. Groschen hatte darüber gelacht, es als Blödsinn abgetan. Aber vielleicht war das eine Vorahnung? Jetzt, da seine Frau bedroht war, hatte er ein mulmiges, ein ungutes Gefühl – ja Panik.

Er eilte durch den Regen, der stärker geworden war, hatte keine Augen für die Bestrickungen auf der Marienbrücke, sah auch keine Liebespaare und keine Touristen mehr, nur der »Ich gehe in meine Taverne« lallende Betrunkene torkelte immer noch herum. Groschen hastete vorbei an den Schaufenstern der Taborstraße, hatte keinen Blick für den lebensgroßen kupfernen Hirsch, einen Sechzehnender, der auf einem Dachvorsprung gegenüber der Karmeliterkirche stand. Wien war voll von solchen Details. Einäugige Atlanten, Karyatiden und Kanephoren mit mächtigen Busen, in Häuserfassaden eingelassene Türkenkugeln, Goldene Fische, Aufschriften wie »Zum Englischen Gruß«, Löwenköpfe, Römersteine. Aber während sich die Touristen auf Scheußlichkeiten wie das Hundertwasserhaus konzentrierten, ein mit bunten Kacheln, Scherben und Keramikkugeln verunstaltetes Gründerzeithaus, das die Fremden anlockte wie ein seltenes Melanom die Studenten der Dermatologie, wurden die tatsächlichen Sehenswürdigkeiten wie dieser von Grünspan überzogene Hirsch von den meisten Menschen übersehen. Im Hirschhaus hatten einst, worauf eine kleine Gedenktafel aufmerksam machte, Johann Strauss Vater und Sohn gelebt.

Dem Kommissar war das egal, er rannte förmlich, was ihn wieder etwas ausnüchterte, bog in die Karmelitergasse, sah schon von weitem den Inspektor vor dem Café Sport stehen. Er trug einen hellen Regenmantel und hatte eine Zigarette zwischen die Lippen geklemmt.

– Warum haben Sie kein Taxi genommen?, fragte Gordon.

– Das … dauert genauso lang. Egal. Was … Was ist mit meiner Frau? Ist ihr was passiert? Hat er sie als Geisel? Lebt sie noch? So rede endlich. Rede!

– Aber nein, beschwichtigte Gordon. Sie ist nach Hause gegangen.

– Nach Hause? Und Stanek? Ist der etwa mitgegangen?

– Der ist zurück in den Rüdigerhof gefahren.

– Puhh. Groschen fiel ein ganzer Steinbruch von der Seele. Und meine Frau, was sagt sie?

– Ich habe nicht mit ihr gesprochen.

Der Kommissar keuchte. Er hatte große Lust, im Café Sport ein Glas zu trinken, entschied sich aber anders, weil er nicht wollte, dass seine Frau schon schlief, wenn er heimkam. Er bedankte sich bei Gordon und entließ ihn in den Feierabend.

Zu Hause war alles dunkel. Groschen ging ins Badezimmer, inspizierte seine Wunde an der Stirn, auf die er ganz vergessen hatte und an der eine kleine gelbe Eiterkruste klebte. Der Kommissar wollte daran ziehen, ließ es aber bleiben. Es gab Leute, die so etwas in den Mund nahmen. Groschen zählte nicht dazu. Er drückte einen Pickel aus, putzte sich die Zähne, stieg in den Pyjama und legte sich zu seiner Frau, die nur so getan hatte, als ob sie schlafen würde.

– Uhhh, stöhnte sie. Du bist total besoffen, von deiner Ausdünstung fallen ja die Zapfen von den Bäumen.

Er lachte leise.

– Man hat mich heute Nacht überfallen, setzte sie in einem verdächtig neutralen Tonfall fort.

– Nein, hat man dir was gestohlen? Groschen bemühte sich, überrascht zu tun.

– Natürlich! Und du weißt das auch. Seine Frau richtete sich auf, die Stimme wurde lauter. Das Paket, das du mir als Köder mitgegeben hast. Wahrscheinlich bist du nur deshalb mit mir ausgegangen.

– Nein, bemühte sich der Kommissar zu widersprechen, aber seine Frau ließ ihn nicht zu Wort kommen.

– Liegt dir denn gar nichts an mir? Spielst du absichtlich mit meinem Leben? Nur wegen einem Fall, einer vagen Vermutung, riskierst du, dass mir etwas zustößt? Ist es das wert?

– Meine Beamten waren stets in deiner Nähe.

– Trotzdem hätte ich mir mein Kleid zerreißen können. Und wer übernimmt die Reinigung vom Mantel?

– Ich.

– Du? Da bin ich ja gespannt. Warum hast du mir nichts gesagt?

– Du wärst nervös geworden und hättest es vermasselt.

– So, ich hätte es vermasselt, fauchte sie. Was wäre gewesen, wenn der Dieb eine Waffe gehabt hätte? Was, wenn er mich bedroht und vielleicht sogar erschossen hätte? Was wäre, wenn der es vermasselt hätte? Wäre ich dann tot?

– Beruhige dich, sagte Groschen. Wenn du mir jetzt eine Standpauke hältst, ist es, wie wenn man Fleisch in heißes Wasser wirft. Es verschließt mir alle Poren.

– Ich mag mich aber nicht beruhigen, war seine Frau pampig. Du setzt mein Leben aufs Spiel, und ich soll mich beruhigen.

– Wir wussten, dass dem nicht so ist, log Groschen, der sich selbst eingestehen musste, die Sache auf die leichte Schulter genommen zu haben. Jedenfalls bin ich sehr stolz auf dich, du hast wunderbar reagiert. Er umarmte seine Frau und drückte ihren Kopf an seine Schulter. Wie zufällig roch er an ihrem Haar.

– Bist du dann nach Haus gegangen? Du riechst ja selbst nach Beisl.

– Das muss von der Schiffstation sein.

– Warst du nachher noch irgendwo?

– Sag gleich, du bist am Gespräch mit dem Spritzen-Charly interessiert, von dem du sowieso schon weißt.

– Also gut, stöhnte der Kommissar, es stimmt, ich bin an dem Gespräch mit dem Spritzen-Charly interessiert.

– Warum musst du es immer mit Lügen und Tricks probieren? Warum kannst du nicht einmal ehrlich sagen, was du willst?

– Das gehört zu meinem Beruf.

– Aber diese ewige Lügerei bringt nichts. Bist du der Polizist oder der Gauner? Seine Frau genoss es, ihn auf die Folter zu spannen. Und sie genoss es auch, ein bisschen zu keifen. Das gab ihr Macht und Aufmerksamkeit. Sie hatte ihren Kopf auf seiner breiten Brust liegen und fühlte Groschens Atemzüge.

– Also, was hast du mit dem Stanek gesprochen?

– Stanek heißt er? Ich dachte, Spritzen-Charly. Ist er bei der Feuerwehr? Sie lachte.

– Bitte, du behinderst die polizeilichen Ermittlungen. Ist dir nicht aufgefallen, dass er ein Gewehr dabeihatte? Wir befürchteten eine Geiselnahme. Ich hatte Angst um dich.

– Wirklich? Sie hob ihren Kopf und sah ihn geschmeichelt an. Dann hätte ich vielleicht auch Angst haben sollen. Aber vor dem? Er sah aus wie ein Kaninchen, das in einen Gewehrlauf blickt, seine Pupillen gingen wie wild hin und her.

– Also? Was habt ihr geredet?

– Ein gutaussehender junger Mann, aber völlig betrunken. Wie du. Du trinkst zu viel. Wenn du so weitermachst …

– Bitte.

– Du wirst schon sehen.

– Was habt ihr gesprochen?

– Das Erste, was er sagte, nachdem er ein großes Glas Schnaps hinuntergeschüttet hatte, war: Der Fisch muss dreimal schwimmen! Anscheinend hatte er zuvor Fisch gegessen. Der Fisch muss dreimal schwimmen! Und er meinte, so laut, dass es alle hören konnten, er müsse zu Kommissar Groschen, weil er jetzt wisse, wer der Mörder sei. Das Gewehr hätte er zu seiner Verteidigung dabei.

– Hast du ihm geraten, zur Polizei zu gehen?

– Er war völlig blau, ich habe das nicht ernst genommen. Der Fisch muss dreimal schwimmen! Ich wusste ja nicht, was davon zu halten war.

– Was hat er dir erzählt?

– Er hat mich gefragt, ob wir uns gut verstehen.

– Und, was hast du geantwortet?

– Die Wahrheit, wir sehen uns selten, und du hast nur deine Arbeit im Kopf.

– Du bist gemein. Groschen brummte etwas Unverständliches. Wenn es etwas gab, worauf er jetzt gar keine Lust hatte, dann war es eine Grundsatzdebatte über ihre Beziehung, bei der er ohnehin, das wusste er, unterliegen würde. Das einzige Argument, mit dem er bei ihr immer durchkam, war Sex, aber dafür war er schon zu müde.

– Woher wusste er, wer du bist?

– Der Wirt hat es ihm gesagt, aber mehr mit Blicken denn mit Worten. Und ich habe nicht widersprochen. Schließlich hat man mich kurz zuvor überfallen. Ich bin nur in dieses Café Sport gegangen, um mich zu beruhigen. Aber ich habe gespürt, meine Anwesenheit stört die Gäste.

– In diesem Café Sport verkehren vor allem kleine Gauner, brummte Groschen. Ich bin da manchmal, wenn ich einen Tipp brauche.

– Ich fühlte mich wie eine Lehrerin, die Aufsicht hat. Dann kam Spritzen-Charly. Der Fisch muss dreimal schwimmen! Schnaps! Er muss Groschen treffen, weil er weiß jetzt, wer der Mörder ist. Also sahen alle Gäste und der Wirt zu mir. Ah, da ist ja der Kommissar, sagte der Spritzen-Charly. So hat er sich auch vorgestellt. Der war so blau, der hat mich glatt für dich gehalten. Da habe ich ihm mehr aus Reflex denn aus Kalkül gesagt, wer ich bin: Frau Groschen. Der Fisch muss dreimal schwimmen!, hat er gleich noch einen Schnaps bestellt. Und dann hat er gemeint, mit der typischen motorischen Verzögerung eines Schwerstalkoholisierten, er wisse, wer der Mörder sei, aber das könne er dir nur persönlich sagen. Dann hat er einen Geldschein auf den Tresen gelegt und ist rausgewankt. Ist er der Mörder?

– Ich weiß es nicht. Vielleicht. Schlaf schön. Groschen gab ihr einen Kuss auf die Stirn und ließ sich langsam in seine Träume sinken. Der Wind draußen drückte gegen die Fensterscheiben, und das gleichförmige Rauschen des nun wieder heftiger gewordenen Regens war zu hören. Groschen hatte Lust, noch einmal aufzustehen und hinauszusehen, weil Unwetter eine magische Anziehung auf ihn ausübten, sein Körper aber wollte nicht. Im Halbschlaf hörte er, wie seine Frau betete. Als Groschens Kopf angenehm rotierte und er sich wie ein Raumfahrer im Weltall fühlte, der die Erde und alles, was auf ihr vorging, nur noch als kleinen, stecknadelkopfgroßen Punkt wahrnahm, spürte er, wie ihn etwas zurückhielt, berührte, verhinderte, dass er davontrieb. Seine Frau! Sie wollte doch wieder einmal sein schlüssigstes Argument in Beziehungsfragen spüren. Keine zehn Minuten später sang sie leise:

– Eine Tante in Marokko, und sie kommt. Und sie reitet auf Kamelen, wenn sie kommt. Und sie schießt mit zwei Pistolen, wenn sie kommt. Piff paff. Und dann läuten wir die Glocken, wenn sie kommt. Ding dong.

DIE PERSÖNLICHE GESCHICHTE DES WELTUNTERGANGS

Am nächsten Morgen hatte der Himmel aufgeklart. Er war strahlend blau wie seit Wochen nicht. Außerdem hatte der Föhn die klamme Kälte vertrieben. Groschen sah aus dem Fenster und war bester Stimmung. Dann geschah etwas, das er in der Stadt so noch nie erlebt hatte, drei Wildgänse flogen vorbei. Ihre kräftigen Flügelschläge zerpflügten die Luft wie Ruderer das Wasser. Sofort fielen dem Kommissar die Zeichnungen in Wenningers Tagebuch ein, die Ölbilder in seinem Haus. Ob diese Wildgänse ein Zeichen waren? Teilte ihm der in den Kosmos eingegangene Geist des Verunglückten damit etwas mit? Wollte man ihm sagen, dass es heute so weit war, der Seele Wenningers endlich Gerechtigkeit widerfuhr, sie sich befreit aufmachen konnte in die Ewigkeit?

Der Kommissar blickte ihnen versonnen hinterher, dann machte er ein paar Liegestütze, ging duschen, rasierte sich und wählte seinen besten Anzug, denn er war überzeugt, heute den Fall Edgar Wenninger zu einem (wenigstens aus kriminologischer Sicht) glücklichen Abschluss zu bringen. Er kannte die Lösung. Sie stand so klar vor ihm, dass es ihn wunderte, sie nicht sofort gesehen zu haben.

Seine Frau war längst in der Küche zugange. Sie hatte Kaffee und ihm ein weiches Ei gekocht. Obwohl sie sich bemühte zu lächeln, sah er gleich, ihre Laune war miserabel. Der Föhn machte ihr zu schaffen. Müßig zu sagen, dass auch das Ei viel zu weich war, der Dotter schwamm geradezu im durchsichtigen Eiklar. Egal, er versuchte sich nichts anmerken zu lassen und machte sich in Richtung Vorlaufstraße auf.

– Nimm einen Schal, rief sie ihm hinterher. Gerade dieses Wetter ist am gefährlichsten.

– Ich hasse Schals, antwortete er.

Auf der Straße kamen ihm orthodoxe Juden entgegen. Rauchende Männer mit langen schwarzen Mänteln, Kniebundhosen, Gebetsschnüren und Pelzkappen in der Form von Autoreifen. Die rauchten, als ob sie es bei Al Pacino gelernt hätten. Gierig und bedingungslos. Andere hatten breite schwarze Hüte auf, die Knaben Kippot, aber alle trugen sie die langen Korkenzieherlocken an der Seite. Groschen hatte zwar noch nie verstanden, warum man sich im 21. Jahrhundert in eine polnische Adelstracht des 17. Jahrhunderts kleidete, wenn man gleichzeitig große dunkle Vans fuhr (die Kleinbusse der Türken waren weiß, die der Inder blau, aber die Vans der Juden waren alle dunkelgrau bis schwarz), mochte aber ihren Anblick. Sie machten aus dem Teil Wiens, in dem der Kommissar seit Jahren wohnte, dem zweiten Bezirk, der sogenannten Mazzesinsel, etwas Weltstädtisches, das ihn an New York erinnerte. Der alte Witz fiel ihm ein, in dem ein Jude zum anderen sagte: Teilen wir brüderlich. Darauf der andere: Nein, lieber gerecht. Und wie sagt laut Hanns Hallux ein jüdischer Hausierer bei einer Pfahlbausiedlung? Haben können müssen schwimmen.

Groschen überquerte den Kanal, der heute wieder schlammig grün aussah, und war in einer völlig anderen Welt. Im ersten Bezirk, in der Vorlaufstraße, war von dieser jüdischen Grätzelstimmung nichts mehr zu spüren. Geschäftsleute, Touristen und Flaneure. In den Gängen des Kommissariats herrschte das übliche Treiben, in Groschens Büro die gewohnte Unordnung. Nein, schlimmer, viel schlimmer. Was war hier los? Es sah aus wie bei einem Altwarenhändler, der die Verlassenschaften nach Kubikmetern kaufte. Überall Aktenordner, Schachteln mit Papieren, Beweisstücke. Dazu übereinandergestellte Computer, Bildschirme, Bücherstapel. Der Kommissar sah sich verwundert um. Die Whiskyflasche von gestern Abend war verschwunden. Der Zugang zu seinem Schrank war ebenso mit Schachteln zugestellt wie sein Schreibtisch.

– Sind die verrückt?

Da kam Fräulein Julia und brachte ihm Kaffee.

– Was ist hier los? Was machen diese Schachteln hier? Zieht jemand ein?

– Es gab einen Wasserrohrbruch. Untersuchungsrichter Döblinger hat angeordnet, das Inventar der betroffenen Büros in den trockenen Räumlichkeiten unterzubringen.

– Mhhm, murrte Groschen. Warum gerade hier?

– Es hätte schlimmer kommen können. Die betroffenen Kollegen müssen jetzt in den Gängen und Kaffeehäusern arbeiten.

– Mhhm, brummte der Kommissar. Bestimmt eine Gemeinheit von diesem Döblinger.

– Milch?

– Wenig, aber davon viel, hielt ihr der Kommissar die Tasse hin und wartete, dass sie einschenkte. Julia Schäfer lächelte. Sie trug giftgrüne Strümpfe, was kein Mann erotisch finden konnte. Wahrscheinlich aus Sehnsucht und Nostalgie nach ihrer Kindergartenzeit. Ihre Augen waren schwarz geschminkt, sie hatte ein wirklich hübsches Gesicht, in dem ein fernes Echo der Marilyn Monroe widerhallte. Allerdings musste sie auf ihre Figur achten. Diese glänzende, weiche Haut und das schwache Bindegewebe, wodurch sie fast babyhaft wirkte, waren untrügliche Vorzeichen einer künftigen Fettleibigkeit.

– Zucker?, riss sie ihn aus seinen Gedanken.

– Süß bin ich selber, danke, Sedlacek …

– Julia Schäfer!, wenn ich bitten darf, fauchte sie ihn an. Ihr Blick verriet, sie wartete nur auf eine einzige anzügliche Bemerkung, um sich sofort beim Beauftragten für Gleichberechtigung zu beschweren. Groschen schwieg lieber. Argumentieren war nicht seine Stärke, und wenn es um Gleichberechtigung und politische Korrektheit ging, hatten sich seine Anschauungen meist als völlig haltlos und unzeitgemäß herausgestellt. Da hielt er lieber den Mund.

Da kam Inspektor Zakravsky mit einer vollen Teetasse in der Hand. Als er Groschens Büro betrat, wäre sie ihm vor Schreck fast aus der Hand gefallen:

– Hier schaut es aus. Wie bei einer Sperrmüllsammlung. Hat Sie Ihre Frau hinausgeworfen?

– Spar dir deine Witze, brummte der Kommissar. Erzähl mir lieber, was gestern noch passiert ist.

– Also, Chef, der Reihe nach: Marion ist nach Hause gefahren, wo sie Tulipan erwartet hat. Die beiden scheinen sich noch amüsiert zu haben. Spritzen-Charly wurde, nachdem er auf offener Straße zu randalieren begonnen hatte, von einem Streifenpolizisten in die Ausnüchterungszelle gesteckt. Er soll ein paar Mal nach Ihnen verlangt haben. Außerdem hat er die ganze Nacht gebrüllt: Der Fisch muss dreimal schwimmen. Der Fisch muss dreimal schwimmen. Und der Sportreporter Schmierer hat in seiner Wohnung in Grinzing eine Marathonläuferin empfangen.

– In Grinzing wohnt der? Hätte ich mir denken können, dass dieser Walter Maria draußen bei den Schnöseln wohnt. Da passt er hin. Groschen kannte Grinzing nur als Touristenfalle, wo einem überteuerter Wein und schlechte Musik serviert wurden. Früher hatten da einmal die großen Wiener Volksschauspieler residiert, der Girardi, die Hörbigers, der Moser, heute taten es ihnen die eitlen Staatsschauspieler und kleingeistigen Direktoren nach. Grinzing war das Venedig Wiens, von Touristen überlaufen, unecht, hohl und unverschämt teuer – nur schade, dass es zu hoch lag, um in nächster Zeit im Meer zu versinken. In Grinzing wohnten eigentlich nur Erben, vertrottelte Schauspieler oder Diplomaten, die von Wien keine Ahnung hatten. Aber ein Sportreporter? Kein normaler Mensch mit ein bisschen Resthirn zog nach Grinzing. Aber war dieser Walter Maria Schmierer normal? Und welche Marathonläuferin hat er empfangen? Die, die vor einem Jahr versucht hat, einen Labormitarbeiter zu bestechen? Davon hab ich etwas mitbekommen, gab sich Groschen informiert.

– Nein, nicht die, eine jüngere, sagte Martin. Aber Schmierer scheint sie in der Hand zu haben, denn er hat sie mehr oder weniger zum Sex gezwungen.

– Brrrrr, schüttelte der Kommissar den Kopf. Kurz versuchte er sich vorzustellen, wie dieser Schmierer mit seinem zurückgegelten Haar, der verspiegelten Sonnenbrille und dem von Pockennarben entstellten Gesicht wohl als Liebhaber war, wie seine Partnerin »Walti, Walti, ach Walti« hauchte. Brrrrr. Und für den Showdown ist alles vorbereitet?

– Soweit ich weiß, werden um vierzehn Uhr alle Kandidaten in der Proschkogasse sein, sagte Martin mit ernster Miene. Wissen wir bereits, wer der Mörder ist?

– Gewissermaßen. Das kannst du dem Untersuchungsrichter mitteilen.

– Der Doktor Döblinger wird froh sein. Er drängt, den Fall abzuschließen.

– Der Ansi ist ein Doktor? Kurz irrlichterte der begüterte Günstling mit der schweißigen Haut durch Groschens Kopf und wurde nach Grinzing gesetzt, der hätte da nämlich auch hingepasst. Dann brummte er:

– Mit heutigem Tag kann der Untersuchungsrichter den Fall abschließen. Der Kommissar lächelte geheimnisvoll, wahrscheinlich dachte er an Wenninger und seine Wildgänse.

– Und? Martin trippelte unruhig von einem Bein auf das andere. Darf ich auch erfahren, wer der Mörder ist?

– Natürlich, aber etwas musst du dich noch gedulden.

– Oh! Martin machte ein Gesicht wie ein Kind, das soeben erfahren hatte, dass es noch sechzigmal schlafen musste, bis das Christkind kam.

– Und jetzt hilf mir, meinen Schreibtisch zu befreien. Gemeinsam verschoben sie Schachteln, rückten sie Beweisstücke zur Seite, stapelten sie Bücherberge um.

Den Rest des Vormittags verbrachte der Kommissar wie ein Schiffbrüchiger auf seiner Schreibtischinsel inmitten eines Schachtelmeers. Man hätte ihn für einen verrückten Wissenschaftler oder einen Lagerarbeiter halten können.

Jedenfalls war er mit unwichtigen Akten beschäftigt, mit Beglaubigungen und psychiatrischen Gutachten. Er las forensische Gutachten, Berichte von Eifersuchtsmorden, deren Täter sich selbst gestellt hatten, Anfragen der Polizeigewerkschaft, Spendenaufrufe für Witwen verstorbener Kollegen, Termine für die Weihnachtsfeiern. Um halb zwölf wurde er halbherzig gefragt, ob er heute beim Turko-Italiener etwas bestellen wolle.

– Ausgerechnet heute soll ich im Büro essen? Warum nicht gleich auf einem Sperrmüllplatz? Er lehnte ab und ging aufs Klo, wo ihn fast der Schlag traf. Ein großer Bogen Papier hing an der Tür: Bitte nur im Sitzen pinkeln. Drei Ausrufezeichen.

Das hatte sicher dieser neue Sedlacek alias Julia Schafskopf veranlasst. Arschaffenburg! Groschen wollte brüllen und sich in einen cholerischen Anfall hineinsteigern, überlegte es sich aber anders. Er hatte schließlich einen wichtigen Termin vor sich. Bitte nur im Sitzen pinkeln? Schwachsinn!

Was war das für ein Tag? Erst der Anschlag auf sein Büro, dann das. Heute ist ein Unglückstag, schrie ein großer Teil in ihm. Geh wieder nach Hause, leg dich in dein Bett. Aber nicht doch, nein, versuchte ihn eine Minderheit zu beruhigen. Heute ist dein Glückstag, heute klärst du einen Fall, heute triumphierst du, denk an die Wildgänse, die Lösung.

Verärgert ging er zum Chinesen. Menü Nummer zehn. Die Kellnerin war so zerstreut wie an dem Tag, an dem er die ominöse Mail bekommen hatte. Wieder kam das Hauptgericht vor der Vorspeise, wieder war das Menü voller roter Chilischoten, aber heute tat ihm diese Schärfe gut. Während er zur Milderung vom Bier trank, überlegte er, ob die Kellnerin vielleicht ebenso am Föhn litt wie seine Frau? Seit sie, die Chinesin, diese Gesundheitsschuhe mit der halbrunden Sohle trug, schien sie nicht mehr ganz bei sich zu sein. Oder sollte sie etwas mit dem 3000-Ein-Euro-Münzen-Chinesen zu tun haben? Zum Glück war dieser tote Schrottplatzarbeiter nicht sein Fall. Bei Ausländern kannte er sich nie aus, bei Schlitzaugen schon gar nicht. Er wusste ja noch nicht einmal, welche der beiden Servierkräfte besser war. Die freundliche war zerstreut, ihre Kollegin stumm. Während die eine immer lächelte, als ob sie es mit einem Stöckchen im Mund geübt hätte, brummte die andere nur unverständliche Laute. Dennoch wurde ihm meist wie durch ein Wunder das Richtige serviert, wenn auch manchmal in der falschen Reihenfolge.

Groschen schaufelte die Meeresfrüchte in sich rein und war zufrieden. Von der Gastritis war nichts mehr zu spüren. Klar, jetzt wo er den Fall durchschaut hatte, ging es ihm auch körperlich gleich wieder besser. Die Minderheit in ihm, die von einem Glückstag sprach, bekam die Oberhand. Er fühlte sich so unverwundbar wie schon lange nicht. Die Suppe ließ er über, dafür trank er noch ein zweites Bier. Um dreizehn Uhr bezahlte er. Wieder gab ihm die Kellnerin zu wenig raus. Egal. Er schlenderte im fast frühlingshaften Wetter Richtung Schwedenplatz, wo bereits erste Weihnachtsdekorationen aufgebaut wurden.

Der Kommissar stieg in ein Taxi und ließ sich in die Proschkogasse bringen. Abermals ging es vorbei am Schwarzenbergplatz, am Hotel Imperial, der Oper, Secession, dem Naschmarkt. Der Kommissar hatte auch heute keine Augen für die Sehenswürdigkeiten. Während draußen Menschen mit geschäftigen Gesichtern durch die Straßen eilten und drinnen der Taxifahrer über die Dummheit der anderen Autofahrer schimpfte, dachte Groschen an den toten Sportler, der wie ein zusammengefahrener Hund auf der Schräge vor dem Haus gelegen war, mit der rechten Wange auf den Pflastersteinen in einer kleinen Blutlache. Der Kommissar sah Bilder von Wenningers absurd verbogenen Gliedmaßen, die ihn an eine brutal entstellte Marionette erinnert hatten, die versuchte, mit dem Pflaster zu kopulieren. Bilder von ihm im Obduktionssaal. Die klaffende Wunde am Haaransatz, die erst quittengelbe, dann bräunliche Haut, die marmorierte Masse namens Hirn Er dachte an die Analyse des Mageninhaltes, um die er den Gerichtsmediziner Bangerl gebeten hatte. Da war von Resten einer Pizza, Cola und einem Stück Fisch die Rede, was der Kommissar für ein recht bemerkenswertes Frühstück hielt. Außerdem war im Blut des Toten jede Menge Serotonin gefunden worden. Jemand, der so viele Stimmungsaufheller geschluckt hat, so Bangerl, begeht normalerweise keinen Selbstmord. Aber was war schon normal?

Heute deutete in der Proschkogasse nichts mehr auf den Tod des 400-Meter-Läufers hin. Am Eisenrohr oberhalb der

Schräge waren Fahrräder befestigt, und da, wo zu Beginn der Woche die Leiche gelegen war, stand nun eine leere Kekspackung. Niemand hatte, wie es bei Verkehrstoten üblich war, Blumen oder Kerzen gebracht – nur diese zufällig hingeworfene Kekspackung stand da wie ein einsames, absurdes Mahnmal.

Diesmal musste der Kommissar nicht bei mehreren Klingeln der Gegensprechanlage läuten und darauf hoffen, dass jemand öffnete. Ein Beamter hatte die Stanek-Wohnung die ganze Nacht über bewacht. Aber nichts war, wie er versicherte, geschehen. Groschen ging gelangweilt herum, öffnete die Schranktür und sah, die Jacke, die darin gehangen war, fehlte. Hatte sie der Erkennungsdienst mitgenommen? Im Kühlschrank lagen eine Cola und ein belegtes Brot.

– Meine Jause, sagte der Beamte unterwürfig. Es hat mir niemand gesagt, dass ich … Ich meine, wo soll ich denn sonst … Der Kommissar sah ihn verblüfft an. Ohne sich dessen bewusst zu sein, musterte er ihn genauso argwöhnisch wie einen Verdächtigen, besann sich dann aber und sagte:

– Schon gut, Kerl, halt den Mund und pfeif ein Lied. Der Kommissar betätigte den Lichtschalter, aber die Lampe an der Decke zeigte keine Reaktion – genau wie gestern Abend. Dann war die Birne ausgebrannt. Er ging zum Fenster, öffnete es, stellte wieder die geringe Höhe der Mauer unterhalb des Fensterbrettes fest. Hier war es leicht hinunterzufallen. Besonders, wenn man so groß war wie der Wenninger. Wie dem Kommissar ein Griff ans Fensterkreuz bestätigte, war auch das Loch darin noch da. Dieser Spur war er nicht nachgegangen, das Erscheinen des Dopingfahnders hatte ihn daran gehindert. Egal, er hatte auch so ein Ergebnis, eine Erklärung, mit der er diesen Fall guten Gewissens zu einem Abschluss bringen konnte. Der Kommissar blickte in die Tiefe, sah die Kekspackung an der Stelle, an der Wenninger sein Ende gefunden hatte, spürte einen kurzen Schwindel und merkte dann, er wurde beobachtet. Schon wieder. Irgendjemand hatte sich bewegt, irgendjemand sah ihn an. Da war es also wieder, dieses ungute Gefühl des Angesehenwerdens. Gestern Abend hatte es ihn verschont. Jetzt war es wieder da.

Groschen blickte zu den anderen Häusern, in die Höhe. Nein. Dann nach rechts, nach links. Rums. Ein kurzer Moment des Entsetzens. Der Nachbar zu seiner Linken hielt seinen unförmigen, unrasierten Eulenschädel aus dem Fenster und beobachtete den Kommissar mit starrer Miene. Groschen lief ein kalter Schauer über den Rücken, er fühlte sich ertappt und lächelte verlegen. Ein kleiner Teil in ihm sagte: Der also, der beobachtet dich die ganze Zeit. Der Großteil aber meinte: Nein, das kann nicht sein. Zufall. Der doch nicht.

Der Nachbar, den er schon von einer kurzen unerfreulichen Begegnung im Stiegenhaus kannte, Darius Engel, verzog keinen Gesichtsmuskel. Seine blutunterlaufenen Augen waren starr, wässrig und merkwürdig kalt. Groschen lief es eisig über den Rücken. Er zog sich in die Wohnung zurück und begann, um sich abzulenken, mit dem Polizisten ein harmloses Gespräch. Der war inzwischen auf einen Stuhl gestiegen, um die kaputte Glühbirne auszuwechseln.

Geduldig hörte sich Groschen an, wie der Beamte von seinen Kindern schwärmte, die alle sportbegeistert waren. Campingurlaube in Kroatien – Camping ist die als Erholung empfundene Verwahrlosung des Körpers –, Kreativurlaube in Griechenland, Sporturlaube in Polen …

Wenig später wurde es im Treppenhaus laut, man hörte Schritte, Stimmen, und der Reihe nach trafen die Verdächtigen ein. Zuerst Karl Stanek, immer noch nicht ausgenüchtert, in Begleitung eines Polizisten. Staneks Dreitagebart hatte sich zu einem veritablen Vollbart ausgewachsen, sein grauer Anzug sah zerknittert aus, und sein Nystagmus spielte verrückt. Wahrscheinlich, dachte Groschen, hat er auch einen Krapfen gegessen. Darüber hinaus roch dieser Spritzen-Charly stark nach Alkohol, und er merkte wohl selbst, dass er in seinem Zustand nicht recht ernst genommen wurde. Jedenfalls versuchte er nur kurz, dem Kommissar etwas zu sagen. Dann, als er sah, seine Sprechwerkzeuge gehorchten ihm nicht, nur unverständliches Kauderwelsch kam heraus, ließ er es bleiben.

Na, lag Groschen auf der Zunge, was ist jetzt mit dem Fisch? Muss er noch immer dreimal schwimmen?

Der Dopingjäger Hanns Hallux wurde aus der Untersuchungshaft in Begleitung zweier Justizwachebeamter gebracht. Ihm drohte eine Anklage wegen versuchten Diebstahls und Widerstands gegen die Staatsgewalt, aber er wusste, man kam ihm nicht an. Seine Anwälte würden das Ganze als Falle der Polizei hinstellen und mit Gegenklagen drohen. Wahrscheinlich würde es nicht einmal für eine Anklage reichen. Als Sohn des Hitlergrußverweigerers … Hallux hatte schon wieder seine alte Sicherheit gewonnen. Sein Schritt war energisch, und er sah aus wie ein englischer Earl oder ein Mitglied des Jockeyclubs mit Hühnerzüchtervergangenheit.

Marion kam Hand in Hand mit Oktavian Tulipan. Schmierer hinterdrein. Sie trug ein kurzes schwarzes Kleid, das ihre muskulösen Beine zur Geltung brachte, die in geschlossenen Stiefeletten steckten. Ihre Gesichtszüge waren merkwürdig hart, auch wenn sie lächelte. Eine Atmosphäre von Ehrgeiz und Selbstbeherrschung ging von ihr aus. Oktavian dagegen sah mit seinem grauen Haarkranz und dem pfirsichfarbenen Anzug aus wie ein Clown im Sonntagsanzug, während Walter Maria Schmierer die ungute Aura eines in sexueller Hinsicht erfolgreichen Menschen hatte, wie sie der Kommissar von Zuhältern und Mädchenschiebern kannte.

Groschen bat alle Anwesenden, Platz zu nehmen, was nur mit improvisierten Sitzgelegenheiten möglich war. Es war hier fast so eng wie neuerdings in Groschens Büro. Abgesehen von den Verdächtigen und dem Wachpersonal waren noch die Inspektoren Zwilling und Zakravsky in dem kleinen Zimmer. Auch sie waren gespannt, wie dieser Fall nun enden würde. Hatte man den Mörder bereits gefasst? Die beiden waren sich unsicher.

– Ich habe Sie hergebeten, begann Groschen seine kleine Ansprache, um Ihnen die Ergebnisse der polizeilichen Ermittlungen im Fall Wenninger mitzuteilen. Wie Sie vielleicht mitbekommen haben, war ich von Anfang an überzeugt, dass es sich bei dem vermeintlichen Selbstmord des 400-Meter-Läufers Edgar Wenninger um einen verschleierten Mord handelt. Und es wird Sie möglicherweise überraschen, aber ich bin zu dem Ergebnis gekommen, diese Vermutung war richtig. Edgar Wenninger, genannt Strudel, ist ermordet worden.

Ein Raunen ging durch die Anwesenden. Marion stöhnte leise:

– Nein. Das gibt's doch nicht.

Stanek, dem etwas Speichel aus den Mundwinkeln tropfte, nickte, und die anderen waren merklich bleich geworden. Selbst der braune Tulipan war leichenblass. Schmierer hatte den Mund halb geöffnet, aber kein Laut kam heraus.

– Mord? Also doch, sagte Hallux.

– Was war Edgar Wenninger für ein Mensch? Groschen, der plötzlich größer und korpulenter als sonst erschien, sprach mit fester Stimme. Ich selbst habe ihn lebend nicht gekannt, aber seit drei Tagen versuche ich, ihn mir vorzustellen. War er einer, der seine Frau betrog, heimlich eine Freundin hatte? Nein, so etwas wäre ihm nicht in den Sinn gekommen. Er war ehrlich. Ihm ging es vierundzwanzig Stunden am Tag um Leistungssteigerung, weil Leistung messbar war und Leistung honoriert wurde. Wenninger lebte für den Sport. Also ist er der Versuchung erlegen, neue leistungssteigernde Faktoren einzubauen. Von irgendjemandem erfuhr er, dass es etwas gab, das ihn schneller machte, etwas, das ihn noch länger und noch härter trainieren ließ, und er erfuhr auch, an wen er sich wenden musste, an Karl Stanek, der ihn »medizinisch« betreute. Sein schlechtes Gewissen hat Wenninger fast umgebracht, Dopingsünder werden ja mittlerweile mit einem ähnlichen Strafausmaß bedroht wie Kinderschänder oder Elternmörder. Groschen machte eine kleine Pause, fixierte die Verdächtigen mit festem Blick, in dem seine ganze staatliche Autorität lag.

– Doping ist längst kein Kavaliersdelikt mehr. Aber jedes Land will Sieger. Man interessiert sich nur für jene Sportarten, in denen Einheimische erfolgreich sind. Wenn es siegreiche Eisstockschützen gibt, ist es Eisstockschießen, gewinnen die Skifahrer, interessiert man sich für den Skisport. Und sonst halt für Tennis, Fußball, Darts oder eben den 400-Meter-Lauf. Die Öffentlichkeit fordert Erfolge. Aber wehe, man überführt einen Sportler des Dopings. Dann ist er der Trottel, wird geächtet. Dann hat es jeder immer schon gewusst. Aber bringt man deshalb jemanden um?

Die Verdächtigen, die Groschens Worte über sich ergehen ließen wie Schüler, die man wegen irgendeiner Schandtat zum Direktor gerufen hatte, verneinten murrend oder kopfschüttelnd.

– Jetzt wird Sie natürlich interessieren, wer von Ihnen der Mörder ist. Der Kommissar blickte in starre, angespannte Gesichter. Sie, Marion? Groschen ging auf die Witwe zu und sah ihr fest in die Augen. Sie biss die Lippen aufeinander und schüttelte den Kopf, aber der Kommissar ließ sich davon nicht beeindrucken.

– Unsere Ermittlungen haben ergeben, dass Sie oft gestritten haben. Manchmal hat er Sie sogar geschlagen. Martin und Gordon, die von diesen Ermittlungen nichts wussten, sahen sich vielsagend an. Aber da Marion nicht widersprach, nur ihre Augen nach oben rollte, fuhr der Kommissar fort:

– Sie waren immer unzufrieden. Im Grunde Ihres Herzens waren Sie mit Edgar Wenninger unglücklich, weil Sie nichts zufriedenstellen konnte. Haben Sie diesen Bären mit den weichen Augen geliebt? Oder waren Sie nur noch aus Bequemlichkeit mit ihm zusammen? Im Gegensatz zu Ihnen konnte er gut kochen, ausgefallene Gerichte, in seinem Tagebuch stand etwas von Brennnesselwasabi und Vitello fortunato, von Graukäsefondue, mit Pastis flambierten Schnecken und Quiche mit Krokodilfleisch. Er hat Sie immer wieder mit ausgefallenen Kreationen überrascht. Aber das war Ihnen zu wenig. Sie wollten keinen Hausmann, keinen Koch, sondern einen Star, eine Berühmtheit, einen, den Sie ins Rampenlicht begleiten konnten. Sie haben ihn zu neuen Höchstleistungen getrieben. Aber haben Sie ihn geliebt?

– Wissen Sie, sagte Marion mit einer Tränen unterdrückenden Stimme, was er immer erzählt hat? Die Geschichte, wie er mir den Heiratsantrag gestellt hat. Ich habe ihm oft gesagt, einen Heiratsantrag stellt man nicht, den macht man, aber das war ihm egal. Am Vorabend hat er meinen Vater gefragt, worauf ich Wert lege, was mir gefällt. Ach, ganz normal, hat mein Vater gesagt, nichts Besonderes, Marion ist so wie alle einfachen Mädchen, sie mag Brillanten und Villen und Segeljachten. Am nächsten Tag steht der Edgar tatsächlich mit so einem Brüller, einem Brillantring, und einer Spielzeug-Segeljacht an meiner Tür. Wie hätte ich da noch Nein sagen können? Wie?

– Das war vor acht Jahren?

– Vor neun.

– Das ist eine lange Zeit – fast so lange wie die Strafe für einen Mörder. Da verblasst die Liebe. Aber solange er Erfolg hatte, fiel es nicht auf. Nur nachher, nachdem er aufgeflogen und des Dopings überführt worden war? Nachdem seine Vergehen gegen das Arzneimittelgesetz ruchbar geworden waren? Begann er Ihnen da nicht lästig zu werden? War es Ihnen nicht peinlich, plötzlich nicht mehr mit dem erfolgreichen Sportler, sondern mit dem geächteten Dopingbetrüger in Verbindung zu stehen? Sind Sie es nicht, die durch seinen Tod am meisten profitiert? Groschen sah ihr in die Augen, und sie hielt ihm nicht stand, senkte ihren Blick.

– Wir haben herausgefunden, dass Edgar Wenninger eine auf Ihren Namen ausgestellte Lebensversicherung abgeschlossen hat. Und Sie machen sich nicht einmal die Mühe, Ihre neue Beziehung zu verschleiern. Marion schluckte, sagte aber nichts.

– Und dann noch die Sache mit den Kindern, die Sie nicht bekommen konnten. Groschen hob die Stimme nicht, aber man spürte, seine Worte waren wie Dolchstiche, die Marion zusammenkrümmen ließen.

– Sie haben also ein Motiv, und die notwendige Kälte, das durchzuziehen, haben Sie auch. Ist es nicht so? Nur wollen Sie nicht ins Gefängnis. Verständlich. Es sollte also so aussehen, als ob es Selbstmord wäre. Sie, die Sie vom Theater kommen, wissen ja, wie man so was inszeniert.

Marion schüttelte den Kopf. Sie hatte Tränen in den Augen. Nun erst traute sich Groschen, ihre Brüste anzusehen. Sie waren noch immer fulminant – wie die Köpfe von zwei Tintenfischen. Aber heute ließ sich der Kommissar davon nicht aus der Fassung bringen.

– Und Sie, Oktavian Tulipan, was ist mit Ihnen?, wandte

er sich dem Trainer zu, der erstaunt dastand, als hätte der Schlag seines Herzens plötzlich ausgesetzt. Mit einem Mal sah er um zwanzig Jahre älter aus.

– Sie haben doch schon länger ein Verhältnis mit Marion – dabei könnten Sie ihr Vater sein. Es geht mich nichts an, lächelte Groschen, aber glauben Sie wirklich, ihre hohen Ansprüche erfüllen zu können? Gut, Sie sind verliebt, Sie bilden es sich zumindest ein, aber das ist kein mildernder Umstand. Oktavian Tulipan, die alte Tulpe, hatte ein faltiges, erloschenes Gesicht mit äußerst flinken Augen. Er lächelte wie ein Firmling, der von seinem Paten genötigt wurde, von einer Speise zu nehmen, die er gar nicht mochte. Groschen aber ging vor ihm auf und ab und redete mit süßlicher Stimme auf ihn ein. Er sprach gedämpft, als mäße er seinen Worten kaum Bedeutung bei, aber man spürte, jedes saß.

– Kam es Ihnen nicht gelegen, dass sich Edgar Wenninger das Leben genommen hat? Waren Sie es nicht, der ihn als Trainer und vorgeblich väterlicher Freund zum Doping geführt hat? Sie haben ihn mit dem Spritzen-Charly bekanntgemacht. Die Marschroute vorgegeben. Sie haben die Trainingspläne erstellt, die Mastkälberpräparate und Maskierungsspritzen verabreicht, die Blutkonserven transportiert. Und haben Sie nicht auch an Ihrem Bauch die Blutbeutel vorgewärmt, damit sie Körpertemperatur hatten, wenn Sie ihm das sauerstoffreiche Blut injizierten?

– Der Strudel, hauchte Tulipan, also der Edgar hatte geradezu ein Verlangen, sich unglücklich zu fühlen. Der hat sich immer gerne als Opfer gesehen und sich in seinem Leid gesuhlt. Außerdem hat an dem das Pech geklebt, er war ein Unglücksrabe.

– Stimmt nicht, warf ihm Marion einen bösen Blick zu. Der Edgar war … er war extrem ehrgeizig und fleißig. Er wollte um jeden Preis nach oben kommen. Nicht einmal unser Haus hat ihm gepasst. Eine umgebaute Schrebergartenhütte hat er es genannt, einen trostlosen Anblick in der Einflugschneise des Flughafens. Dabei war es das Wochenendhaus meiner Eltern. Der Edgar aber wollte eine Villa mit Säulen und Erkern und Gipslöwen vor der Eingangstür. Er hatte ja keinen Geschmack.

– In Grinzing?, warf Groschen einen zynischen Blick auf Schmierer, der selbstsicher am Esstisch lehnte und sichtlich mit dem Schlaf kämpfte. Wahrscheinlich hatte ihn die junge Marathonläuferin zu sehr gefordert. Aber zurück zu Ihnen, Oktavian Tulipan, wandte sich Groschen wieder dem gebräunten Schnauzbart zu. Haben Sie nicht nach Wenningers Verurteilung mit Ihren Praktiken einfach weitergemacht, so als ob nichts geschehen wäre? Haben Sie nicht weiterhin Anabolika, EPO, Nandrolon, Steroide, und wie die ganzen Substanzen heißen, unter Ihren Schützlingen verteilt? Und dasselbe gilt für Sie, Spritzen-Charly Karl Stanek. Sie nennen sich Manager, haben aber nichts anderes gemacht, als die von Ihnen betreuten Sportler mit leistungsfördernden Mitteln zu versorgen. Er war versucht, noch ein »Der Fisch muss dreimal schwimmen« anzuhängen. Stanek starrte ihn mit großen Augen an. Hörte er ihm überhaupt zu?

– Hatten Sie nicht Angst, wurde Groschen nun lauter, Wenninger könnte durch seine fatalistische Offenheit eine schonungslose Aufdeckung Ihrer Machenschaften bewirken? Stand nicht Ihre Existenz auf dem Spiel? Wie wir herausgefunden haben, haben Sie beide von Ihren Schützlingen hohe Provisionen kassiert – nicht nur bei Siegen, sondern auch bei Werbeverträgen, Startgeldern, Interviews und so weiter. Ihre Sportler sind nach wie vor erfolgreich und garantieren Ihnen ein überdurchschnittliches Einkommen. Kommt es Ihnen da nicht sehr gelegen, dass Wenningers Mund für immer verschlossen bleibt? Ist das nicht Motivation genug für einen Mord?

– Aber nein, niemals, protestierte Tulipan, während Spritzen-Charly offensichtlich immer noch mit seinem Zustand kämpfte und nur zu einer unverständlichen Äußerung fähig war. Seine Hände zitterten wie bei einem trockenen Alkoholiker.

– Und warum?, wandte sich Groschen wieder an Tulipan. Sein Blick streifte Marions Brüste, und er hatte Mühe, nicht aus dem Konzept zu kommen. Warum waren Sie dann gestern in der Votivkirche zum Beten? Weil Sie ein schlechtes Gewissen haben. Weil Sie der tote Wenninger belastet. Geben Sie es zu.

Marion sah ihren Geliebten erschrocken an:

– Taverl? Ist das wahr? Du warst in einer Kirche?

Tulipan bekam feuchte Augen, seine Lippen vibrierten, er zitterte, griff sich an den Kopf, und plötzlich fiel er auf die Knie und jammerte. Er sah nicht aus wie einer, der schnell die Fassung verlor, und gerade das verlieh seinem Gefühlsausbruch etwas Wahrhaftiges.

– Ja, es stimmt. Ich bin schuldig. Ich. Zum Doping hab ich ihn gebracht. Die Frau habe ich ihm ausgespannt. Sogar die Katze hat sich schon an mich gewöhnt. Ich fühle mich schuldig. Ich. Verzeih mir, Edgar. Große Tränen kullerten über seine braunen Wangen, er sank nun ganz zu Boden und trommelte dagegen. Groschen musste ihn hochziehen. Er sah ihn streng an, aber Tulipan wäre am liebsten gleich wieder auf die Knie gesunken.

– Ich bin schuld. Edgar, verzeih mir. Ich war schwach. Ich habe dich auf dem Gewissen. Dabei, jetzt fiel er Groschen um die Schulter, war er wie ein Sohn.

– Und wie haben Sie ihn umgebracht? Gordon und Martin waren hinzugeeilt und hielten ihn mit festem Griff.

– Umgebracht. Ja, ich habe ihn umgebracht, weinte er weiter. Ich.

– Du! Du Mörder, fauchte Marion. Wie kannst du mir das antun. Aber wie? Warum? Warst du am Montag nicht bei mir?

– Ich … du … Er stammelte nur noch.

– Ihr könnt ihn loslassen. Er hat ihn nicht umgebracht, sagte Groschen mit ruhiger Stimme.

– Nicht?

– Nein. Er hat nur begriffen, dass seine Beziehung nicht von Dauer ist, auch er diese Marion nicht glücklich machen wird. Sie wird zu viel von ihm verlangen. Was wir hier sehen, ist nicht das Geständnis eines Mörders, sondern Selbstmitleid. Da Tulipan noch immer weinte, breitete sich eine bedrückende Stimmung aus.

– Aber Sie? Was ist mit Ihnen?, wandte sich der Kommissar nun Stanek zu, der ihn anblickte wie ein Mensch, der die letzten dreißig Jahre allein im Wald verbracht hatte und nun zum ersten Mal hörte, dass der Kalte Krieg schon längst beendet und die Berliner Mauer niedergerissen war.

– Sind Sie nicht am 22. Oktober um zehn Uhr vormittags hier in der Gegend herumgestrichen? Angeblich, weil Sie Hanns Hallux treffen wollten? Weil der Fisch dreimal schwimmen muss? Da Stanek wieder nur mit stumpfsinnigem Gebrabbel antwortete, tätschelte ihm Groschen die Wange und wandte sich zu Hallux und Schmierer:

– Es gibt noch zwei Verdächtige, die zum Tatzeitpunkt hier gewesen sind. Die beiden sahen unschuldig zu Boden. Wie schlecht sie doch schauspielerten. Schmierer zupfte am Reißverschluss seiner schwarzen Lederjacke, die er über einem weißen Hemd trug. Wieder das eingestickte Emblem einer Automarke. Hallux, im Tweedanzug zwischen zwei dumpf dreinblickenden Justizwachebeamten, hatte das dringende Bedürfnis, an seinen Knöpfen rumzufummeln.

– Ist nicht gerade das doppelbödige Treiben Ihres Labors besonders verdächtig? Hatten Sie, Hanns Hallux, nicht allen Grund, dafür zu sorgen, dass Edgar Wenninger, der über Ihr Institut bestens Bescheid wusste und die notwendige Verzweiflung in sich trug, um alles hinauszuposaunen, für immer schweigen würde? Wie? Was meinen Sie? Hallux war das Blut in den Kopf gestiegen, seine Augen glänzten, aber er schwieg. Er stand da wie ein stolzer Hahn, der in einem Kampf gelandet war und unversehens einen Schlag versetzt bekommen hatte.

– Wegen des Tagebuchs haben Sie einen Überfall begangen. Ist Ihnen da nicht auch etwas anderes zuzutrauen? Hallux wich dem Blick des Kommissars aus, sah zu den anderen, deren Augen auf irgendwelchen Möbelstücken Zuflucht suchten.

– Sie waren am Montag hier, Herr Hallux. Haben Sie da nicht Wenninger getroffen, und hat er nicht versucht, Sie zu erpressen?

– Nein, schüttelte Hallux den Kopf.

– Waren seine Forderungen nicht unverschämt? Haben Sie ihn nicht geschubst, sodass er unglücklich gestolpert und rausgefallen ist?

– Aber nein, bestimmt nicht. Dem Dopingfahnder stand der Schweiß auf der Stirn.

– Und haben Sie sich nicht ein Alibi verschafft, indem Sie noch einmal zurückgekommen sind?

– Nein. Das können Sie mir nicht in die Schuhe schieben.

In diese gänsekackegelben Latschen sicher nicht, dachte Groschen und genoss es zu sehen, wie seine Lordschaft um die Existenz fürchtete. Der Dopingfahnder war kurz davor, alles Mögliche und Unmögliche zu beichten, nur um nicht als Mörder dazustehen. Bevor er aber etwas Ungutes zu hören bekam, knöpfte sich der Kommissar den Journalisten vor.

– Was ist mit Ihnen, Herr Schmierer? Walter Maria, fügte der Kommissar noch leicht verächtlich hinzu. Wusste Wenninger nicht auch von Ihrer Heuchelei? Zuerst erzählen die Medien, große Erfolge in der Leichtathletik oder bei Ausdauersportarten sind ohne Doping ausgeschlossen. Wenn dann aber doch einmal ein heimischer Sportler gewinnt, wollen die Medien von Doping nichts mehr wissen, dann ist das eine Ausnahmebegabung, ein Jahrhunderttalent, ein Wiener Wunder. Und wenn man ihn erwischt? Dann haben sie es immer schon gewusst – und man verurteilt ihn, man stellt ihn an den Pranger, ja, man lyncht ihn. Es sei denn, er hat eine große Bank oder sonst eine staatstragende Firma hinter sich. Wir haben herausgefunden, der Kommissar tätschelte im Vorbeigehen Martin und Gordon, Ihr Medienmenschen wisst ganz genau, wer von den heimischen Sportidolen alles erwischt worden ist, dürft es aber nicht sagen oder schreiben, weil es nicht im Interesse der großen Banken und Konzerne liegt. Diese Heuchelei ist widerlich. Groschen sprach jetzt so heftig, dass ihm ein paar Speicheltröpfchen aus dem Mund spritzten. An den Rändern seiner Lippen hatte sich Sprechkäse gebildet, wie seine Frau das Weiße an den Mundwinkeln zu nennen pflegte. Schmierer blickte immer noch beschämt zu Boden.

– Jeder Ladendieb, jede illegale Prostituierte, jeder Buchhalter, der in die eigene Tasche arbeitet, wird hart bestraft, nicht aber die Medienleute und die Marketingmenschen und die Politiker, die dieses Doping begünstigen. Wissen Sie, wie ich das finde? Der Kommissar machte eine kleine Kunstpause, bevor er weitersprach:

– Zum Kotzen finde ich das. Zum Speiben, verbesserte er sich selbst. Seine Frau wies ihn immer wieder darauf hin, gefälligst österreichische Ausdrücke zu verwenden – und keine deutschen. Paradeiser statt Tomaten, Erdäpfel statt Kartoffeln, Spritzer statt Schorle, Krapfen statt Berliner. Aber oft hatte er zuerst den deutschen Ausdruck parat. Zum Kotzen. Zum Speiben. Der Sportler muss ins Gefängnis, obwohl er alles nur getan hat, um zu gewinnen. Und die, die das unterstützen? Gehen leer aus! Machen weiter wie bisher! Der Journalist schluckte und sah schuldbewusst auf seine Finger. Groschen geriet außer sich. Nichts brachte ihn dermaßen auf die Palme wie Scheinheiligkeit und Heuchelei. Und Schmierer konnte er von vornherein nicht leiden.

– Waren Sie nicht doch im Internetcafé? Haben Sie, Herr Schmierer, nachgeholfen, damit das Wiener Wunder aus dem Fenster fällt? Sie waren schließlich am Montag da. Warum? Hat er Ihnen gedroht, zur Konkurrenz zu gehen? Hat er Ihnen die Wahrheit über Ihre Rückgratlosigkeit gesagt, Ihnen einen Spiegel vorgehalten? Ein Aufdecker wollen Sie sein, ein Enthüllungsjournalist, dabei sind Sie ein skrupelloser Egoist, dem jedes Mittel recht ist.

Schmierer war jetzt kreidebleich. Er wirkte wie ein scheuer Schüler, den man in der Mädchen-Umkleidekabine erwischt hatte.

Groschen hätte am liebsten gebrüllt vor Wut und Ekel. Um sich zu beruhigen, machte er eine Kunstpause und schritt alle Verdächtigen ab, wobei sein Blick kurz an Halluxens gänsekackegelben Schuhen hängenblieb.

– Ich bin daher zu dem Schluss gekommen, stellte sich der Kommissar vor die Verdächtigen und sah sie an wie ein Hauptmann, der seinen Soldaten den Kriegsausbruch verkündet, Sie alle haben Edgar Wenninger ermordet. Sie und Sie und Sie. Sie alle! Sie und Sie und Sie. Protest brandete auf. Manche schlugen sich an die Stirn, andere verneinten entschieden, man konnte die Worte »lächerlich« und »völlig absurd« hören.

– Beruhigen Sie sich. Ruhe! Der Kommissar sprach nun

sehr leise, um jeden Laut zu unterdrücken. Zu meinem Missfallen werde ich Sie trotzdem alle laufenlassen müssen. Ich kann nämlich keinen von Ihnen zur Rechenschaft ziehen, weil sich Edgar Wenninger letztlich selbst das Leben genommen hat, indem er aus dem Fenster dieser Wohnung gesprungen ist. Kurz schwoll die Unruhe zu einem heftigen Murren, bevor sich auf Zeichen der Inspektoren alle wieder beruhigten.

– Ein Selbstmord? Also doch?

– Ein Selbstmord, zu dem er getrieben worden ist. Von Ihnen! Wie war Edgar Wenninger? Nach allem, was wir herausgefunden haben, ein penibler und genauer Mensch, einer, der nichts dem Zufall überließ. Und so hat er auch sein Ableben minutiös geplant. Der Sprung aus diesem Fenster hier war keineswegs improvisiert oder das Ergebnis einer ungünstigen Mondphase. Wenninger hat lange darüber nachgedacht. Bevor er in den Tod gesprungen ist, hat er sich überlegt, wie man einen Selbstmord so inszeniert, dass die eigentlich Schuldigen, nämlich Sie, des Mordes verdächtigt werden. Und genau das hat er getan – und noch dazu ziemlich erfolgreich, wie ich zugeben muss.

Weil er wusste, Selbstmörder tun dies, hat Edgar Wenninger vor seinem finalen Sprung die Schuhe nicht ausgezogen, seine Wertsachen nicht abgelegt. Er wollte den Suizid als Mord erscheinen lassen. Deshalb hat er sich als Journalist Walter Maria Schmierer verkleidet und aus einem Internetcafé in der Esterházygasse eine E-Mail abgeschickt. Einem Internetcafé, von dem er wusste, Karl Stanek verkehrt darin. Nur dieser E-Mail verdankt sich unser Interesse an dem Fall. Groschen blieb vor dem Journalisten stehen und blickte ihm so lange in die Augen, bis dieser den Kopf senkte.

– Der Plan Edgar Wenningers hat also funktioniert. Um Walter Maria Schmierer noch verdächtiger zu machen, hat er ihn zu seinem Selbstmord in die Wohnung bestellt, die Wohnung seines Managers Karl Stanek, die er bewusst gewählt hat, um auch ihn, Spritzen-Charly, in den Fokus unserer Ermittlungen geraten zu lassen. Wie zur Bekräftigung gluckten ein paar unverständliche Worte aus dem selbsternannten Sportmanager, aber der Kommissar ging nicht darauf ein.

– Natürlich wusste Wenninger vom Dopinglager in der Nachbarwohnung, natürlich wusste er, irgendwann würde das auffliegen. Außerdem hat er den Dopingfahnder Hanns Hallux herbestellt, in der Gewissheit, damit auch ihn in ein schiefes Licht zu rücken. Edgar Wenninger hat also Fährten gelegt, um die Menschen, die ihn in den Tod getrieben haben, verdächtig zu machen. Zu viele. So wie bei seiner Dopingkontrolle hat er auch diesmal übertrieben, sonst wäre es ihm womöglich wirklich gelungen, den einen oder anderen von Ihnen ins Gefängnis zu bringen. Groschen sah zu seinen Inspektoren, aber die standen nur da und zeigten keine Regung. Wahrscheinlich waren sie von diesen Eröffnungen ebenso überrascht wie die anderen Anwesenden.

– Wenninger musste klar sein, die polizeiliche Ermittlertätigkeit würde auch die Beziehung seiner Frau zu seinem Trainer, Oktavian Tulipan, nicht übersehen. Ebenso ihrer beider Vernetzung in das System Doping. Edgar Wenninger hat es also geschafft, Sie alle an den Pranger zu stellen, womit sein Plan aufgegangen ist. Der einzige Hautgout daran war, er musste sich opfern. Der Kommissar hielt inne, ging zum Fenster und sah hinunter. Kurz war es so, als käme ihm das selbst nicht ganz geheuer vor.

– Vergessen wir nicht, drehte er sich wieder um und fixierte die Anwesenden, ihm stand dafür die erfreuliche Aussicht vor Augen, post mortem all jene zu bestrafen, die ihn in den Tod getrieben hatten, die ihm das Wertvollste in seinem Leben genommen hatten, den Sport. Rache ist nicht nur eines der reinsten Gefühle, sondern auch eines der stärksten Motive. In Wenningers Augen war sein Tod nicht umsonst, er hat sich an Ihnen allen gerächt. Symbolisch hat er über Sie gesiegt.

Marion hatte während dieser Worte die Hand Tulipans gefasst und fest gedrückt. Schmierer sah immer noch schuldbewusst zu Boden, ohne die geringste Absicht, irgendetwas an seinem Leben oder seiner Arbeit zu ändern. Hallux machte ein Gesicht, das sagen wollte, ich kann ja nun wohl gehen, nur Stanek wollte Einspruch erheben, brachte aber nichts heraus.

– Das war's, brummte Groschen. Sie können jetzt verschwinden. Die Mordermittlungen im Fall Wenninger sind abgeschlossen. Die Geschichte ist erledigt. Leise fügte er hinzu, indem er sich nochmals zum Fenster wandte: Alles, was wir für Edgar Wenninger tun konnten, haben wir getan. Draußen flog eine einzelne Wildgans vorbei, schnatterte wie wild, so als ob sie mit Groschens Ausführungen nicht ganz einverstanden wäre.

Als sich der Kommissar wieder umdrehte, um den Anwesenden ein letztes Mal ins Gesicht zu blicken, sah er im Türstock Darius Engel, den eulenartigen Nachbarn, und Groschen war, als ob der die ganze Zeit zugehört hätte. Für einen Augenblick trafen sich ihre Blicke, und dem Kommissar wurde seltsam zumute – als würde ihm ein Eisblock auf das Herz gelegt. Die allgemeine Aufbruchsstimmung hinderte ihn daran, dem nachzugehen. Alle Verdächtigen waren spürbar erleichtert, schnatterten oder machten der gelösten Spannung sonst wie Luft. Gut, Wenninger hatte ihnen eine Lektion erteilt, oder war es der Kommissar? Sie hatten eine Standpauke über sich ergehen lassen müssen, eine moralische Lektion, und gelobten wie schuldbewusste Schüler beim Direktor Besserung, wussten aber genau, lange würde es nicht dauern, bis sie wieder in ihren alten Trott fielen. Nur Tulipan, noch mit von Tränen geröteten Augen, begann eine Diskussion, ob im Falle eines Selbstmordes die Lebensversicherung nicht doch verpflichtet war zu zahlen.

– Nur bei einem Unfall, sagte Marion. Sie hatte sich eine schmale eckige Brille aufgesetzt, mit der sie ein ganz anderer Mensch zu werden schien.

– Vielleicht ist er auch ausgerutscht, entgegnete Tulipan. Könnte es nicht sein, dass er gefallen ist?

Beide sahen den Kommissar fragend an, der aber reagierte nicht. Er blickte wieder zur Tür, vom eulenartigen Nachbarn war jedoch nichts mehr zu sehen. Die Justizwachebeamten versicherten sich, dass sie Hallux gehenlassen konnten, und begannen mit den entsprechenden Formalitäten. Hallux, nachdem er den Empfang seiner Wertsachen quittiert hatte, schritt arrogant zur Tür, blickte sich dann noch einmal um, machte kehrt, ging zum Kommissar und flüsterte, sodass nur er es hören konnte:

– Wissen Sie, warum mein Vater, der keineswegs ein Nazi-Gegner war, damals keinen Hitlergruß leistete? Aus Widerstand? Nein. Weil er stahl. Er war ein kleiner Taschendieb. Während die anderen alle mit emporgerecktem Arm Sieg Heil brüllten, hat mein Vater ihre Taschen ausgeleert. Dieb Heil! Als man ihn dann vor zwanzig Jahren auf Fotos von Kundgebungen entdeckte, machte man ihn zum Helden, zum Mann, der den Hitlergruß verweigerte. Gott sei Dank war er schon tot. Umbettung, Ehrengrab, Straßenbenennungen, das ganze Theater hätte er nicht überlebt. Und ich? Was hätte ich machen sollen? Es ging um meinen Vater. Hätte ich sagen sollen, Irrtum, nur ein kleiner Dieb, ein, wie man damals sagte, Volksschädling. So hat man aus ihm ein leuchtendes Beispiel des Widerstands gemacht, ein Aufkeimen von Menschlichkeit in einer entmenschlichten Zeit. Ein komplettes Missverständnis! Natürlich hat es mir genützt. Der Name Hallux hatte plötzlich einen Klang. Hätte ich mich wehren sollen? Was meinen Sie? Ich meine, man darf nicht immer ehrlich sein im Leben. Manchmal muss man bluffen, nicht? Hallux lachte, und obwohl es Groschen gar nicht wollte, drückte er ihm die Hand und lächelte. Der Sohn des vermeintlichen Widerstandskämpfers lachte immer noch, wie Gänsegeschnatter hörte sich das an, dann dreht er sich um und ging. Der Kommissar aber dachte kurz daran, wie er sich selbst vor dem Bundesheer gedrückt hatte. Und er dachte an die großen und kleinen Lügen seines Lebens. Vielleicht darf man wirklich nicht immer ehrlich sein? Seine Frau behauptete das Gegenteil. Sie sagte, man müsse versuchen, ein guter Mensch zu werden, und das ginge nur mit Offenheit und Ehrlichkeit, mit Grundsätzen, Charakter und Moral.

Gordon und Martin flankierten den Kommissar und sahen, wie sich nun auch Stanek näherte, um dem Kommissar etwas zuzuraunen. Keiner der drei Polizeibeamten wurde schlau aus diesem Sprachbrei, der sich anhörte, wie wenn ein Eskimo versuchte, Suaheli zu imitieren, aber zumindest die Worte »Mörder« und »immer noch frei« konnte man verstehen. Stanek sah den Kommissar mit glasigem Blick an und wartete auf eine Reaktion – wie ein Betrunkener am Würstelstand, der die Weisheit der Welt in dem Satz »Eine Burenwurst ist eine Burenwurst« zusammenfasste und hoffte, dafür zum Philosophieprofessor ernannt zu werden. Dann, nachdem ihn Gordon leicht weggestoßen hatte, setzte er sich auf einen Stuhl. Es war schließlich immer noch seine Wohnung, und man konnte in seinem verzweifelten Gesicht lesen, er wusste nicht, wie es jetzt weitergehen würde.

Groschen und seine beiden Inspektoren verabschiedeten

sich mit einer Handbewegung. Im Stiegenhaus lag der penetrante Geruch von gekochtem Kohl, und auf den Treppen waren die Tröpfchen eines inkontinenten Hundes zu sehen. Draußen hatte es wieder leicht zu regnen begonnen, der Himmel glich einer schmutzigen Zimmerdecke, unter der ein starker Raucher zwanzig Jahre lang gelebt hatte.

Zakravsky wollte den Kollegen ein jüdisches Restaurant am Naschmarkt zeigen.

– Gibt es da Bier?

– Selbstverständlich.

– Gut, weil Cidre mag ich nicht.

– Ist der Untersuchungsrichter informiert?

– Die Tonne ist glücklich, den Fall zu den Akten legen zu können.

– Er ist wahrscheinlich der einzig Glückliche, dieser Döblinger Aktenfriedhof. Groschen war es nicht, ihm war zumute, als ob er mit der Hand in ein Wespennest gegriffen hätte. Er war zerstochen worden, ohne einen wirklich Schuldigen ermitteln zu können. Die Verlogenheit aller Beteiligten ekelte ihn an. Auch wenn es sich um keinen Mord handelte, war ihm dieses System, das alle irgendwie zu Schuldigen machte, höchst zuwider.

Auch Gordon und Martin wirkten unglücklich. Auch sie hätten lieber einen Mörder gefasst. So standen sie mit leeren Händen da und fühlten sich unbefriedigt. Erst das frisch gezapfte Bier hellte ihre Laune etwas auf. Hunger hatten sie nicht. Also teilten sie sich einen Vorspeisenteller und waren vom Humus angetan, das ausnahmsweise nicht nach ranzigem Sesamöl schmeckte. Auch die Falafel und das Tomatenmark fanden ihre Zustimmung, nur das Fladenbrot war zu wenig knusprig. Da sie heute mit keinem neuen Fall mehr beginnen würden, tranken sie noch ein Bier.

Martin, der beiläufig in der Zeitung blätterte, hielt plötzlich inne, hielt das Blatt hoch und deutete auf einen schwarz umrandeten Kasten. Es war die Todesanzeige Wenningers. Seine Ehefrau verabschiedete sich anrührend mit »Von allen geliebt und verehrt, war er mein liebster Mensch und alles«. Daneben, in einer Anzeige des österreichischen Leichtathletikverbandes, wurde er für seine Verdienste um den österreichischen Sport gewürdigt. »Ein herausragender Athlet und unvergesslicher Mensch, mehrfacher Meister, Sportler des Jahres, ist leider durch einen tragischen Unfall …« Groschen und Gordon zuckten mit den Achseln.

Vor der großen Glasscheibe des Lokals flanierten Liebespaare, die den wechselhaften Herbsttag genossen, Geschäftsleute hasteten vorbei, und ältere Damen schoben volle Einkaufswägelchen. War das die sogenannte Öffentlichkeit, die Siege forderte und Sportler dazu trieb, alles zu unternehmen, um ganz oben auf dem Treppchen zu stehen?

– Was haben ein Blowjob von der Schwiegermutter und ein Bungeejump gemeinsam? Gordon blickte zu seinen Kollegen. Er liebte dreckige Witze. Und er wusste immer welche. Während Martin hin und wieder mit einem Schüttelreim ankam, mit einem »Immer wenn ich mir über den Hut fahr, finde ich ein …« oder »Hast du einen Schnurhaufen, geh zu einer …«, konnte sich Groschen das nie merken.

– Also? Da keiner antwortete, ergänzte Gordon: Prinzipiell ist beides großartig, du darfst nur nicht runterschauen. Martin und Groschen lächelten bemüht.

Der Kommissar räusperte sich und betrachtete seine beiden Inspektoren, den aschblonden Zwilling und den braunhaarigen Zakravsky.

– Was haltet ihr eigentlich von diesem neuen Schild an der Toilettentür? Bitte nur im Sitzen pinkeln. Ungeheuerlich! Das war bestimmt diese deutsche Aushilfspraktikantin, dieser Reserve-Sedlacek. Ein Mann muss im Stehen pinkeln, sagte der Kommissar mit fester Stimme. Das gehört einfach dazu. Ein Mann, der nicht im Stehen pinkelt … Meine Frau hat auch versucht, mich umzuerziehen, aber da ist sie an den Falschen geraten. Ich lasse mir ja vieles einreden, aber … Groschen kam in Fahrt, bemerkte aber eine gewisse Verlegenheit bei seinen Inspektoren, die zu Boden sahen und sich räusperten.

– Ach so ist das, klopfte der Kommissar jetzt auf den Tisch. So ist das also! Zwei Umerzogene! Zwei Sitzpinkler! Dann will ich euch einmal etwas sagen, von einem Urologen weiß ich, ein Mann muss im Stehen pinkeln, weil sich sonst seine Blase nicht vollständig entleert. Im Himalaja und in den Anden gibt es Völker, bei denen die Männer im Sitzen pinkeln – und was haben die davon? Alle eine Blasenkrankheit!

– Weil es ihnen etwas abfriert?, warf Gordon ein.

– Aber nein, das kommt von dieser Sitzpinklerei.

Die drei Kriminalisten wollten gerade ein drittes Bier ordern, um dieser essenziellen Frage auch praktisch nachgehen zu können, als sie die Nachricht erhielten, dass in der Proschkogasse ein Selbstmord stattgefunden hatte.

– Was? Schon wieder? Das ist … unmöglich!

– Hmm, hellten sich Groschens Gesichtszüge auf, entweder habe ich mich getäuscht oder diese Geschichte ist noch nicht zu Ende.

Fünfzehn Minuten später standen sie wieder in der Wohnung Staneks und sahen den am Boden liegenden Spritzen-Charly mit zertrümmerter Schädeldecke. Er hatte sich mit dem Gewehr in den Mund geschossen. Die Wucht des Schusses hatte nicht nur seinen Schädel zerschmettert und eine Mischung aus Blut und Hirn auf die Wand geklatscht, sondern ihn auch mitsamt dem Stuhl, auf dem er gesessen war, umgerissen. Es sah entsetzlich aus. Alles war voller

Blut, und an der Wand klebte ein Stück Kopfhaut mit ein paar Haaren dran. Man konnte das Blut richtiggehend riechen. Während Martin offensichtlich damit kämpfte, dass ihm der jüdische Vorspeisenteller nicht wieder hochkam, machte Gordon ein Gesicht, wie wenn er sagen wollte, wieder ein Arsch weniger. Groschen sah das offene Fenster, außerdem fielen ihm die Schuhe auf, die der Selbstmörder ausgezogen hatte. Wenn er wenigstens gesprungen wäre.

Staneks vor Schreck geweitete Augen sahen nicht gerade aus, als ob er dem Tod gefasst gegenübergetreten wäre. Für Groschen, der schon etliche Tote gesehen hatte, friedlich entschlafene und von Panik erfüllte, fiel Stanek eindeutig in die letzte Kategorie. Als Kommissar war er nie dabei, wenn jemand starb. Nur einmal, er war mit seiner Frau in das Theater in der Josefstadt gegangen, erlebte er einen Herzanfall. Das waren Schreie wie aus einer anderen Welt, durchdringend und erschütternd. Zwanzig Minuten hatte dieser Todeskampf gedauert, dann kam die Rettung, und Groschen sollte nie erfahren, wie es ausgegangen war. Und an diesen Todeskampf, an diesen existenziellen Schrecken erinnerte ihn Staneks Gesichtsausdruck, sofern man davon überhaupt noch sprechen konnte. Hatte er nicht irgendetwas von einem Mörder gebrabbelt? Wollte er mit seiner verzögerten Alkoholikermotorik dem Kommissar nicht etwas mitteilen? Der Fisch muss dreimal schwimmen? Jetzt schwamm oder vielmehr lag er selbst in seinem Blut.

Aber wo hatte er das Gewehr her? Seines war ihm nachts doch abgenommen worden. Sollte er …? Oder jemand anderer …? Nein, der Fall Wenninger war kein Ruhmesblatt für Groschen. Noch einmal würde er nicht am Selbstmord zweifeln. Auch für die Leute vom Erkennungsdienst schien die Sache klar. Wahrscheinlich hatte er es sich, wie man in Wien sagte, verbessert, weil er keine Perspektive mehr gesehen hatte. Jetzt war er kalt, hatte er den Löffel abgegeben, konnte er sich die Radieschen von unten ansehen, hatte er ein Bankerl gerissen.

– Wenn du dich nur noch mit Selbstmördern befasst, werden in dieser Stadt überhaupt keine Verbrecher mehr gefasst, sagte Groschen zu sich selbst. Er verließ die Wohnung, schickte seine Inspektoren in die Vorlaufstraße und fuhr selbst zum Karmelitermarkt, wo seine Frau wartete. Übermorgen war ein Feiertag, und für morgen hatte er sich freigenommen. Sie wollten das verlängerte Wochenende nützen, um aufs Land zu fahren.

DIE ZWEI-SESSEL-FRAU

Auf dem Land sind die Leute ruhiger als in der Stadt. Die meisten Menschen, sofern man überhaupt welche auf den Straßen sieht, tragen Arbeitskleidung, die Männer Latzhosen und die Frauen Schürzen oder Kittel. Hier geht alles seinen gewohnten Gang, niemand lässt sich aus der Ruhe bringen. Morgens hört man Vögel und Kirchenglocken, tagsüber Kreissägen, Rasenmäher, Traktoren und Sirenen, abends die Hunde sowie Frösche. Vor den Häuern stehen bemalte Traktorreifen, und in den Gärten sieht man aufgebockte Autowracks. Die Menschen sind massiv mit wulstigen Händen, die vom vielen Arbeiten kaum noch zusammengehen. Man wundert sich, wie sie es schaffen, damit Messer und Gabel zu halten.

Aber irgendwie gelingt es, denn die Portionen in den Gasthäusern sind für Leute, die den ganzen Tag einer schweren körperlichen Arbeit nachgehen. Von so einem Schnitzel in der Größe eines Kuhfells oder einem in einer Art Kinderbadewanne servierten Grillteller könnten in Afrika ganze Dörfer satt werden. Jeder Normalsterbliche aber muss sich plagen, um nicht mehr als die Hälfte zurückschicken zu müssen, oder man lässt sich die Reste einpacken, was hier normal ist und keineswegs hämische Blicke zur Folge hat. Im Gegenteil, in manchen Landgasthäusern wird mit der Rechnung die Alufolie gleich mitgebracht.

Da der Wetterbericht für die kommende Woche das Tief Wilma angekündigt hatte, blieben die Groschens bis Sonntag in ihrem Landhäuschen und genossen das kurze meteorologische Zwischenhoch. Morgens lagen zwar Nebelschwaden auf den Feldern, aber im Laufe des Vormittags lösten die sich auf und machten Platz für einen strahlend blauen Herbsthimmel. Manchmal sah man Störche in Keilformation oder große Schwärme Stare, die ihre Bilder in den Himmel zeichneten. Chartertouristen auf dem Weg zu ihrem Winterdomizil.

Frau Groschen war glücklich über die Luftveränderung. Sie sammelte Walnüsse, kehrte Laub und war damit beschäftigt, die großen Oleandertöpfe einzuwintern. Groschen brachte sich mit Waldläufen in Form und bastelte kleine Tiere aus Kastanien und Zahnstochern, die seine Frau den Nachbarskindern schenkte. In den Fenstern der niedrigen Häuser standen ausgehöhlte Kürbisse, und an den Türen hingen Strohkränze. Sehr idyllisch. Nur wenn seine Frau ihn fragte, woran er gerade denke, eine Frage, die er wie alle Männer hasste, geriet Groschen in Wut, weil er nicht zugeben wollte, wie sehr ihn der Fall Wenninger und der tote Spritzen-Charly noch immer beschäftigten. Es gab kein Verbrechen, keinen Schuldigen, und niemand kam ins Gefängnis. Unglaublich. Groschen konnte nicht sagen, was er auf dem Herzen hatte. Das Wort »unrund« drückte seinen Gemützustand nur unvollkommen aus. Immer wieder sah er den zertrümmerten Schädel Staneks, die blutbespritzte Wand und die endlich zur Ruhe gekommenen Augen. Hatte ihm dieser Stanek nicht noch etwas sagen wollen? Hatte er nicht auch seiner Frau im Café Sport zugeflüstert, er kenne den Mörder? Dieser Umstand beunruhigte Groschen. Wenn nun sein Tod genauso wenig ein Selbstmord war wie der von Wenninger? Wenn beide hinterhältig ermordet worden waren und der Täter frei herumlief? Musste man als Kriminalpolizist dann nicht aktiv werden, anstatt auf dem Land das Leben zu genießen? Aber Groschen hatte sich schon beim Fall des toten Sportlers blamiert. Der Untersuchungsrichter hatte seinen Hohn über die seiner Meinung nach völlig unnötigen Ermittlungen nicht verbergen können, und auch Martin und Gordon, die Groschens Instinkt stets bewundert hatten, waren diesmal enttäuscht. Das waren Schatten, die das Gemüt des Kommissars verdunkelten.

Seine Frau war dieses beharrliche Schweigen schon gewohnt. Auch ihre Freundinnen hatten Männer, die nach wochenlangen Dienstreisen heimkamen und auf Fragen nach ihren Erlebnissen nur mit einem mürrischen »Das verstehst du nicht« oder »Ganz okay« reagierten. Sie wusste, Männer hatten Probleme, sich zu öffnen, dennoch fiel es ihr schwer, das zu akzeptieren. Sie hätte gern verstanden, was in ihm vorging, was ihn bewegte, aber er blieb stumm, machte ein mürrisches Gesicht und schien die ganze Welt zu hassen. Sie trug ihm kleine Arbeiten auf, aber nichts konnte ihn ablenken. Nicht das Aufräumen der Scheune, nicht das Schneiden der Hecke und auch nicht das Verbrennen alter Äste im trockengelegten Swimmingpool. Nicht einmal der Nachbarin, die kleine verschrumpelte, aber herrlich schmeckende Äpfel brachte, schenkte er mehr als einen kurzen Gruß.

– Was hat er denn?

– Ach nichts. Das Übliche. Frau Groschen blühte im Grünen auf. Sie liebte es, das Laub zu rechen und herumzugraben.

– Puh, diese Gartenarbeit. Am liebsten würde ich alles zubetonieren und grün anstreichen. Aber das meinte sie ironisch. In Wahrheit machte es ihr Spaß, die Rosen und Buchsbäume zu schneiden, neue Blumen zu setzen, Tulpenzwiebeln auszugraben und Walnüsse in die Sonne zu legen. Und da ihr Groschen nichts vom Tod ihrer nächtlichen Café-Sport-Bekanntschaft erzählt hatte, war ihre Laune ungetrübt.

Die meisten Felder waren bereits kahl, nur auf wenigen stand noch Mais, fahle braune Pflanzen, die in Reih und Glied darauf warteten, dass ihnen der Kopf abgeschlagen wurde. Krähen rüsteten sich für den Winter, und die Menschen unterhielten sich über die Qualität des Weins.

Es waren einfache Menschen, die davon träumten, einmal mit dem Traktor auf den Großglockner zu fahren. Eher schlichte Gemüter, die Volksmusik liebten und am örtlichen Vereinsleben teilnahmen: Fußball, Blasmusik und Feuerwehr. Einer hatte ihnen beim großen Buchsbaum geholfen, den die Raupe des Buchsbaumzünslers völlig kahlgefressen hatte. Da Frau Groschen an seiner Stelle Obstbäume pflanzen wollte, musste ihr Mann die Wurzeln ausgraben. Der Kommissar war drei Stunden mit Krampen und Schaufel beschäftigt, bis er die in unzähligen kleinen Geflechten verzweigte Buchsbaumunterwelt heraußen hatte. Diese Wurzel war wie der Fall Wenninger, ein dicker Stamm, der in ein kleines Geflecht überging und sich dann in nichts auflöste. Immer, wenn man glaubte, sie beseitigt zu haben, entdeckte man ein neues, noch viel weiter reichendes Gespinst.

Am Ende war er schweißgebadet, aber erstaunt über das zwei Meter lange, vielleicht einen halben Meter tiefe Loch.

– Eine Leiche könnte man hier vergraben, spuckte er hinein, und seiner Frau wurde mulmig zumute. Von Toten wollte sie nichts hören, selbst die Bräuche der Landbevölkerung, die, wenn jemand starb, alle Spiegel verhängten, damit die Seele des Verstorbenen nicht in eine falsche Welt gerate, oder die Geschichten von stehengebliebenen Uhren und runtergefallenen Bildern bereiteten ihr ein schauriges Gefühl. Am schlimmsten war das Horcherl – so nannte man die penetranten Klopfgeräusche, die, wie Angehörige versicherten, wenige Tage nach dem Ableben im ganzen Haus eines Verstorbenen zu hören waren. Klopfgeräusche, die weder mit Tieren noch mit einer nicht entlüfteten Heizung zu erklären waren. Morsezeichen aus dem Jenseits? Groschen war bislang davon verschont geblieben. Für ihn waren das Energieflüsse. Hatte nicht eben erst die Quantenphysik die Kommunikation von weit entfernten Teilchen bestätigt? Warum sollte Ähnliches nicht auch beim Ableben eines Menschen vorkommen? Für seine Frau blieb das unheimlich.

Am Montag, den 29. Oktober, waren sie zurück in der Stadt. Der Himmel war verwaschen grau und es regnete in Strömen. Trotzdem ging Groschen zu Wenningers Beerdigung, die für elf Uhr vormittags auf dem Zentralfriedhof angesetzt war. Hier, in dieser riesigen Totenstadt, war eine Stimmung wie auf dem Land. Unter einer Linde standen zwei Gärtner, unterhielten sich halblaut und rauchten, eine Witwe zündete ein Grablicht an, und die Mitglieder einer Blasmusikkapelle ließen eine Schnapsflasche im Kreis gehen.

Wäre Wenninger drei, vier Monate früher gestorben, er hätte ein Ehrengrab gekriegt, und Tausende Fans wären gekommen. Sein Grab wäre voller Kränze und mit Blumen überladen gewesen. Eine Straße und ein paar Schulen wären nach ihm benannt worden, vielleicht sogar ein Sportplatz. So aber war die Trauergemeinde überschaubar wie die Zahl der Gebinde. Noch immer steckte das Dogma der Kirche in den Leuten, Selbstmord sei eine schwere Sünde, welche die Seele direkt in die Hölle brachte. Auch wenn sie nicht mehr wie früher außerhalb der Friedhofsmauern verscharrt werden mussten, man aus einem Akt gottgnädiger Barmherzigkeit sogar Homosexuelle und ungetaufte Kinder im Friedhof beerdigen ließ und ihren Angehörigen sagte, nun sind sie heimgekommen, umarmt vom himmlischen Vater, gab es da immer noch genügend Vorbehalte, waren Selbstmörder immer noch gottlose Sünder.

Als Groschen die Aufbahrungshalle betrat, hatten die Trauernden schon Platz genommen. Es war so still, dass bereits das Knarren der Schuhsohlen am Steinboden als unerträgliche Belästigung empfunden wurde. Er sah Marion, die elegante Witwe. Man merkte ihr an, sie war den Ereignissen nicht recht gewachsen. Daneben, ihre Hand drückend, Tulipan, der selbst im schwarzen Mantel wie verkleidet wirkte. Das Einzige, was dem passte, war der Trainingsanzug. Auch Schmierer war gekommen, schwarze Lederjacke. Ausnahmsweise eine unverspiegelte Sonnenbrille, Notizblock in der Hand. Ein paar alte Damen, wahrscheinlich Tanten oder Großcousinen, zerknitterte Gesichter.

In den letzten Reihen saßen ein paar typische Beerdigungsgeher, die auf eine Einladung zum Leichenschmaus hofften und ihre professionellen Trauermienen aufgesetzt hatten. Schließlich sah Groschen den rothaarigen Nachbarn, Herrn Engel, der als Einziger grau angezogen war. Sie alle hatten sich in der schmucklosen Aufbewahrungshalle versammelt, um Edgar Wenninger die letzte Ehre zu erweisen. Keiner von den Politikern, die ihm nach seinen Siegen die Hand geschüttelt hatten, kein Funktionär, kein anderer Sportler, nicht einmal ein Vertreter seines Leichtathletikvereins war gekommen. Traurig irgendwie. Doch, da kam mit hochgeschlagenem Mantelkragen noch einer angehetzt. Ein mächtiger Mensch, der Groschen bekannt vorkam. Xaver Einbrot, der Sportartikelvertreter und Eierfälscher. Als er den Kommissar erblickte, hob er die Hand zum jovialen Gruß, so als ob er sagen wollte, wir verstehen sich.

Jetzt lag der Läufer Wenninger in dem schlichten Sarg. Ein Foto stand darauf, zeigte ihn mit Bubenlachen und weichen Gesichtszügen, die nur auf den ersten Blick und wegen der Glatze männlich wirkten. Konnte sich so jemand selbst Gewalt antun? Zwei große weiße Kerzen, abstrakte Kirchenfenster. Der Altar war schlicht, und selbst vom Kreuz ging nur Nüchternheit aus. Die ganze Aufbahrungshalle hatte den Charme eines Möbelhaus-Schauraums.

Zuerst läuteten Glocken, dann kam der Pfarrer, ein hübscher junger Mann mit weiblichen Zügen, flankiert von zwei älteren Ministranten. Der Gottesdiener sprach von einer großen Karriere, einem schnellen Lauf voller Erfolge, aber auch von Niederlagen, die den Sportler zum Ziel seiner Bestimmung geführt hatten. Er strapazierte Vergleiche von der Stadionrunde, bei der Start und Ziel eins sind, von der scheinbaren ewigen Wiederkehr des Gleichen, der Vorbereitung, dem Training und dem Geheimnis des Glaubens. Die üblichen ausgeleierten Metaphern, die einen dann doch berührten, weil ein Sarg daneben stand, in dem ein Mensch lag. Ein Mensch, der gleich für immer in die Grube hinabgelassen wurde, um für alle Ewigkeit zu verschwinden – bis zum Jüngsten Tag. Der Chor schmetterte ein Kirchenlied, die Trauergemeinde erhob sich und ging singend hinter den Sargträgern her, die den toten Wenninger zu seinem Grab brachten. Am Ende der rothaarige Nachbar, leicht hinkend, gedrungen wie eine Eule.

Der kleine Trauerzug schritt durch ein großes Tor, das die beiden Ministranten geöffnet hatten, mitten hinein in den strömenden Regen. Massive dunkelgraue Wolkenungetüme hingen in der Luft, und es goss ohne Ende. Der Reihe nach spannten sich die Schirme auf, selbst der Pfarrer und die Ministranten hatten welche. Nur die Sargträger waren dem peitschenden Regen schutzlos ausgeliefert. Auf den Sarg trommelte das Wasser. Im Kiesweg hatten sich Pfützen gebildet, und die Ministranten hoben ihre weißen Kleider, wodurch Turnschuhe zum Vorschein kamen.

Da klingelte Groschens Telefon. Unbekannte Nummer. Kurz überlegte er, ob er rangehen sollte, aber nachdem er etwas aus der Reihe getreten war, hatte sein Finger schon den grünen Knopf gedrückt. Der Gerichtsmediziner Bangerl. Seine freundliche Stimme meinte, es gäbe an der letzten Kunde ein paar Auffälligkeiten, die den Kommissar wohl interessieren würden.

– Auffälligkeiten? Groschen wusste nicht, ob er sich freuen sollte, aber sein Spürsinn begann etwas zu wittern. Was denn für Auffälligkeiten?, schnappte er wie ein Hund nach diesem Bissen.

– Nun, da müssen Sie sich herbemühen. Durch das Telefon geht das nicht.

Kaum hatte der Polizist sein Kommen zugesagt, riss der Himmel auf und entblößte ein strahlendes Blau. Helle Lichtflecken warfen sich auf die Grabsteine und die noch immer aufgespannten Schirme. Am Horizont verspreizte sich ein Regenbogen. Es war eine Stimmung, wie sie Noah erlebt haben musste, als die sintflutartigen Regenfälle endlich geendigt hatten. Nur kamen nun nicht sämtliche Tierarten aus dem Bauch der Arche, sondern zog wie aus dem Nichts ein gigantischer Schwarm graugrüner Wildgänse vorüber. So etwas hatte von den Anwesenden noch keiner je erlebt. Sogar die Sargträger und Ministranten konnten ihren Blick davon kaum lösen. Tausende Tiere zogen laut schnatternd durch den

Himmel und übertönten die Stimme des Pfarrers, der gerade von Klarheit und Vernunft sprach. Bestimmt hielten nicht wenige der Trauergäste dieses Naturschauspiel für einen letzten Abschiedsgruß Wenningers.

Vierzig Minuten und eine Taxifahrt mit beschlagenen Fenstern später stand Groschen im Gerichtsmedizinischen Institut. Bangerl, dessen graue Haare heute zerzauster als sonst wirkten, zerschnitt gerade eine Leiche. Als er Groschen sah, ließ er davon ab und sagte, er wollte ihn schon längst erreichen, aber der Feiertag, die schönen Herbsttage, und dann war auch noch sein Handy in der Waschmaschine gelandet, weswegen er erst jetzt dazu gekommen war ... Sie redeten über Fußball und Gartenarbeit, über Nüsse und Quitten, Schnäpse und Marmelade, bevor ihm der Pathologe ein Röntgenbild zeigte, auf dem nicht viel mehr als ein Schädel zu erkennen war.

– Stanek, erklärte Bangerl, ist erschlagen worden. Draufgekommen bin ich durch einen wackelnden Vorderzahn.

– Wie? Groschen sah ihn mit großen Augen an. Was folgte, war eine ausführliche Erklärung, bei der sich der Mediziner zwar bemühte, nicht zu viele Fachtermini zu verwenden, was ihm aber nicht immer gelang. Ständig war von Impressionsfraktur und spitzer Gewalteinwirkung die Rede, von Liquor cerebrospinalis im Rachenraum, otobasaler Fraktur, Schädelkalotte, Terrassenbruch. Verkürzt gesagt, wurden an Staneks Schädel zwei Verletzungen festgestellt. Die zweite rührte vom Schuss in den Mund. Vermutlich ein großkalibriges Gewehr, wie man es für die Jagd benützt.

Ja, brummte Groschen. So eines hatte Stanek in der Hand gehabt.

– Diverse Trümmerbrüche waren das Ergebnis. Wenn man sich aber die Mühe macht, all die Splitter zusammenzufügen, merkt man, es gab eine erste Verletzung, Frakturen, die von einer Krafteinwirkung herrühren, die in entgegengesetzter Richtung stattgefunden haben muss. Hier. Bangerl zeigte ein paar Aufnahmen von Knochensplittern, poröse und glatte Bruchstellen. Völlig unterschiedliche Strukturen. Jetzt hielt er dem Kommissar Fotos vom toten Stanek hin. Abschürfungen im Mundinnenraum, ein lockerer Vorderzahn. Im Hirn und an der Kopfhaut wird diese Vermutung bestätigt. Und da Groschen immer noch nicht verstand, präzisierte Bangerl: Sie können alle gerichtsmedizinischen Archive durchgehen, aber ich bin mir sicher, niemand, der sich erschießt, schlägt sich dabei selbst fast einen Zahn aus. Leute, die Selbstmord begehen, sind mehr oder weniger zimperlich, gehen mit ihrer Waffe meist sehr sorgsam um. Niemand fügt sich eine Verletzung im Mundinnenraum zu.

– Von der Gewalt des Schusses kann das nicht kommen?

– Nein. Nicht so.

Das Gewehr wurde ihm gewaltsam in den Mund gestoßen, weil er schon tot gewesen ist. Tot?, werden Sie fragen. Tot, sage ich, die Überprüfung der Frakturen an der Schädelkalotte hat das ebenso bestätigt wie das kleine Hämatom, die Kunde ist mit einem spitzen Gegenstand, wahrscheinlich einem Maurerhammer oder einer Spitzhacke, erschlagen worden. Die Schussverletzung wurde ihm erst später zugefügt.

– Sicher? Groschen schob die unappetitlichen Aufnahmen beiseite.

Bangerl nickte. Sein Amt isolierte ihn von der übrigen Welt. Mit seinen Leichen lebte er wie auf einer Insel in einem Transitraum zwischen Leben und Tod.

– Erschlagen also? Groschen war kurz irritiert, dann war ihm, als schnappten alle Zahnräder seiner Geschichte ineinander. Noch vor wenigen Stunden war er der Besiegte gewesen, hatte er den Hebel der Mechanik verloren gehabt, war alles erstarrt und verkeilt gewesen. Und nun? Plötzlich kam Bewegung in eine Sache, die sich tagelang nicht gerührt hatte. Mit einem Mal rührte sich etwas, wusste er Bescheid. Alles, was ihm Unwohlsein bereitet hatte, fügte sich, alles, was ihm schwer gewesen war, bekam nun eine ungeahnte Leichtigkeit, alles, was er nicht verstanden hatte, war ihm plötzlich klar. Er rief den feisten Untersuchungsrichter an und bat ihn, einen Haftbefehl auszustellen. Answer Döblinger wollte davon nichts wissen und bat Groschen nachdrücklich, doch endlich die Finger von diesem unsäglichen Fall zu lassen. Das entwickelt sich ja, sagte er, zu einer Sportschau des Grauens, aber für die Polizei. Wer soll denn das verantworten? Als der Kommissar aber mit der Presse drohte, gab der Untersuchungsrichter nach. Außerdem wurden Martin und Gordon in die Proschkogasse bestellt. Aber erst in einer Stunde! Bis dahin wollte der Kommissar mit dem Doppelmörder allein sein.

Er verabschiedete sich von Bangerl, verließ das Gerichtsmedizinische Institut und stieg in die gerade vorbeifahrende Straßenbahn. Drinnen dampfte es. Die Fenster waren beschlagen, und von den Mänteln und Schirmen flossen kleine Rinnsale. Groschen beobachtete Tropfen, die, vom Fahrtwind angetrieben, das Fensterglas hinunterliefen. Es stach ihm etwas in die Nase, der Geruch von feuchten Hunden. Puh, schoss ihm ein Spruch Zakravskys durch den Kopf, hier hinkts nach Stund. Tatsächlich saßen da zwei Schoßhunde, hässliche Pekinesen, der eine trug Burberry, der andere ein rotes Schottenmuster. Dahinter war noch so ein langhaariges Ungeheuer mit heraushängender Zunge. Ein Barsoi. Der Kommissar versuchte flach zu atmen, wie er es auch im Gerichtsmedizinischen Institut getan hatte, um nicht zu viel Leichen-Formaldehyd schlucken zu müssen. Er wischte das beschlagene Fenster ab und sah, wie draußen ein Radfahrer mit einem Zelt-Anhänger fuhr, in dem sich entweder ein Hund oder ein Kleinkind befand. Es gibt Leute in Wien, sicher nicht die dümmsten, die glauben, Hunde werden hier mehr geliebt als Kinder, aber darüber wollte der Kommissar jetzt nicht weiter nachdenken.

Und wie ihm gerade der Satz einer Verkäuferin einfiel, die allen Ernstes gesagt hatte, sie hätte kein Verständnis für die Tierversuche, man solle doch endlich die armen Hunderl und Katzerl in Ruhe lassen, weil wenn schon experimentiert werden müsse, gäbe es schließlich genügend Häftlinge in den Gefängnissen … wie ihm also diese spezielle Form des Goldenen Wiener Herzens durch den Kopf ging, war es plötzlich wieder da. Eine Weile hatte es Ruhe gegeben, aber jetzt hatte es ihn wieder, das Gefühl des Beobachtetwerdens. Groschen sah sich um, aber da waren nur unbekannte Gesichter. Studenten, Schülerinnen, Touristen, Ausländer. Kein von ihm inhaftierter Verbrecher, kein Verdächtiger. Niemand, der mit dem Fall Wenninger, der jetzt auch zu einem Fall Stanek geworden war, zu tun hatte.

Bei der Universität stieg er aus und ging durch das sogenannte Jonas-Reindl zur U2, mit der er bis zum Karlsplatz fuhr. Diese U-Bahnlinie war ihm immer schon die sympathischste gewesen. Als er vor beinahe dreißig Jahren nach Wien gekommen war, hatte sie nur sieben Stationen gehabt und war damit die kürzeste Linie der Stadt gewesen. Heute fuhr sie weit hinaus, bis nach Aspern, von wo aus man mit der Buslinie 26A nach Groß-Enzersdorf, zum Donau-Oder-Kanal und dem Häuschen der Wenningers gelangen konnte. Groschen fuhr in die andere Richtung. Ihm gegenüber saß, das erkannte er sofort, eine Verrückte. Vorquellende Augen, schiefe Zähne und ein Einkaufstrolley voller Gratiszeitungen. Eine jener schrulligen, aber harmlosen Gestalten, wie sie die gärende Großstadt in Unmengen hervorbrachte. Gescheitert, versponnen und einem einzelgängerischen Wesen gleichend, das seine ganze Existenz darauf verwendete zu überleben. Sie führte Selbstgespräche, und Groschen versuchte, nicht in ihren Fokus zu geraten. An der Station Rathaus stieg eine junge Mutter mit einem zehnjährigen Buben ein und setzte sich daneben. Das Kind blutete aus der Nase und wurde von seiner Mutter verarztet. Da war schon die Verrückte zur Stelle und sprach, so laut, dass es der ganze Waggon hören musste:

– Alles ist gut. Es ist nur Nasenblut. Nur Nasenblut. Alles gut. Es gibt sogar Würste, die aus Blut gemacht werden, Blutwürste. Alles ist gut. Angeblich ist Blut auch in der Schokolade. Blutschokolade. Sie hielt inne, rollte die Augen, sah die Mutter bedeutungsschwer an und flüsterte: Manchmal habe ich Visionen. Dann höre ich ein Lied. Und wenn ich später in den Supermarkt gehe, spielen sie genau dieses Lied. Ist das nicht eigenartig? Alles wird gut. Alles gut. Nur Blut. Nur Nasenblut. Wurstblut. Früher, raunte sie nun wieder der Mutter zu, laut genug, dass Groschen es verstand, früher, als die Leute arm waren und sich keine Monatsbinden leisten konnten, hat man sich während der Regel Brot hineingesteckt. Blutbrot. Und Schweinedärme verwendete man als Kondome.

Bevor die junge Frau reagieren konnte, stieg die Verrückte aus. Das Taschentuch wurde gewechselt, Groschen kamen die österreichischen Blutkünstler in den Sinn, Schwarzkogler, Nitsch und Muehl. An einen seiner allerersten Einsätze als Streifenpolizist musste er denken, bei dem er zum Unfall eines Blutklärschlamm-Transporters gerufen wurde, dem die ganze Ladung, ein Gemisch aus Schlachthofblut und Dreck, ausgelaufen war, was so entsetzlich nach Verwesung roch, dass er den ätzend modrigen Geruch tagelang nicht mehr aus der Nase bekam. Und war nicht auch die österreichische

Fahne ein blutiges Leintuch? War also dieses ganze Österreich ein Blutland? Österreicher die neuen Blutsuppe schlürfenden Spartaner? Weise wie die Athener waren sie jedenfalls nicht. Solche Gedanken durchzuckten den Kommissar wie die sich drehenden Räder eines Glücksspielautomaten, der am Ende drei gleiche Bilder zeigte: Blutwürste. Vielleicht, durchfuhr es Groschen, konnte er sich nach der Verhaftung des Mörders eine solche genehmigen.

Und als er sich eine knusprig abgebratene Wurst mit Sauerkraut und Kartoffelschmarren vorstellte, hörte er die Mutter sagen, so eine blutige Nase sei der Preis des Sports. Und wenn er, Leon, so hieß der Bub, Profisportler werden wolle, müsse er das in Kauf nehmen. Dafür halte Sport von Drogen fern und sei gesund. Wer viel Sport treibe, habe einen wachen Geist.

Da wandte sich ein junger Mann, Baskenmütze und Zeichenmappe wiesen ihn als Kunststudenten aus, an die Mutter und sagte:

– So? Sport soll gesund sein? Und was ist mit Doping? Wissen Sie, wer die Verrückte war? Ilona Gleichweit. Mehrfache österreichische Meisterin im Hochsprung. Wenn Sie Ihrem Kind was Gutes tun wollen, halten Sie es fern von jedem Sport. Sport ist lebensgefährlich.

Die Mutter war völlig verdattert, der Kommissar sagte nichts. Nur der Knabe meinte:

– Heißt das, ich muss morgen nicht zum Training?

Am Karlsplatz wechselte Groschen in die U4, in der eine merkwürdige Unruhe herrschte. Zwei nervöse Junkies fühlten sich von der, wie sie sie nannten, Heh, Kieberei oder Polente verfolgt. Ständig kamen Dealer, kleine Schwarze, die von den Süchtigen, die sich nicht mehr recht unter Kontrolle hatten, lautstark und unter Verwendung derber Schimpfwörter verjagt wurden. Groschen, der ein Faible für Schwächen hatte und selbst ein Suchtmensch war, sah interessiert zu. Solange sie niemanden umbrachten, fielen sie nicht in sein Ressort. Die Süchtigen sahen ihn genauso skeptisch an wie all die anderen Passagiere. Aber wer hätte in dem 45-jährigen mit dem Kinnbärtchen und der Hornbrille im weichen Gesicht schon einen Kriminalkommissar vermutet? Viel eher glich er einem Künstler oder einem Gastronomen.

Bei der Station Pilgramgasse stieg er aus, merkte, dass er seinen Schirm irgendwo »angebaut« hatte, nahm ein paar U-Bahn-Zeitungen, um sie sich über den Kopf zu halten, spürte wieder, wie die fremden Blicke an ihm hafteten, und rannte los. Vorbei an einem Kebabstand, an der Rosa Lila Villa und einer Tankstelle. Die Blicke, das spürte er, waren hinter ihm her.

In der Proschkogasse erschrak er. Das schmutzig graue Haus, in dem zwei Morde geschehen waren, war eingerüstet. Ein grünes Netz bedeckte es. Darunter war das Baugerüst hochgezogen worden. Handwerker verluden Bretter und Eisenstangen, an denen Mörtel klebte. Wäre dieses Gerüst vor einer Woche schon gestanden, geriet der Kommissar kurz ins Grübeln, Edgar Wenninger würde noch leben.

Beim Haus gegenüber standen zwei Mülltonnen vor der Tür. Groschen, ohne viel zu überlegen, kauerte sich dahinter, wartete. Es dauerte nicht lange, bis er Schritte hörte, Schritte, die angerannt kamen, abbremsten, bald unruhig hin und her gingen. Er versuchte zwischen den Tonnen hindurchzuspähen, konnte aber nichts erkennen. Als die Schritte nahe waren, nahm eine unerklärliche Spannung von ihm Besitz, dann sprang er auf, stürzte sich auf die dunkle Gestalt, kriegte sie zu fassen, bekam einen Ellbogen ins Gesicht, erwischte einen Arm, drehte ihn nach hinten, griff nach dem Kopf, drückte ihn. Jetzt erst sah er, was für ein Früchtchen er da eigentlich gefangen hatte, einen pubertierenden Buben mit zwei, drei Haaren und etwas Akne im Gesicht. Turnschuhe, Jeans und Sweater, ziemlich durchnässt. Der Kommissar hatte dieses Bürschchen noch nie gesehen.

– Jetzt heraus damit. Warum verfolgst du mich?, brüllte er ihn an.

– Weil. Ich. Der Junge stammelte.

– Wer hat dich engagiert? Für wen arbeitest du?

– Ich, weil … Der Knabe sah ihn mit großen Augen an. Er machte den Eindruck, als fielen ihm vor Angst gleich die Gedärme aus dem Leib.

– Ist es Schmierer? Hallux? Oder Tulipan? Frau Wenninger? Oder die Versicherung? Wer?

– Ich. Ehrlich. Also.

– Für wen du arbeitest, will ich wissen, drückte der Kommissar nun seinen Arm nach oben, sodass der Bub schmerzhaft das Gesicht verzog.

– Au. Für niemanden.

– Das soll ich glauben? Und warum schleichst du mir dann nach? Seit Tagen!

– Weil. Ich.

– Wie heißt du?

– Ah. Horowitz … Adam.

– Dann gestehe endlich, Adam Horowitz, warum verfolgst du mich?

– Ich. Ich. Bitte.

Es folgten ein paar unverständliche Laute. Groschen verstand nur Portier, aber das reichte, um den Jungen augenblicklich loszulassen. Der Portier im Hauptquartier der Kriminalpolizei hieß Horowitz. Und jetzt wusste Groschen auch wieder, dass er diesen Knaben schon ein paar Mal in der Portiersloge gesehen hatte.

– Dann bist du der Sohn des Portiers?

– Ja. Ja doch. Der Bub rang nach Luft.

– Aber warum schleichst du mir nach? Warum verfolgst du mich?

– Weil … weil ich Sie bewundere. Weil ich werden will wie Sie.

– Was?

– Es ist nämlich so, sagte der schnaufende Junge, ich will auch einmal … Kriminalkommissar werden … oder Detektiv … und da dachte ich … am meisten kann ich lernen, wenn ich sehe, wie Sie … das so machen … wie Sie arbeiten.

Da musste Groschen lachen. Es schüttelte und krümmte ihn geradezu. Das also war sein Schatten, der ihm seit über einer Woche folgte. Das also war die Bedrohung, die ihm seit Tagen auf den Fersen war. Dieses Bürschchen? Der Portierssohn. Er klopfte dem Adam Horowitz auf die Schulter und versprach ihm, ihn bei seiner nächsten Untersuchung mitzunehmen. Aber jetzt solle er nach Hause gehen und sich um seine Schularbeiten kümmern. Immerhin arbeitete sein Vater für eben diese Schulbildung, und er wäre bestimmt ziemlich enttäuscht, wenn er erführe, dass sein Sohn durch die Stadt strich, anstatt zur Schule zu gehen. Der Bub hatte einen krebsroten Kopf und sah schuldbewusst zu Boden.

– Aber eines muss ich sagen, griff ihm der Kommissar ans Kinn, hob seinen Kopf und sah ihm in die Augen, das mit der Beschattung hast du ziemlich gut hinbekommen.

– Danke. Ich. Adam Horowitz unterdrückte ein stolzes Lächeln, verbeugte sich und schlich davon. Kurz bevor er um die Ecke verschwand, drehte er sich noch einmal um, um sich zu vergewissern, ob das Versprechen auch ernst gemeint war.

– Aber sicher, zeigte ihm Groschen einen nach oben gerichteten Daumen. Beim nächsten Mal bist du dabei. Dann wandte er sich dem eingerüsteten Haus zu, von dem er wusste, dass es die Lösung seines Falls beinhaltete. Jetzt ist es gleich so weit, schrie ein großer Teil in ihm. Warte ab, widersprach die Minderheit, freu dich nicht zu früh. Die Tür stand offen, Groschen ging hinein. Es roch nach Baustelle, nach Zement und Ziegelstaub.

Im Stiegenhaus kam ihm wer entgegen. Ein Arbeiter? Nein, ein bekanntes Gesicht. Kleine dunkle Augen mit buschigen Brauen, eine leicht schiefe Nase, Grübchen um den Mund. Das alles unter einem breitkrempigen schwarzen Hut mit Lederband und Feder. Für einen Augenblick war es das Gesicht des Mörders. Dann sah er darin mehrere Fälle der Vergangenheit, Kindermörder, Erpresser, Einbrecher. Es dauerte etwas, bis Groschen dieses schelmische Antlitz zuordnen konnte, dann erkannte er Fips. Der Kommissar war wie vom Schlag getroffen. Fips, er wusste gar nicht, wie der sonst noch hieß, war Groschens allererste Bekanntschaft in Wien gewesen. Mit ihm hatte er nach dem Schulabschluss die paar Monate verbracht, bis sich sein Berufsweg klarer abzuzeichnen begann. Fips. Beinahe dreißig Jahre war das her. Dieser kleine Bursche mit der eingedrückten Nase hatte ihm Wien gezeigt und es gleichzeitig verstanden, auf seine Kosten gut zu leben. Fips war ein Schwadroneur, ein Geschichtenerfinder und begnadeter Schnorrer. Nie hatte er Geld gehabt, nie Zigaretten. Dafür hatte er dem jungen Groschen Nachtlokale gezeigt, von denen andere Maturanten nicht einmal zu träumen wagten. Beiseln, in denen man noch am frühen Morgen etwas zu essen bekam, was in Wien damals nicht einfach war. Das Schmauswaberl fiel ihm ein, auf der Wienzeile, gar nicht weit von hier. Dann gab es das Ritz, das Miau und das Dukat, wo sich die Nutten trafen, wenn sie Sperrstunde hatten. Fips war einer von denen, die alles kannten. Zuhälter, Barbesitzer, Künstler. Fips war einer, der immer wusste, wo und bei wem es was zu holen gab.

Damals hatte er lange, zu kleinen Zöpfchen geflochtene Haare gehabt und lebte vom Verkauf von Trommeln, afrikanischen Djemben, weil er kurz mit einer Senegalesin verheiratet gewesen war. Außerdem dealte er mit Haschisch, Gras und LSD, konsumierte das meiste davon aber selbst. Er war das Gegenteil von Groschen gewesen, fatalistisch, unstet, nicht an morgen denkend – vielleicht hatte er ihn deshalb fasziniert? Immer eingeraucht. Immer auf der Suche nach dem nächsten Kick. Auch er war älter geworden. Jetzt trug er ein weites afrikanisches Hemd, das den Bauchansatz halbwegs kaschierte, und ein ausgeleiertes dunkles Sakko. Die schwarzen Haare waren ihm, das war trotz des Huts zu sehen, ausgegangen. Die Reste waren grau. Dafür hatte sich um das Kinn ein Fleischwulst gebildet, und auch die Falten unter den Augen waren tiefer geworden.

– Faltl, sagte er mit brüchiger Stimme und umarmte ihn. Er roch nach kaltem Rauch.

Groschen war überrascht, dass er sich an seinen Namen erinnerte, immerhin war es damals wegen der vielen Drogen immer wieder zu Aussetzern gekommen. Irgendwann, als Fips begonnen hatte, sich in einen Indianer zu verwandeln, nur noch mit Federschmuck rumlief und in einem illegal im Burggarten aufgestellten Tipi nächtigte, war es Groschen zu viel geworden, hatten sie sich aus den Augen verloren und nie mehr gesehen.

– Wie geht's dir, Faltl? Was machst du?

– Ich. Ich bin bei der Polizei, sagte Groschen leicht beschämt und merkte, wie Fips die Kinnlade herunterfiel. Wahrscheinlich irrlichterten kurz alle Drogendepots durch seinen Kopf.

– Mordkommission, ergänzte der Kommissar und sah, wie sich Fips' Gesicht sofort entspannte, wie er diese neue Situation gleich zu seinen Gunsten nutzen wollte.

– Faltl, packte er ihn am Handgelenk und blickte ihm eindringlich in die Augen. Kannst du mir aushelfen. Mir läuft's gerade nicht. Er hatte sich kein bisschen geändert. Und da Groschen nicht reagierte, ergänzte er:

– Aber nächste Woche habe ich ein Trommelseminar im Waldviertel.

– Immer noch Trommeln?

– Das läuft großartig. Die Hausfrauen wollen das. Geschiedene! Er formte Daumen und Zeigefinger zu einem Kreis, als wollte er ein besonders schmackhaftes Gericht loben. Und Groschen konnte sich förmlich ausmalen, wie er diesen destabilisierten Wesen das Geld aus der Tasche zog. Wahrscheinlich nannte er seine »Seminare« auch noch »Trommle dich frei« oder »Trommle deine Gespenster weg«.

– Ich habe da einen wunderschönen alten Bauernhof in der Nähe von Litschau, schnalzte Fips mit der Zunge. Die Besitzer haben eine Ufo-Landebahn gebaut, mit EU-Mitteln, und von dem, was übrig geblieben ist, haben sie eine Hanfplantage errichtet ...

– Ich habe es ziemlich eilig, drückte Groschen dieser Erscheinung aus längst vergangenen Zeiten einen Zwanziger in die Hand. Umarmte ihn wie früher und ließ ihn stehen. Das heißt, er wollte ihn stehenlassen, aber Fips war immer noch so hartnäckig wie früher. Hatte er erst einmal den kleinen Finger, biss er gleich in die ganze Hand. Er krallte sich fest, besah den Zwanziger kritisch, erzählte von seinen unehelichen Kindern, von der drohenden Delogierung und dem Reichtum, der ihn erwartete, wenn er nur die nächsten Wochen halbwegs überstand. Es war noch immer die gleiche Masche, und Groschen hatte nach wie vor kein Mittel dagegen. Er gab ihm also noch einen Fünfziger und blickte ihn scharf an, als wollte er sagen, das muss reichen. Doch Fips reichte es lange nicht. Jetzt erzählte er, ohne sich für das Geld zu bedanken, von seiner kranken Mutter, die, Groschen wusste es genau, bereits vor siebenundzwanzig Jahren beerdigt worden war. Er konnte sie nur besuchen, wenn er die Mechanikerrechnung für sein Auto beglich, die aber mindestens 150 ausmachte, außerdem war da noch eine Verwaltungsstrafe, brauchte er Medikamente …

– Hier, jetzt reicht es, gab ihm Groschen einen Hunderter und ließ ihn stehen. Er war schon im Lift und drückte auf den Messingknopf, als er Fips noch immer lamentieren hörte. Manche Menschen ändern sich nie, seufzte Groschen und hoffte, diesem Kerl so bald nicht mehr über den Weg zu laufen.

Im dreieinhalbten Stock atmete er tief durch, streifte sich allen Fips aus dem Gewand, ging die Treppe in den vierten Stock hinauf und bedauerte, die Dienstwaffe nicht bei sich zu haben. Er sah die Stanek-Wohnung, amtlich versiegelt. Daneben das mit Kocherscheit bezeichnete ehemalige Dopinglabor. Aber diese beiden Türen interessierten ihn nicht. Er wandte sich der dritten zu, die sich durch nichts von den beiden anderen unterschied. Derselbe schmucklose Messinggriff, dasselbe Eichenfurnier. Er sah den Namenszug, drückte den Klingelknopf. Nach wenigen Augenblicken waren Schritte zu vernehmen, dann wurde geöffnet, und ein Lächeln blinkte ihm entgegen. Ein Lächeln mit einer großen Lücke zwischen den Vorderzähnen.

– Ich habe Sie eher erwartet, sagte der rothaarige Darius Engel und bat den Kommissar in seine Wohnung. Er musste sich seit der Beerdigung umgezogen haben. Jetzt trug er einen selbstgestrickten Pullover und eine ausgebeulte sandfarbene Samthose. Filzpantoffeln. Sein Gesicht war stark gerötet, so als ob er einen Hautausschlag hätte, außerdem humpelte er, hatte einen leichten Buckel und müde Augen mit roten Rändern. Er sah mitgenommen aus, wie jemand, der nächtelang nicht geschlafen hat. Seine gelockten Haare waren ungekämmt und um eine Spur zu lang, die Lippen aufgebissen. Zudem roch er nach billigem Duschgel, wie es Pubertierende benützten.

– Bitte verzeihen Sie die Unordnung, aber wir bekommen nicht oft Besuch.

– Ich bitte Sie. Groschen sprach mit monotoner, gelangweilter Stimme, dabei war er aufgewühlt, wusste, die ganze Wahrheit verbarg sich hier in dieser Wohnung.

Engel ging voraus, und Groschen folgte dem gedrungenen kleinen Mann.

Im Flur lag ein weinroter Läufer, auf dem allerlei Schuhe standen. Sah man genauer hin, merkte man, alle rechten Schuhe waren Sonderanfertigungen – breiterer Leisten, Absatz. In der Wohnung hing ein seltsamer Geruch, wie ihn Groschen sonst nur von alten Menschen kannte – eine Mischung aus Urin, Mottenpulver, Magensäure und Medikamenten.

– Wer ist es denn?, kam plötzlich eine feste Stimme aus einem der Zimmer.

– Niemand, Mamsch, sagte Engel. Niemand. Er öffnete eine Glastür und säuselte:

– Mach dir keine Sorgen, Mamsch. Alles in Ordnung.

Im Flur hing ein gerahmtes Schwarzweißfoto, das eine junge Mutter mit einem etwa fünfjährigen Knaben zeigte. War das Darius Engel mit seiner Mamsch? Sie hatte ein hübsches, fein gezeichnetes Gesicht, und ihre großen, leicht traurigen Augen schienen erstaunt in die Kamera zu blicken. Hängende Lider, einen kleinen Mund mit schmalen Lippen. Kräftige, knöcherne Hände mit erstaunlich eckigen Fingern, die den verschreckten Buben fest umfassten, ja sich geradezu an ihn klammerten. Daneben war ein Bild des jungen Darius. Von den Farben her zu schließen, musste diese Fotografie zehn, fünfzehn Jahre alt sein. Damals hatte er noch ein schmales Gesicht gehabt, auf dem die ausgeprägten Falten und das Doppelkinn der Gegenwart bestenfalls zu erahnen waren.

Der Wohnungsinhaber kratze sich am Bart, wandte sich zu Groschen und fragte scheinheilig:

– Gar nicht beim Konduktessen? Mögen Sie kein Rindfleisch? Und nachdem der Kommissar nur mit den Achseln gezuckt hatte, setzte er fort mit:

– Glauben Sie auch an Selbstmord? Oder war es ein Unfall?

– Es war Mord, sagte Groschen mit gleichgültiger Miene.

– Nein! Darius Engels Stimme war jetzt so schrill wie die eines Transvestiten. Und der Mörder? Läuft der etwa noch frei herum?

– Wie Sie sehen, brummte Groschen.

Engel zuckte bei dieser Anspielung mit keiner Wimper, aber für einen Moment gefror seine Miene, wurde eisig, als wollte er die ganze Stadt einfrieren. Dann fing er sich wieder, lächelte verlegen.

Da es sich um ein Eckhaus handelte, war Engels Wohnung deutlich größer als die von Stanek und Kocherscheit zusammen. Der Rotschopf mit dem seltsamen, irgendwie an eine Dampflokomotive erinnernden Gang, rund und doch exzentrisch, er mochte einen Kopf kleiner sein als Groschen, geleitete den Kommissar in eine Art Wohnzimmer. Bunte Tapete mit großen roten Kreisen, wie sie vor vierzig Jahren modern gewesen war. Zeitgemäße Einbaumöbel, sachlich, unbarmherzig.

– Bitte, nehmen Sie Platz, wies er ihm einen Stuhl und nahm zwei Flaschen Bier, die auf einer Ablage bereitstanden.

– Das mögen Sie doch?

Groschen widersprach nicht. Ein Bier, das war es tatsächlich, worauf er jetzt Lust hatte – schon allein, um sich zu beruhigen. Mit einer gewissen Vorfreude nahm er Flasche und

Glas entgegen. Es war erst ein Uhr mittags, trotzdem war es im Zimmer dämmerig. Seit man auf Winterzeit umgestellt hatte, war es um vier Uhr nachmittags stockdunkel. Aber das allein konnte es nicht sein, das feinmaschige Netz vor dem Baugerüst tat ein Übriges. Der Kommissar blickte sehnsüchtig zum Lichtschalter, wagte aber nicht, das Thema anzusprechen. Vielleicht brauchte der andere den Schutz des Halbdunkels, um seine Seele zu erleichtern.

– Sie wissen, weshalb ich hier bin?

– Um mich festzunehmen, lächelte Engel. Sein Eulengesicht wirkte hölzern, wie geschnitzt. Ich hätte nicht zur Beerdigung gehen dürfen. Richtig?

– Mir ist erst später eingefallen, dass Sie gar nicht Wenningers Nachbar waren, weil Wenninger ja nicht hier gewohnt hat. Aber die Teilnahme an einer Beerdigung ist nicht strafbar. Der Kommissar stand auf und ging zu dem beschlagenen Fenster, das Staneks Wohnung am nächsten lag, öffnete es und sah hinaus. Das Baugerüst versperrte ihm die Sicht. Es regnete noch immer, der Himmel hinter dem Baunetz war matt und grau. Als sich Groschen wieder umdrehte, sah er, wie Engel eine Fliegenfischerangel in der Hand hielt.

– Ihr Hobby?

– Ich komme kaum dazu, legte Engel das Gerät auf einen Schrank. Die Art und Weise, wie er das tat, zeigte, er liebte seine Angel.

Der Kommissar erinnerte sich, in der Garderobe eine flaschengrüne Gummihose gesehen zu haben. Aus irgendeinem Grund, über den er noch nie nachgedacht hatte, mochte er Fischer genauso wenig wie Jäger. Vielleicht, weil sie töteten und das als Sport betrachteten? Er ließ sich wieder in den Stuhl fallen, schenkte sich Bier ein und prostete dem Doppelmörder zu, der das erwiderte. Beide tranken.

– Haben Sie gar keine Angst?, setzte sich nun auch Engel

in einen Lehnstuhl, streifte seine Hauspatschen ab und lächelte. Eine eigentümliche Ruhe ging von ihm aus, aber seine Augen waren nervös und kalt, als er sagte:

– Sie müssen zugeben, es handelt sich um raffinierte Morde. Sie wissen doch noch immer nicht, wie ich sie begangen habe.

Groschen lächelte und dachte, so raffiniert nun auch wieder nicht, sonst hätte es länger als eine Woche gedauert, um dir auf die Spur zu kommen. Er sah sich im Zimmer um. Der Charme des Puritanischen. Einfache Möbel aus einem Einrichtungshaus, Stilrichtung spätes Resopal, kein Nippes, nichts Überflüssiges. Irgendwie machte alles den Eindruck, als wäre hier erst vor kurzem gründlich aufgeräumt worden. An den Wänden sah man, sobald sich die Augen an das Dämmerlicht gewöhnt hatten, Reste von Klebeband. Verschiedene Schattierungen der Tapete zeigten, hier hingen einmal Bilder.

– War alles voll mit Postern, bemerkte Engel den Blick des Kommissars. Wollen Sie wissen, was darauf zu sehen war? Der da, Engel stand auf, öffnete eine kleine Bar und zeigte das in den beleuchteten Spiegel eingravierte Bild Wenningers. Groschen war etwas geblendet.

– Das Wiener Wunder, lachte Engel höhnisch. Ich war sein allergrößter Fan, ein Wenninger-Aficionado. Hier war bis vor kurzem alles voll mit Wenninger-Devotionalien. Bilder, Büsten, Laufschuhe, Startnummern. Ich hatte einfach alles. Ich habe ihn geliebt.

Die nervöse Spannung Engels, das spürte Groschen, war so groß, dass er fast sein Bierglas zerdrückte. Auf seinem Hals bildeten sich große rote Flecken, Landkarten der Nervosität.

– Dann sind Sie also ein enttäuschter Anhänger? Aber entschuldigt das einen Mord?

– Mord? Pha. Ist Ihnen aufgefallen, dass ich humple? Natürlich, Sie sind ja ein scharfsinniger Beobachter. Klumpfuß seit der Geburt. Gips, Medikamente, Untersuchungen, Therapien. Wahrscheinlich war meine Liebe zu dem Läufer eine Art Kompensation. Weiß gar nicht mehr, wie es begonnen hat, weil ich da langsam hineingekippt bin in dieses Leben, das ich selbst leben wollte, aber nicht leben konnte. Edgar Wenninger, das Wiener Wunder, drehte Engel die Augen nach oben. Bald bin ich zu all seinen Wettkämpfen gefahren, habe Alben mit Zeitungsausschnitten angelegt, Interviews aufgezeichnet. Habe mich so stark mit ihm identifiziert, war mehr in seinem Leben als in meinem eigenen. Verstehen Sie das? Bedingungslose Liebe? Absolute Hingabe. Nein, Sie verstehen das nicht? Egal. Da merke ich auf einmal, der geht in der Nachbarwohnung ein und aus. Ich denk, mich trifft der Schlag. Habe mich natürlich nicht getraut, ihn anzusprechen, aber ich habe ihn beobachtet. Darius Engel sprach bedächtig, als müsse er jedes Wort aus den Tiefen seines Körpers holen. Und doch wirkte es so, als ob er sich die Sätze schon zurechtgelegt und mehrmals vorgesagt hätte. Sein großes Eulengesicht war von Sommersprossen übersät. Zwischen den beiden Vorderzähnen klaffte ein enormes Loch, das ihm etwas Lausbübisches verlieh, was Groschen schon von Wenninger kannte. Vielleicht hatte er sich deshalb mit dem Sportler identifiziert? Große, aber unnatürlich glänzende Augen, wie sie Menschen haben, die gerade von einem Schicksalsschlag getroffen worden sind. Sein rotbraunes Haar war fettig, außerdem war sein Dreitagebart am Kinn schon etwas angegraut.

– Ich und meine Mamsch bekommen eine kleine Pension, fuhr Engel fort. Außerdem erstelle ich Kreuzworträtsel und Sudokus für Zeitungen, aber die zahlen nicht besonders gut. Mein ganzes Vermögen ist in die Wenninger-Leidenschaft geflossen. Wissen Sie, was das heißt, Fan zu sein? Ein Leben zu leben, das nicht das eigene ist? Mein Idol ist in der Nachbarwohnung ein und aus gegangen, und ich hätte wissen können, was da vor sich geht, aber ich wollte es nicht wissen, wollte es nicht sehen. Wussten Sie, dass in Österreich das Tausendfünfhundertfache an Wachstumshormonen verkauft wird, als medizinisch notwendig ist? Oder wie viele Anabolika importiert werden? Ich wollte an den sauberen Sport glauben, an das Wunder von Wien, an Wenninger, den Außerirdischen, das Ausnahmetalent, den Jahrhundertläufer. Bis es zu spät war. Bis das Gegenteil bewiesen war. Engel sprach noch immer sorgsam, und doch lag eine Aufregung in seiner Stimme. Groschen kannte das, für einen Mörder waren das Geständnis und die Gerichtsverhandlung große Auftritte, Höhepunkte, von denen sie sich so etwas wie Verständnis und Vergebung erhofften.

– Auch nach dem Bekanntwerden der positiven Proben, fuhr Engel fort, glaubte ich seinen Ausreden, verunreinigte Nahrungsergänzungsmittel, Laborfehler, Verschwörung – alles erschien mir glaubhafter als eine unerklärliche Leistungssteigerung. Sogar als er es selbst zugab, konnte ich das nicht akzeptieren, hielt es für eine Notlüge, dachte an Gehirnwäsche, Manipulation. Aber irgendwann war sogar mir klar: Edgar Wenninger hat gedopt! Vorsätzlich! Professionell! Können Sie sich vorstellen, wie geschockt ich war? Mein Idol ein Betrüger? Mein Star ein unbedeutendes Licht? Seine Rekorde ungültig, erschwindelt? Eine Welt brach für mich zusammen. Meine Welt.

– Und deshalb haben Sie ihn umgebracht? Groschen nahm einen Schluck Bier und fixierte Engel. Er spürte instinktiv, die Intelligenz seines Gegenübers war bemerkenswert, vor allem aber hatte dieser Engel einen untrüglichen Sinn für menschliche Schwächen. Dem genügten ein paar

Minuten, um den wunden Punkt eines Menschen zu erkennen – und er hatte auch die Nerven und die Abgebrühtheit, um darin rumzustochern. Genau die richtigen Voraussetzungen für einen ausgeklügelten Mordplan.

– Alle Liebe schlug nun um in … Aber nein. Nein. Ich bin ein guter Mensch. Engel lächelte wie ein Schachspieler, bevor er zu einem überlegten Zug ansetzt.

– Zu dem Schock kam etwas hinzu. Ich erfuhr die Ursache meines Klumpfußes, die Ursache meines Außenseitertums, warum man mich gehänselt hat, warum ich drei Jahre lang eine Fußspange tragen musste und trotzdem nicht richtig gehen kann. Aufgewachsen bin ich in Meuselwitz im Osten Deutschlands. Sie kennen sicher diese sächsischen Sprüche, er schob sein Unterkiefer vor und sagte: »Gänsefleisch im Vorratskeller« für »Können Sie vielleicht im Fahrradkeller« … »Regenwürmer kriechen« statt »Regen werden wir kriegen« … oder ein Koitus auf Sächsisch? Fertsch. Engel lächelte gezwungen. Ein paar Reste kann ich noch, dabei war ich erst zehn, als meine Mutter mit mir geflohen ist. Wenig später ging die Grenze auf. Egal. Meine Mutter, Sie haben sie auf der Straße gesehen, wegen ihr hätte ich Sie beinahe umgerannt. Heute ist sie ziemlich in die Breite gegangen, kann sich ohne Krücken nicht bewegen, Hormonstörung, Gewebeveränderung, Arteriosklerose. Wissen Sie, wie man sie an ihrer letzten Arbeitsstelle genannt hat? Die Zwei-Sessel-Frau, weil sie auf einem einzigen nicht mehr sitzen kann. So etwas muss sie sich sagen lassen. Zwei-Sessel-Frau! Dabei war sie einmal eine begnadete Schwimmerin, keine Olympiasiegerin, keine Weltmeisterin, nur Landesmeisterin, Kurzbahn-Europameisterin, und das mehrfach. Die Olympiaqualifikation hat sie um einen Hauch nicht gepackt. Bei der Weltmeisterschaft gab es andere, die minimal besser waren. Man könnte sagen, lächelte Darius Engel, der Erfolg hat meine Mutter verschont. Groschen fielen seine Hände auf, die lang, zart und von erstaunlicher Blässe waren. Auch seine Finger waren erstaunlich eckig – wie Dominosteine.

– Meine Mutter war ein Teil von Staatsplan 14.25. Flächendeckendes Zwangsdoping. Die Folgen sehen Sie: Kinder mit Missbildungen, Organerkrankungen, Depression. Mit dreizehn wurde ihr Talent entdeckt. Sie kam auf die Kinder- und Jugendsportschule »Wilhelm Pieck« Neubrandenburg. Das war eine Auszeichnung im Arbeiter- und Bauernstaat. Bereits als 14-jährige wurde sie auf Kur geschickt. Testosteron, Nandrolon. Mein Klumpfuß kommt von den anabolen Steroiden, die man ihr zwangsverabreicht hat. Zweimal jährlich Kur. Training und Doping. Pillen vor den Mahlzeiten. So wie wir Flourtabletten bekommen haben, gab's für meine Mamsch Wachstumshormone, Insulin, Mastkälbersubstanzen, Hodenextrakte, Essenzen aus der menschlichen Hirnanhangdrüse – direkt vom großen Bruderstaat. Bewirken, wie man heute weiß, einen verengten Uterus. Eine sogenannte Raumforderungsmissbildung. Klumpfuß! Außerdem denkt man, die Gefühle altern. Man wird zu einer Insel, lässt nichts mehr an sich heran. Arme Mamsch. Engel sprach mit sanfter Stimme und entwaffnender Offenheit.

Groschen aber war schon immer gut in der Rolle des vergebenden Beichtvaters gewesen. Er hatte ein gütiges, mitfühlendes Gesicht, dem man sich gerne anvertraute. Dabei war er mehr wie jemand, der sich an einem guten Fußballspiel erfreut, sog er doch die Worte Engels genussvoll in sich ein, weil sie ihn für seine Arbeit entlohnten, für eine Woche unentwegten Grübelns, Zweifelns und Verwerfens. Freilich achtete er darauf, nicht zu glücklich zu wirken, weil sich der Geständige sonst nicht ernst genommen fühlen könnte. Manchmal streute er ein interessiertes Mhmm oder Aha ein. Dann wieder nickte er nur etwas mit dem Kopf, um den

Doppelmörder in eine behagliche Atmosphäre des Vertrauens zu hüllen.

– Mamsch ist vielleicht fett, aber immer noch hübsch. Finden Sie nicht? Ihre Dickleibigkeit ist die Folge des Zwangsdopings und der daraus resultierenden Fettstoffwechselstörung. Aufgrund der Jahre für den Sport hatte sie keine Ausbildung, und wegen der fehlenden großen Erfolge hat man ihr auch nicht geholfen.

– Mhm, nickte Groschen, was Engel nur bestätigte fortzufahren.

– Wir mussten jahrelang vom Notstand leben. Ich bin das Produkt eines Trainers, der von mir nichts wissen wollte. Für den war ich ein Betriebsunfall. Wenigstens war er bei der Flucht behilflich, der Scheißkerl. Können Sie sich denken, welche Wut in mir aufgestiegen ist, als ich das nach und nach alles erfahren habe?

– Mhm.

– Mamsch hatte mir nie etwas gesagt, aber als sie merkte, wie ich den Wenninger verteidigte, nicht glauben konnte, dass er gedopt hatte, rückte sie nach und nach damit heraus, erzählte mir ihre und damit auch meine Geschichte. Eine Geschichte, die ich besser nie erfahren hätte. Alles ekelte mich an, die ganze Welt empfand ich als Beleidigung.

– Und deshalb haben Sie den Wenninger ermordet?

– Ermordet? Was wissen Sie denn schon? Wenn man hinkt, glauben die Leute, man sei nicht nur körperlich beeinträchtigt, sondern auch plemplem. Glauben Sie, es ist leicht, damit, er klopfte sich auf den Fuß, und damit, er drückte sein Wangenfleisch zusammen, eine Frau zu finden oder einen Arbeitsplatz? Für Krüppel gibt es nur zwei Möglichkeiten, entweder sie werden gläubig oder zynisch. Mir fehlt zum Glauben die Naivität, aber ich habe mich immer bemüht, nicht die ganze Welt zu verachten.

– Sie haben nur eine leichte Behinderung, wollte Groschen relativieren. Jeder von uns ist mehr oder weniger zu bedauern. Jeder hat Probleme.

– Nach und nach ist in mir etwas gereift, ging Engel gar nicht darauf ein. Wissen Sie, ich hatte mich mit diesem Läufer identifiziert. Aber sobald ich ihn durchschaut hatte, verlor ich jede Achtung. Die Liebe kippte um in Hass. Als der Dopingfall Wenninger bekannt geworden ist, all die Heuchelei, die Unehrlichkeit, ist in mir etwas gewachsen, das sich dem entgegenstellen wollte, eine große Gerechtigkeitsaktion. Ich wollte diese Lüge aus der Welt schaffen. Ich konnte gar nicht anders, nur noch daran denken. Verstehen Sie? Ich war getrieben von der Sehnsucht nach Reinheit. Meine Existenz hing plötzlich davon ab. Dieser Lügner musste weg. Vergeltung!

– Aber dann ist etwas schiefgegangen?

– In mir. Ich wollte zu viel. Es hat mir nicht gereicht, mich bloß auf den Wenninger zu konzentrieren, ich wollte auch die anderen. Engels Pupillen waren riesig und blieben eine schiere Ewigkeit auf dem Kommissar haften.

– Sie wollten die anderen belasten, ihnen einen Mordverdacht anhängen. Aber gleichzeitig wollten Sie Ihren Triumph auskosten und gefeiert werden. Deshalb mussten Sie dafür sorgen, dass man von Ihrem Plan erfährt. Deshalb haben Sie die Mail an die Kriminalpolizei geschickt, sind Sie als Schmierer verkleidet ins Internetcafé spaziert. Haare schwarz gefärbt, verspiegelte Sonnenbrille, weißes Hemd.

– Das Schwierigste waren die Schuhe. Ich kann ja nur Maßanfertigungen tragen.

Groschen versuchte sich Engel als Walter Maria Schmierer vorzustellen und musste schmunzeln. Beide waren eher klein. Engels Figur war gedrungener, auch sein Gesicht war gröber, größere Nase, wulstigere Lippen. Aufgeschwemmt waren beide. Aber wenn er sich Engel als Schmierer dachte, war es automatisch eine Parodie.

– Außerdem haben Sie sich Zugang zu Staneks Wohnung verschafft.

– Das war nicht schwer. Spritzen-Charly hatte die Gewohnheit, den Schlüssel unter die Fußmatte zu legen.

– Sie haben Hallux und Schmierer herbestellt.

– Das war keine Kunst. Aber wie habe ich Stanek weggelockt und, vor allem, wie ist Wenninger aus dem Fenster gefallen?

– Wie Sie Stanek weggelockt haben, interessiert mich nicht, und wie Sie Wenninger zu einem Selbstmörder gemacht haben, weiß ich schon. Groschen verschränkte die Arme und genoss das Staunen in Engels hölzernem Gesicht, das nun einem Schachspieler glich, der merkte, dass er in seinem Plan etwas übersehen hatte – einen kleinen Bauern, der sich an der Flanke durchgekämpft hatte und nun die Verteidigung aufrieb.

– Sie haben die Wohnung präpariert, ein Fenster geöffnet und dafür gesorgt, dass davor ein beleidigendes Bild Wenningers hängt. Ein Bild, das ihn so sehr in seiner Ehre verletzt, dass er wutentbrannt darauf zuspringt, so wie damals der Fußballer mit dem Kopfstoß.

– Sie meinen Zinédine Zidane.

– Möglich. Fußball interessiert mich nicht besonders. Jedenfalls haben Sie genau in dem Moment, in dem der Wenninger nach dem Bild greift, es mit einer Vorrichtung hochgezogen, sodass er sich streckt, das Übergewicht bekommt und runterfällt. Zusätzlich haben Sie, wie ich vermute, eine rutschende Matte unter das Fenster gelegt.

– Genial, nicht wahr? Ein Mord ohne Tatwaffe. Nicht zu beweisen.

– Eher erstaunlich, dass so etwas funktioniert. Sie haben

im Fensterkreuz einen langen Haken montiert, der einen Abstand zwischen Bild und Fenster garantierte.

– Einen Meter zwanzig, genau die Länge, die Wenninger fast noch hätte greifen können.

– Und als er danach griff, haben Sie das Bild hochgezogen. Er greift danach, die Matte rutscht und …

– Im Haken über Staneks Fenster war eine Führung, und ich saß mit meiner Angel hier, der kleine Ruck hatte genügt. Der Rothaarige machte ein zufriedenes Gesicht. Beinahe wäre mir der Regen dazwischengekommen, aber ich habe das Bild mit einer durchsichtigen Plastikfolie geschützt.

– Die zu klein gewesen ist.

– Woher wissen Sie das?

– Wir haben in Wenningers Hand einen Papierschnipsel gefunden.

– Tja, der Abstand zum Fenster war bestens kalkuliert. Engel hob sein Glas, als ob er mit sich selbst auf den Erfolg anstoßen wollte, und trank.

– Sie müssen Wenninger sehr gut gekannt haben, um ihn zu so einer Reaktion zu veranlassen, brummte Groschen. Was ich aber nicht verstehe, ist, wie Sie es geschafft haben, dass er genau in dem Moment fällt, in dem der Sportreporter Schmierer bei der Tür reinkommt.

– Wenninger war früher bestellt, lächelte Engel. Und er war immer pünktlich. Das Bild hing zuerst etwas tiefer, unterhalb des Fensters, damit Wenninger, als er die leere Wohnung betrat, es nicht sehen konnte. Erst als Schmierer im Stiegenhaus war, wurde es raufgezogen. Das Fenster war schon offen, ich musste also nur noch dafür sorgen, dass Edgar es auch sah, er nicht gedankenverloren auf eine Wand oder in sein Handy stierte. Also war am Bild ein kleines Glöckchen angebracht.

– Das der Schmierer hörte, als er im Stiegenhaus war.

Aber woher hatten Sie die Gewissheit, dass Wenninger nicht sofort, als er die leere Wohnung betrat, zum Fenster ging und es schloss? Da hätte er die Anglerschnur und wohl auch das daran angebrachte Bild gesehen.

– Das werde ich Ihnen gleich erklären. Vorher sollten Sie noch wissen, das Bild allein hätte nicht gereicht, aber die Tatsache, dass ein Journalist es sehen und darüber schreiben könnte, hatte Wenninger die Höhe vergessen und unvorsichtig werden lassen. Engel hatte das zufriedene Gesicht eines Erfinders, der sah, seine Konstruktion funktionierte.

– Und jetzt wollen Sie wissen, weshalb der Wenninger nicht gleich nach Betreten der Wohnung zum offenen Fenster ist und die Vorrichtung gesehen hat? Das Bild? Die Angelschnur? Weil er über etwas anderes gestolpert ist, über etwas, das in Ihren ganzen Ermittlungen völlig untergegangen ist, etwas, das ihn so fasziniert hat, dass er dabei auf das offene Fenster vergessen hat. Aber was kann das sein?, machte Engel ein vielsagendes Gesicht. Etwas, das ihn auf alles andere vergessen lässt?

– Seinen eigenen Abschiedsbrief, schenkte sich Groschen Bier nach.

– Bravo, klaschte Engel in die Hände. Sie haben ihn gefunden?

– Nein, zuckte der Kommissar die Schultern. Er wusste aus langjähriger Erfahrung, die raffiniertesten Mordpläne scheiterten meist an der Eitelkeit der Mörder. Sie hielten es nicht aus, mit ihrem Triumph allein zu sein. Sie wurden unvorsichtig und hatten den dunklen Drang, sich selbst zu verraten.

– Und was ist mit Stanek? Für den haben Sie sich keinen komplizierten Plan ausgedacht. Den haben Sie primitiv erschlagen und ihn nachher wie einen weiteren Selbstmörder drapiert.

– Der hat gesehen, wie ich meine Wenninger-Devotionalien in den Müll geworfen habe. Der wusste zu viel. Und wie er dann bei der großen Gegenüberstellung gemeint hat, er kenne den Mörder, war das sein Todesurteil. Was hätte ich machen sollen? Oder glauben Sie, ich gehe ins Gefängnis? Wer würde sich um meine Mamsch kümmern?

– Und? Fühlen Sie sich jetzt besser? Groschen sah auf die Uhr, als erwarte er jemanden.

– Ach, wissen Sie, kratzte sich der Rotschopf am Bart, Rache ist ein klares Gefühl, solange man sich nicht damit befleckt. Ob ich glücklich bin, weiß ich nicht. Aber stolz. Er war klein, aber kräftig gebaut. Ohne Anmut und geschlagen mit einer großen, breiten Nase und einem grobschlächtigen Gesicht. Seine Stimme war rauh wie die eines Menschen, der beruflich viel schreien musste.

– Und wie stellen Sie sich das jetzt vor? Sie wissen ja, dafür gehen Sie die nächsten zwanzig Jahre ins Gefängnis.

– Gauben Sie? Engel lachte ein höhnisches, ein hohles Lachen. Ich werde doch nicht dem Lauf der Gerechtigkeit in die Arme fallen. Nein, so blöd bin ich nicht. Ich nicht. Er lachte so sehr, dass ihm fast die Luft wegblieb. Als er sich wieder gefangen hatte, sagte er: Niemand außer uns beiden weiß von dem Gespräch. Sie haben also keine Zeugen, und vor Gericht werde ich nichts mehr wissen. Oder haben Sie irgendwo ein verstecktes Mikro? Sie wissen genauso gut wie ich, Aufnahmen sind vor Gericht nicht zulässig. Also? Sie können mir nicht an. Beweise gibt es keine, und bei jedem Indizienprozess gehe ich frei. Engel lachte.

Mitten hinein in dieses Lachen verdunkelte sich das Zimmer. Da erschien im geöffneten Fenster wie ein Geist Wenningers ein schwarzer Hut. Darunter steckte eine dunkle Gestalt mit einem goldenen Hemd. Wenninger? Sein Geist? Nein, Fips!

Anscheinend, fuhr es durch Groschens Kopf, war er auf das Gerüst geklettert, um ihn weiter anzupumpen. Fips war schon immer hartnäckig gewesen. Jetzt stand er da mit seinem Hut, den dichten Augenbrauen und dem gewinnbringenden Lachen, wie es jeder Schnorrer hatte, wenn er sich eines kleinen Sieges sicher war. Eine Erscheinung. Als er den Kommissar erblickte, tippte seine Hand unwillkürlich an den Hut, dann nahm er einen Zug von seinem Joint, den er sich offensichtlich gebaut hatte – Idiot, durchfuhr es Groschen –, bevor er den Rauch langsam aus Mund und Nase steigen ließ und mit zugedröhnter Stimme sagte:

– Alles! Ich habe alles gehört, Faltl. Wenn du einen Zeugen brauchst, hier steht er. Groschen dachte einen Moment lang, was ihn das kosten würde und ob er sich darüber freuen sollte oder nicht. Und als er ob dieser neuen Situation noch völlig perplex war und in Gedanken sein Geld zählte, war Darius Engel schon auf Fips zugegangen, freundlich, wie wenn er ihm ins Zimmer helfen wollte, bevor er ihm völlig unvermittelt, so schnell konnte der zugedröhnte Trommler gar nicht schauen, einen Stoß versetzte. Fips, der Engel den Joint reichen wollte, war völlig überrumpelt, taumelte einen Schritt zurück, ruderte mit den Händen, stöhnte und fiel in das Netz des Baugerüsts, das ihn nicht halten konnte, nachgab, sodass der arme Fips mitsamt seinem Hut und seinem Joint in die Tiefe gerissen wurde. Man hörte, wie er fiel, weiter unten auf Bretter schlug, und einen dumpfen Schrei.

– Armer Fips, murmelte Groschen, und ärgerte sich über den Joint mindestens ebenso sehr wie über seine eigene Behäbigkeit. Er war wie gelähmt und völlig aus dem Konzept gebracht. Noch ein Toter? Wie würde er das dem Untersuchungsrichter erklären?

– Da sehen Sie es wieder, Drogen sind ungesund, schloss Engel das Fenster, um weiteren Lauschangriffen vorzubeugen. Für einen Moment war er ein belangloser kleiner Kerl gewesen, ein Mensch mit einem langen Gesicht. Jetzt hatte er seine Macht zurückerobert. Jetzt fühlte man wieder seine ausgeprägte Persönlichkeit, seine Intelligenz, seinen Zynismus.

– Ich muss Sie dennoch verhaften, sagte Groschen, ziemlich verwirrt.

– Ich fürchte nur, dazu werden Sie nicht mehr fähig sein. Ihr Bier ist nämlich vergiftet. Rizin, selbstgewonnen. Es dauert zwar noch, bis es wirkt, dafür gibt es absolut kein Gegenmittel. Der gedrungene Mann genoss die Wirkung seiner Worte. Er war zum Kommissar getreten, sodass sich ihre Köpfe ganz nahe waren, und sah ihm fest in die Augen. Wahrscheinlich hoffte er, darin so etwas wie Todesangst aufblitzen zu sehen. Umso erstaunter war er, in Groschen nicht die geringste Reaktion zu merken. Im Gegenteil, der Polizist schien sich über diese Nachricht fast zu freuen. War er betrunken? Es folgte ein langes Schweigen, dann sagte der Kommissar ernst:

– Das tut mir leid. Sie müssen wissen, ich bin seit jeher misstrauisch gegenüber Unglücksraben. Die benützen ihr eigenes verkorkstes Schicksal meist als Ausrede, um sich an der ganzen Welt zu rächen. Daher habe ich vorhin vorsichtshalber das Bier vertauscht.

Der Rothaarige erstarrte. Der Raum war jetzt erfüllt von einer Stille, die man beinahe greifen konnte. Engel bemühte sich zu lächeln:

– Nicht wahr! Nein. Das kann nicht wahr sein! Sie scherzen? Nein! Sie wollen, dass ich verrückt werde. Nein. Man sah, wie in dem Rothaarigen Panik hochstieg, ihn wie eine Welle erfasste und verschlang. Engel griff sich an den Bauch und hatte plötzlich ein verzerrtes, bleiches Gesicht. Schweißperlen standen ihm auf der Stirn. Seine großen Augen starrten ins Leere, seine Züge gerieten ins Fratzenhafte. Die selbstsichere Persönlichkeit von vorhin war nun jämmerlich und bemitleidenswert geworden. Er gab keinen Laut von sich, aber alle Masken seiner Existenz fielen von ihm ab. Er war wie nackt.

Da hörte der Kommissar ein Husten. Es war Engels Mutter, die wohl die ganze Zeit hinter der offenen Tür gestanden war. Nun trat sie hervor und betätigte den Lichtschalter. Sowohl Groschen als auch Engel waren kurz geblendet.

Die Zwei-Sessel-Frau! Die zweihundertjährige Schildkröte! Sie stützte sich auf ihre Krücken, trug eine graue Trainingshose, weiße Socken, schwarze Sandalen. Wenn man den Blick nicht hob, konnte man glauben, ein türkischer Kampfsportler stünde da. Am Oberkörper trug auch sie eine Strickweste, ähnlich dem Pullover ihres Sohnes, nur im dreifachen Umfang. Gelocktes blondes Haar, der Gang zum Friseur zählte zu ihrem letzten Lebensinhalt. Dieselben traurigen Augen wie auf der Fotografie im Flur, nur verdeckt von einer schwarzen eckigen Designerbrille. Das Gesicht war übersät mit Altersflecken. Farblose Lippen, Haare am Kinn. Ihre Zähne waren gelb, braun, und ihr Hals sah aus, als stecke ein ganzer Tiefkühltruthahn darin. Trotzdem sah man, dass sie einmal eine schöne Frau gewesen war. Die Zwei-Sessel-Frau roch nach Nikotin und hatte ein kleines Büchlein in der Hand, in dem, Groschen hatte davon gehört, eine Achtzigjährige ihr Sexualleben ausbreitete.

– Darius! Darius!, schrie Frau Engel und stampfte mit ihren Krücken auf den Boden. Schnell. Man muss dir den Magen auspumpen.

– Das nützt nichts mehr, Mamsch, sagte dieser und machte ein Gesicht, als zerschnitten ihm starke Magenschmerzen den Bauch. Schon zu spät. Die Dosis ist zu stark.

– Ach, mein Kind, flehte die Mutter. Mein Kind! Das ist

nicht wahr. Und wenn, dann bin ich an allem schuld. Jawohl, ich!

– Du? Das darfst du nicht sagen, Mamsch. Das ist nicht wahr.

– Aber es stimmt. Ich bin schuld, weil ich den Wenninger der Anti-Doping-Agentur gemeldet habe.

– Du? Darius Engel bekam noch größere Augen, als er ohnehin schon hatte. Er atmete heftig und war knapp davor, zu kollabieren.

– Jawohl. Ich, weil ich dachte, dann hört dein blödes Anhimmeln endlich auf, und du kommst zu dir, suchst dir eine Arbeit und eine Frau. So konnte es schließlich nicht weitergehen. Du warst ja schon ganz abgemagert und krampfhaft nervös. Du hast nur noch mit diesem Sportler gelebt. Nichts anderes getan, als dich für diesen Wenninger …

In diesem Moment läutete es, und Groschen wusste, es waren seine Inspektoren. Sie hatten zwei Streifenpolizisten mitgebracht, die die Anweisung erhielten, Engel sofort ins Krankenhaus zu bringen. Der Schmerz stand dem Mörder ins Gesicht geschrieben, aber dahinter, Groschen spürte es, funkelte immer noch eine Art Triumph. Wie ein Sieger kam er sich vor, dem zwar der Sieg aberkannt wurde, der aber dennoch von seiner Leistung berauscht war.

– Lassen Sie ihn nicht aus den Augen. Er wird wegen dreifachen Mordes und eines Mordversuchs angeklagt.

– Wird er überleben? Es war das traurige Gesicht der Zwei-Sessel-Frau, aus dem diese Frage kam.

– Ich glaube, nicht, sah Groschen der alten Dame ins Gesicht und dachte, siehst du, alte Frau, das kommt von deiner Klarheit. Manchmal ist es besser, wenn man die schlampige Unordnung behält. Aber so oder so fällt alles auf einen selbst zurück. Das alte Sprichwort vom Grubegraben fiel ihm ein.

Gordon und Martin schnupperten. Da roch auch Groschen wieder dieses Geriatrische, das hier in der Luft lag. Gordon hatte die Fäuste geballt, und Martin runzelte die Stirn. Sie vermieden es, hier irgendetwas zu berühren, sahen ihren Chef fragend an.

– Es ist immer gefährlich, wenn man Klarheit will, brummte Groschen. Das versuche ich auch meiner Frau klarzumachen, aber die hält nicht viel davon.

– Wenn das so ist mit der Klarheit, müssen wir jetzt wohl auf ein Bier gehen, meinte Gordon.

Sie versprachen Frau Engel, die sich verloren auf ihren Krücken hielt, jemanden vom Sozialdienst vorbeizuschicken, und waren froh, dem penetranten Geruch dieser Wohnung zu entfliehen. Groschen sagte ihr noch, dass die Dopingfahnder keineswegs wegen ihr zu Wenninger gekommen waren, die können nämlich gar nicht allen anonymen Hinweisen nachgehen. Vielmehr sind sie wegen der Krise der deutschen Zehnkämpfer gekommen. Wegen einem Pink Panther, äh, Punk Pinther!

– Ach so? Und was ist mit Ihnen? Sind Sie nicht auch wegen einer anonymen Mail gekommen?, murmelte die Alte. Aber das hörten weder der Kommissar noch seine Inspektoren. Die stiegen schon die Treppe hinunter, kamen vom unverschnörkelten zum verzierten Geländer. Draußen regnete es noch immer leicht. Es war wieder einer jener trüben Tage, an denen man sich fragte, wozu man überhaupt auf die Welt gekommen war. Einer jener Tage, an denen man nicht verstehen konnte, wieso sich alle so krampfhaft an das Leben klammerten, manche so unbedingt gesund bleiben wollten, dass sie davon krank wurden.

Vor dem Haus machten sich zwei Sanitäter an einer Bahre zu schaffen. Der Notarzt richtete sich gerade auf und sagte halb zu sich selbst und halb zu Groschen:

– Unglaublich, wie man so etwas unbeschadet überleben kann. Andere fallen hin und brechen sich das Genick, und dem passiert wie durch ein Wunder nichts.

Groschens Blick fiel auf die Bahre. Er sah Fips, der es sich nicht nehmen ließ, eine Zigarette zu rauchen.

– Faltl, brüllte er beim Anblick des Kommissars. Ich glaube, du schuldest mir noch etwas.

– Das fürchte ich auch. Groschen zückte seine Brieftasche und steckte seinem Jugendfreund noch zwei grüne Scheine zu. Die fragenden Blicke der Inspektoren übersah er. Dafür legte er Gordon eine Hand auf die Schulter und brummte:

– Du musst in den nächsten Tagen noch einmal diesen Walter Maria Schmierer anrufen und ihn bitten, uns Wenningers Abschiedsbrief vorbeizubringen.

– Wenningers Abschiedsbrief?

– Es werden ein paar beleidigende Dinge drinstehen, aber ich will trotzdem nicht, dass er veröffentlicht wird. Vielleicht müssen wir ihm sogar sagen, wer ihn geschrieben hat.

– Wer denn?

– Ein Engel! Aber jetzt kommt, Kinder, ihr brennt doch schon darauf, die Aufklärung des Falls bei einem Bier zu hören. Das ließen sich Martin und Gordon nicht zweimal sagen.

– Aber vorher will ich wissen, wie es in meinem Büro ausschaut? Ist immer noch alles mit Schachteln verstellt? Nein, bestimmt nicht, oder?

Zwilling und Zakravsky blickten sich an und zuckten mit den Achseln.

Zwei Tage später, Groschen hatte frei, zeigte ihm seine Frau einen Brief vom Landeskriminalamt Niederösterreich. Man habe im Garten ihres Wochenendhäuschens eine verdächtige Erdbewegung registriert, die man besichtigen wolle.

– Verdächtige Erdbewegung? Die meinen die ausgegrabene Buchsbaumwurzel. Ich habe es ja gesagt, darin kann man eine Leiche vergraben. Wahrscheinlich vermuten die so etwas. Groschen stand auf, ging zum Brotkorb und griff nach einem Laugenkipferl. Als ihm seine Frau einen Teller samt Serviette reichte, hatte er es schon verputzt. Dann setzte er sich wieder in den Lederfauteuil und las Zeitung. Der Artikel handelte von einem jungen Sportler, einer großen österreichischen Hoffnung. Geschrieben hatte ihn Walter Maria Schmierer, und er hatte auch bereits einen Namen für den jungen Sportler: Wiener Wunder.